악양루에 오르다 登岳陽樓

가까운 친구들에게서는 편지 한 통 없으되
늙고 병든 버게는 외로운 배 한 처 있을 뿐
관산의 북쪽에는 전쟁이 한창이니
난간에 기대어 눈물 흘뿌린다

親朋無一字, 老病有孤舟.
戎馬關山北, 憑軒涕泗流.

반역강호

반역강호 2

도욱 新무협 판타지 소설

초판 1쇄 찍은 날 § 2006년 2월 21일
초판 1쇄 펴낸 날 § 2006년 3월 2일

지은이 § 도욱
펴낸이 § 서경석

편집장 § 문혜영
편집 § 장상수 · 최하나 · 문정흠

펴낸곳 § 도서출판 청어람
등록번호 § 제1081-1-89호
등록일자 § 1999. 5. 31
어람번호 § 제2-0845호

주소 § 경기도 부천시 원미구 심곡1동 350-1 남성B/D 3F (우) 420-011
전화 § 032-656-4452   팩스 § 032-656-4453
http://www.chungeoram.com
E-mail § eoram99@chollian.net

ⓒ 도욱, 2006

ISBN 89-251-0003-7 04810
ISBN 89-251-0001-0 (세트)

반역강호

2

차시환혼(借屍還魂)

도욱 新무협 판타지 소설
Fantastic Oriental Heroes

청어람

목차

第十章
살인광상곡(殺人狂想曲)

"으으… 망할 놈, 여덟 개나 되는 문이 있는데 왜… 하필이면 이곳에 나타난 거야?"

매부리코를 비롯한 포졸들은 어찌할 바를 모르고 크게 당황했다. 자신도 모르게 다리는 후들거렸고, 그중에는 너무 놀란 나머지 오줌을 지린 포졸도 있었다. 그만큼 이들에게 있어 그동안 철우가 보여준 엄청난 신위는 전율이었고, 공포였다.

철우는 그들의 십 장 앞에서 걸음을 멈췄다. 그리고 이내 어깨에 얹혀진 줄을 놓으며 관의 뒤쪽에 섰다.

"저, 저 자식이 뭘 하려는 거지? 관을 끌고 오다가 갑자기 왜 저기서 멈춘 걸까?"

"이봐, 저놈이 뭘 하든 일단 우리의 앞에 나타났다는 자체가 가장 큰 사건이다. 어서 놈이 나타났다고 알려라."

"그래, 어서!"

허둥대던 포졸 중 한 명이 황급히 호각을 빼어 들고는 힘껏 불기 시작했다.

삐이이익!

뾰족한 음향이 암천의 눈발을 헤치며 울려 퍼졌다.

"뭐, 뭐야?"

"무슨 일이냐? 설마 그놈이 나타나기라도 한 거냐?"

저택 안에서 경계를 서고 있던 지원병들이 물밀듯이 우르르 몰려나왔다.

바로 그 순간이었다. 마치 더 많은 사람들이 몰려나오길 기다리기라도 하듯 철우의 발이 관 뚜껑을 걷어찼다.

콰우우웅!

관 뚜껑이 대기를 찢으며 그들을 향해 가공할 기세로 짓쳐들었다.

"으헉!"

"피, 피해라!"

포졸들도 어느 정도 무공을 수련한 자들이다. 하지만 그들은 엄청난 기세로 쏘아져 오는 관 뚜껑을 자신들의 능력으로는 막을 수 없음을 느끼며 피하는 데 급급했다.

포졸들이 피하는 데 정신이 없을 때, 철우는 관짝 안에서 어린아이만한 크기의 검은 가죽 주머니를 잡아 들었다. 그리고 그 안에서 검은색에 호두 같은 것들을 꺼내더니 지체없이 포졸들을 향해 뿌려댔다.

콰콰쾅! 쾅!

엄청난 폭발음이 연속적으로 터지기 시작했다.

"으악!"

"우와왁! 포, 폭약이다!"

포졸들은 비명을 지르며 날아드는 폭약 속에 목숨을 부지하기 위해 살 곳을 찾아 몸을 숨기고 있었다.

쾅! 쾅!

폭약은 계속해서 터져 대고, 한 치 앞을 내다볼 수 없는 회색 운무가 급격하게 퍼져 나갔다.

"타아앗!"

그리고 우렁찬 기합과 함께 철우의 신형이 폭약으로 박살나 버린 정문을 향해 빛살처럼 움직였다.

"으헉! 놈이 안으로 들어온다!"

"마, 막아라!"

포졸들은 우왕좌왕거리면서도 소리를 질렀다. 하지만 소리만 지를 뿐이다. 그 어느 누구도 맹렬한 기세로 정문을 통과하는 철우를 막으려고 나서지 않았다. 이미 기세는 꺾였고, 막는다고 해서 못 뚫을 철우가 아니라는 것을 그들은 너무도 잘 알고 있었다. 하여 대다수의 포졸들은 괜히 나섰다가 하나뿐인 목숨을 잃고 싶지 않았던 것이다.

가장 많은 인원이 지키고 있었던 정문을 철우는 이와 같이 너무도 쉽게 통과했다. 하지만 그곳을 통과했다고 다 된 건 아니었다. 이제부터가 시작이었을 뿐이다.

"와아아! 놈이다!"

"놈을 잡으면 담 대인께서 황금은 물론 출세를 보장해 주시겠다고 하셨다."

"절대 이 기회를 놓치지 말자."

정문과 내문 사이에서 경호를 서고 있던 포졸들이 몰려들었다. 이들은 밖에 있는 자들보다 한 단계 높은 수준의 무공을 갖추고 있었다. 하지만 워낙 쩌렁한 철우의 무명에 지레 겁을 먹을 수도 있다는 판단 때문인지 누군가가 포상을 거론하며 그들의 투지를 불러일으켰다.

비록 철우가 아무리 고강하다고 할지라도 워낙 자신들의 인원이 많았다. 그것만으로도 일단 해볼 만한 용기가 생겼고, 포상에 욕심이 생겼다.

출세.

소도 비빌 언덕이 있어야 하듯 아무도 밀어주는 사람이 없는 한평생 포졸로서 끝날 인생들이다. 출세를 보장해 준다는 담 대인의 말은 이들에겐 결코 무시할 수 없는 대단한 유혹이었다.

쐐애애액!

철우가 안으로 들어서기가 무섭게 십여 명의 포쾌가 일제히 철우를 향해 쏘아들었다. 확실히 용감했다. 그리고 대단한 기세가 느껴지는 합공이었다.

휘류류류!

철우의 신형이 자리를 박차고 솟아올랐다. 그의 시야에 파고드는 십여 명의 포졸들과 그 뒤로 엄청난 병력이 몰려들고 있는 모습이 들어왔다. 철우의 몸이 다시 한 번 허공을 갈랐다. 그리고 합공을 펼치던 포졸들 속을 헤집기 시작했다.

써서서걱!

녹슨 그의 철검이 가공할 기세로 대기를 찢어대더니 그와 동시에 무수한 파육음과 절삭음, 그리고 선렬한 혈홍색의 피보라가 허공을 가득 메웠다. 흰 눈이 아닌 붉은 눈이 내리는 것 같은 착각이 들 정도였다.

"크아아악!"

기세등등하게 달려들던 포졸들이 창졸간에 하늘을 저주하는 듯한 단말마를 토하며 바닥에 쓰러져 갔다. 하지만 상대는 그들만이 아니었다.

이들의 대부분은 소문으로 듣기만 했던 철우의 가공할 무학을 두 눈으로 목격하게 되었고, 그로 인해 전율이 일었다. 하지만 그는 혈혈단신이었고, 자신들의 숫자는 이 저택 안에만 수백 명이었다. 그런 인식이 그들로 하여금 위로와 자신감을 느끼도록 만들고 있었다.

"와아아아!"

순식간에 죽어간 동료들의 시신을 밟으며, 이번에는 더 많은 포졸들이 밀려들었다. 철우는 입에 철검을 물고 가죽 주머니에서 신속하게 화약을 꺼냈다. 그리고 그것을 사방으로 뿌려대기 시작했다.

쾅! 콰콰쾅!

"으아악!"

폭약이 연속적으로 터졌다. 포졸들은 비명을 지르며 정신없이 나가떨어졌다. 한두 사람이 폭약에 피해를 입고 쓰러지면 그로 인해 황급히 피하려던 동료들이 줄줄이 넘어지는, 그야말로 난장판이 연출되었다.

만약 철우에게 폭약이 없었다면, 그는 물밀듯이 몰려오는 이들을 상대하기가 매우 곤란했을 것이다. 아무리 절정의 무공을 갖고 있다 할지라도 그 많은 상대를 모두 제압한다는 것이 일단 만만치 않았고, 설령 제압한다 해도 그의 모든 기력은 이곳에서 빠져나갈 수밖에 없었기 때문이다. 그는 담중산을 처단할 때까지는 되도록 진기를 아낄 필요가 있다고 생각했기에 모든 것을 속전속결로 처리하고 있었다.

터져 나오는 비명과 자욱한 먼지를 헤집고 철우는 사대문 중 남문을 부수며 더욱 저택 깊숙이 진입하고 있었다.

$$* \qquad * \qquad *$$

끼옥! 끼오옷!

쇠사슬에 목이 묶인 반반이 발버둥치고 있었다. 초진양은 반반이가 환장한다는 고기를 갖다 주었지만 소용이 없었다. 반반은 오히려 패대기치며 더욱 발악을 했다.

"어허… 고기를 주면 조용해질 거라고 했는데 그게 아니잖아? 이놈 참, 성질 한번 고약하군."

초진양은 고개를 갸웃거리며 씁쓸한 표정을 지었다. 그는 지난여름 야래향 제일의 기녀인 묘설하가 죽었을 때, 송산에서 철우를 기습했던 바로 그 사내였다. 그때 그는 철우와 함께 코가 비뚤어지도록 술을 마셨고, 마시면서 이렇게 얘기했다.

"끄윽! 앞으로 산속에서 폭약이나 만들며 살 겁니다. 진짜 제대로 된 폭약 하나 만들어서 쓰레기 같은 인간들을 한곳에 모아놓고 모두 지옥으로 보내 버릴 겁니다."

"폭약? 그럼 공부는 포기하겠다는 얘긴가?"

"젠장, 설하가 죽은 마당에 어찌 책이 눈에 들어오겠습니까? 내가 세속적인 성취를 하고 싶었던 이유는 모두 그녀 때문이었다고 말씀드렸잖습니까? 대과에 급제하여 그녀를 기루에서 나오게 하고, 내 여자로 만들고 말겠다는 꿈 하나에 매달려 책과 씨름했다고. 한데 그녀가 이제 땅속에 묻혀 버렸는데, 책이 눈에 들어오겠냐고요. 그녀가 죽음으로 해서 나의 꿈과 목표가 한순간에 사라졌단 말입니다. 아시겠어요? 크크크큭."

"물론 담소충에 대한 증오심은 이해하겠는데, 폭약을 만든다는 것 역시 결코 쉬운 일은 아니네."

"끄윽! 당연히 쉬운 일은 아니겠죠. 하지만 화산파에서 무공 수련을 때려치우고 돌아왔을 때, 한 반년 정도 화약 제조가 업(業)인 당숙에게 요령을 배운 적이 있습니다. 그때 당숙이 그러더군요, 재주가 좋다고. 나중에 정 할 것 없으면 이걸로 충분히 밥벌이는 할 수 있을 것 같다고 말입니다. 그래서 밥벌이도 할 겸, 쓰레기 같은 놈들도 모두 죽여 버릴 겸 그 방면으로 나가겠단 얘깁니다. 아시겠습니까? 그리고 형님도 필요하면 언제고 찾아오십쇼. 형님에게만큼은 무상으로 드릴 테니까. 키키키킥."

철우가 철통같은 담중산 저택의 경호를 본 후 찾아간 사람은 바로 초진양이었다. 철우는 그날 헤어진 이후 세 차례나 초진양이 폭약 제조를 하고 있는 송산의 모옥으로 찾아온 적이 있었다. 묘설하는 비록 죽었지만 초진양은 그녀가 묻혀 있는 송산에서 살겠다며 그곳을 자신의 은신처로 삼았던 것이다.

올 때마다 철우는 쌀과 요깃거리를 갖다 주었고, 틈틈이 돈도 쥐어 주었다. 비록 어처구니없는 이유로 만났지만 철우는 그를 동생처럼 아껴주었다. 초진양 역시 늘 따뜻한 마음으로 자신을 대해주는 그를 형처럼 따르게 되었다. 게다가 철우가 자신에게 묘설하를 빼앗아간 담소충을 지옥으로 보냈다는 소식을 들었을 땐 가슴이 미어지는 짜릿한 감동을 느꼈었다.

그런 철우가 사흘 전에 그를 찾아왔던 것이다. 폭약을 있는 대로 다 달라고, 그리고 좀 더 만들어달라고.

그러면서 그는 반반을 잠시 맡아달라고 부탁했던 것이다.

끼오옥! 끼옷!

반반은 더욱 극성을 부리며 발버둥쳤다. 하지만 아무리 요동을 쳐도 굳게 채워진 쇠사슬로 인해 그곳을 벗어날 수가 없었다. 초진양은 자신을 두고 간 철우에게 가기 위해 몸부림치는 반반의 모습에 기분이 착잡했다.

'과연 돌아오실 수 있을까? 놈들이 이미 철통같이 지키고 있다고 하던데……'

자꾸만 불안하고 초조해졌다. 그는 철우가 왔을 때 마시다 만 술병을 찾았다. 그것을 벌컥 들이키며 초조한 자신을 진정시켰다. 그러자 정신없이 발광하던 반반이 눈빛을 반짝였다.

끼오옷!

반반은 불쑥 손을 내밀었다. 초진양은 갑자기 바뀐 반반의 태도가 이상한 듯 고개를 갸웃거렸다. 반반은 더욱 크게 괴성을 지르며 내민 손을 짜증스럽게 흔들어댔다.

끼오옷옷―!

"도대체 뭘 달라는 거야?"

껴껴껴껴―!

"뭐? 술병을 달라고?"

껴껴―!

반반은 그제야 고개를 끄덕였다. 초진양은 황당한 표정을 지었다. 아직까지 원숭이가 술을 찾는다는 얘기는 들어본 적이 없었다. 하지만 이렇게까지 정색을 하며 달라니 안 줄 수도 없었다.

"너, 이게 뭔지 알고나 달라는 거냐? 이건 술이라고."

그는 건네주면서도 미심쩍은 표정을 지었다. 하나 반반은 다짜고짜 술병을 입 안으로 털어 넣었다.

꿀꺽꿀꺽.

반 정도 남은 병 속의 술을 반반은 단숨에 들이켰다. 초진양의 눈이 더욱 커졌다. 반반은 계속 병의 주둥이를 쪽쪽거리며 빨아댔지만 술은 더 이상 나오지 않았다. 그러자 신경질적으로 아무렇게나 빈 병을 집어 던지고는 바닥에 벌렁 드러누웠다.

끼오오옷! 끼오옷─!

철우에 대한 그리움을 견딜 수가 없는 듯 반반은 서럽게 울부짖었고, 탐스러운 눈발이 쏟아지는 송산의 겨울밤은 반반의 괴성과 함께 깊어가고 있었다.

*　　　　*　　　　*

술은 소흥황주(紹興黃酒)였다.

절강성 소흥에서 만들어진 술로서, 맛과 향이 독특한 소흥주 중에서도 오래 저장해야만 노르스름한 빛을 띤다는 최고의 명주인 황주였다.

담중산은 물처럼 고요한 눈으로 술잔에 담겨진 노란색의 황주를 가만히 내려다보고 있었다. 잠시 향을 음미하는가 싶더니 천천히 술잔을 들이켰다. 그가 술잔을 내려놓자 기다렸다는 듯 여인의 나긋나긋한 섬섬옥수가 다시 술잔 가득 황주를 따랐다.

쪼르륵.

담중산의 시선은 여인의 손에 고정되었다. 마치 백옥으로 정교하게 만들어낸 듯 참으로 아름다운 손이었다. 담중산은 여인의 손을 어루만지며 고개를 들었다.

초승달 같은 아미에 도톰하면서도 육감적인 선홍색의 붉은 입술을 한 삼십대 초반의 여인이 미소 짓고 있었다. 짙은 색기(色氣)가 느껴지는 교태로운 미소였다.

담중산이 가장 아끼는 애첩인 홍금련(洪錦璉)이었다.

콰콰쾅! 쾅!

"으아아악!"

밖에선 연신 폭약이 터지고 비명 소리가 높아져 갔지만 담중산은 대수롭지 않은 듯한 모습이었다. 그는 여인의 품속으로 손을 집어넣었다. 뭉클한 감촉이 손 안 가득 전해졌다.

"흐흐, 목욕도 끝내고 옷도 새것으로 갈아입고… 게다가 향수까지 뿌렸구나. 모든 준비는 다 됐다는 의미냐?"

그가 계속 쥐고 있는 손에 힘을 넣자 여인은 가볍게 인상을 찌푸리며 몸을 비틀었다.

"아잉~ 아파요~"

묘한 비음을 내며 그녀는 담중산에게 바짝 달라붙으며 길고도 가느다란 손가락을 그의 하복부에 대었다. 유혹의 경지를 넘어 도발에 가까운 행동이었다.

"으아아악!"

"크아악!"

비명 소리가 높아질 때마다 그녀의 손은 점점 힘이 가해졌다. 담중산은 춘심이 동하는 듯 나지막한 신음을 흘리며 그녀의 가슴에 얼굴을 파묻었다.

쾅―!

"대, 대인님! 야단났습니다!"

그때였다. 거칠게 문이 열리는 소리와 함께 금감석이 헐레벌떡 뛰어
들었다. 하나 그는 더 이상 말을 꺼낼 수가 없었다. 한편의 춘화도와
같은 모습이 눈앞에 펼쳐져 있었기 때문이다.

"음, 무슨 일인데 이리 호들갑인가?"

담중산은 여전히 여인의 젖가슴에 고개를 묻은 채 입을 열었다.

"저… 그, 그게……."

금감석은 더듬거렸다. 그럴 수밖에 없었다. 아무리 급한 일이 있다
손 치더라도 이런 상황에서 어찌 태연하게 보고할 수 있겠는가.

"괜찮아. 신경 쓰지 말고 말해, 얘기는 다 들리니까."

불청객이 나타났음에도 불구하고 담중산의 행동은 더욱 대범해졌
다. 한 손은 여인의 저고리를 벗기고 다른 한 손은 여인의 치마 속을
헤집고 있었다. 점점 더 짙어지는 행위에 금감석은 얼굴이 화끈거렸
다.

"아……!"

담중산의 손이 어디를 건드렸는지 여인의 입에서 끈적한 신음이 흘
러나왔다. 담중산은 그렇듯 집요하게 여인의 몸을 훑으면서 재차 추궁
하였다.

"뭐 하나? 어서 얘기하라니까!"

차가운 질책이었다. 금감석은 아무리 낯이 뜨겁더라도 더 이상 당황
하고 있을 수만은 없었다.

퍼퍼펑! 쾅!

"으아아악!"

게다가 폭약 터지는 음향과 처절한 비명은 더욱 가까운 곳에서 울려 퍼지고 있는 매우 급박한 상황이었다.

"수, 수많은 군병이 추풍낙엽처럼 쓰러지고 있습니다. 그… 놈이 내 문까지 통과하고 이곳의 삼십 장 앞까지 다가왔습니다."

"난 또 뭐라고. 그 정도쯤은 충분히 예상한 일이 아닌가?"

금감석의 초조함과는 달리 담중산은 너무도 태연스러웠다. 하긴 그런 느긋함이 있었기에 밖에선 끊임없이 비명이 울려 퍼지는 데도 이와 같은 짓을 하고 있었겠지만.

"이, 이미… 놈은 백여 명의 사상자를 냈습니다. 놈이 계속 뿌려대는 폭약으로 인해 앞으로도 또 얼마나 많은 희생자가 나오게 될지도 모르는 만큼……."

"그래서? 나더러 다른 곳으로 피하기라도 하라는 얘긴가?"

"그, 그렇습니다. 만일의 사태에 대비하여 놈이 찾을 수 없는 은신처로 피하시는 것이……. 제가 대인님을 모시겠습니다."

말인즉, 안전한 은신처로 숨을 때 자기도 데리고 가라는 의미였다.

"흐흐, 개죽음을 당할까 봐 불안한 모양이군."

"그, 그게 아니라… 전 그저 대인님을 향한 충정에서 드린 말씀입니다."

금감석은 움찔거렸다. 내심을 들킨 것 같았지만 '충정' 이란 말로 자신을 합리화시켰다.

"아무리 놈이 발악을 해도… 결국 그놈은 죽는다. 죽을 수밖에 없다."

"그, 그래도 만약을 대비해서……."

"그리고 이곳보다 안전한 곳은 없으니 너무 초조하게 굴지 말고 체신을 지켜라."

말과 함께 담중산은 여인의 마지막 속곳을 벗겨냈다. 어느새 여인은 실오라기 한 올 걸치지 않은 알몸이 되어 있었다.

"뭐 하나? 계속 거기 서 있을 텐가?"

담중산은 여인의 위에 몸을 얹은 후 처음으로 고개를 돌려 금감석을 쳐다보았다. 그의 인상은 잔뜩 구겨져 있었다.

"아, 아닙니다. 이만 나가보겠습니다."

금감석은 허둥거리며 급히 그곳을 빠져나왔다.

"아아아……!"

문을 닫고 나와 밖에 선 그의 등판에 여인의 교성이 꽂혔다. 담중산을 지키기 위해 수많은 관병들이 죽어 자빠져도 그에게는 전혀 관심 밖의 일이었던 모양이다. 금감석은 연이어 터지는 여인의 헐떡거리는 신음 소리를 들으며 고개를 끄덕거렸다.

'음… 역시 한 시대를 풍미한 사람은 뭐가 달라도 다르군. 이런 상황에서도 이층 공사(?)를 하다니……. 난 저런 배짱과 뻔뻔함을 더 배워야 한다니까.'

콰콰쾅! 쾅!

"으아악!"

자욱하게 피어오른 운무 속에서도 정신없이 터지고 있는 폭발음과 비명 소리.

까까까깡—!

그리고 날카로운 금속성이 밤하늘을 발톱처럼 긁어대고 있었다.

철우는 폭약을 뿌린 이후엔 우왕좌왕하는 군병들을 거침없이 베어

나갔다. 그 넓고 아름답던 정원은 시체가 나뒹굴며 피비린내가 진동하고 있었다.

"와라!"

선두의 일진이 또다시 무너졌다. 그와 동시에 철우의 입에서 차가운 냉갈이 터졌다.

언제부턴가 철우의 머리를 묶고 있던 끈이 풀어져 있었다. 폭포수처럼 흘러내린 치렁치렁한 흑발은 바람이 스칠 때마다 허공에 흩날리고 있었다.

눈발 속에서 사자의 갈기처럼 휘날리는 검은 머리카락, 유령처럼 창백한 얼굴, 그리고 심연처럼 깊은 동공 속엔 오직 살심으로 충만한 녹광이 번뜩거리자 군병들은 마치 죽음의 저편에서 죽음을 관장하는 피의 사제를 만난 것처럼 섬뜩한 전율을 느꼈다.

철우의 얼굴 가득 살기가 번들거렸다.

"오라! 죽고 싶은 놈들 먼저 앞으로!"

"……."

포위망을 구축하고 있던 군호들은 등골이 쭈뼛거리는 듯한 공포를 느꼈다. 무려 백여 명에 달하는 군병을 앞에 놓고 이렇게 공포를 불러일으킬 수 있는 인간이 존재한다는 사실이 믿어지지가 않았다.

철우는 여전히 그들을 향해 손짓하며 부르고 있었다.

먼저 죽고 싶은 놈들부터 앞으로 나오라고.

압도적인 수적 우세에도 불구하고 그들의 발은 마치 얼어붙기라도 한 듯 차마 떨어지지 못했다. 도저히 덤빌 수가 없었다.

마음은 제발 누구도 달려들지 말았으면 하는 간절함으로 가득 차 있었다. 만약 어느 하나라도 덤벼든다면 자신도 어쩔 수 없이 합공을 펼쳐야 할 것이고, 그 결과는 안 봐도 충분히 예측할 수 있었기 때문이다.

결국 개죽음이라는 것을.

잠시 그 어떤 소리도 없이 침묵이 공간을 지키고 있을 때,

"모두 물러서라!"

쩌렁한 사자후와 함께 두 명의 인영이 허공에서 깃털처럼 떨어져 내렸다. 한 명은 키가 몹시 크고 비쩍 마른 체형이었고, 다른 한 명은 키는 작지만 기형적으로 큰 머리에 살이 피둥피둥 찐 인물이었다. 너무도 차이가 나는 외형인 두 사람에게 공통적인 게 있다면 나이였다. 두 사람은 모두 칠순가량의 노인이었다.

그때 누군가의 입에서 비명과 같은 외침이 터졌다.

"헉! 처, 천지쌍괴(天地雙怪)다!"

외침이 터지자마자 모두가 술렁거리기 시작했다.

"뭐, 뭐라고?"

"저, 정말 저 두 노인이 천지쌍괴란 말이야?"

천지쌍괴.

구주팔황(九州八荒)을 위진시켰던 전대의 기인들.

서열을 나누기 좋아하는 강호인들이 무림 최고의 고수를 논할 때 늘 열 손가락 안에 드는 초절정의 고수들이었다. 특히 삼십 년 전, 섬서성 최대의 사파 집단이었던 혈사보(血邪堡)의 보주와 십대장로를 무참하게 꺾어버린 일화는 아직도 섬서성과 그 일대에선 전설로 통하고 있었다.

천하의 각지에 있는 고수들과 비무를 겨루며 위명을 떨치던 이들은 이십 년 전 돌연 강호에서 자취를 감췄다. 그리고 세월의 흐름에 따라 그들의 이름도 잊혀져 갔다.

한데 심산유곡에서 은거를 하거나, 아니면 세상을 떠났으리라 생각했던 그 천지쌍괴가 나타났다. 삼십 년 만에 바로 이곳에!

꽤 준수한 용모에 마른 체형을 한 천괴가 자신의 수염을 쓰다듬으며 감탄의 표정을 지었다.

"대단한 놈이군. 단신으로 이 많은 군병들을 상대하다니……."

"담중산의 충견인가?"

단도직입적인 철우의 질문에 천괴는 물론 지괴의 얼굴이 수치심으로 붉게 달아올랐다. 하지만 그것은 어느 정도 일리가 있는 얘기였다. 담중산의 수양딸이 천괴의 아내였기 때문이다. 두 사람의 나이는 비록 엇비슷했으나, 담중산은 천괴의 장인이었다. 이와 같이 믿는 구석이 있었기에 그는 이 순간에도 태연히 여체를 탐닉할 수 있었던 것이다.

그러나 이 사실을 알고 있는 자는 그리 많지 않았고, 얘기를 꺼낸 철우 역시 아는 것은 없었다. 단지 충견이 아니고선 강호의 전대 고수가 담중산을 위해 이렇게 나설 일이 없다고 생각했을 뿐이다.

천괴의 눈에 차가운 한기가 피어올랐다.

"죽음을 부르는군."

철우는 왼손에 들려 있는 가죽 주머니를 어깨에 동여 매었다. 어느덧 주머니 속을 가득 채웠던 폭약은 이제 거의 바닥을 보일 정도였다. 그는 결전의 준비를 갖추고는 천괴를 향해 빈정거렸다.

"어차피 누군가는 죽겠지. 개가 죽든지, 인간이 죽든지."

"……."

"하지만 강호의 고수가 당신들 같이 권세가의 충견으로 전락하는 일을 막기 위해서라도 인간이 개한테 죽는 일만큼은 피하고 싶군."

"놈! 그 주둥아리부터 찢어버리고 말리라!"

서릿발 같은 노성과 함께 천괴의 커다란 감산도(坎山刀)가 철우의 얼굴을 향해 파고들었다.

고오오오!

고막을 찢을 것 같은 파공성과 함께 엄청난 경기가 휘몰아치며 격전은 시작되었다.

"흠, 재밌게 돼가고 있군요."

암천에서 나직한 음성이 흘렀다. 음성은 격전장이 한눈에 내려다보이는 어느 지붕 위였다. 또 한 사내가 대답했다.

"아무리 저자의 무공이 강하다 할지라도 천지쌍괴를 꺾는다는 것은 불가능할 것 같습니다."

"저 노인들이 그 정도입니까?"

"그렇습니다, 성주. 저들은 한때 무림십대고수로 꼽히던 인물들입니다. 철우라는 자가 그동안 상대했던 무사들과는 비교조차 할 수 없는 강자들이죠."

"하면 백 사범님과 비교한다면 어떻습니까?"

"허허."

나이 든 사내는 너털웃음을 지었다.

지붕 위에서 격전장을 내려다보고 있는 두 사내, 그들은 바로 능진결과 백당춘이었다.

까까까깡!

도기와 검기가 부딪치며 사방으로 불꽃을 튀겼다. 벌써 십여 초가

오갔지만 승부의 추는 너무도 팽팽했다. 지괴는 심각한 표정으로 장내를 바라보고 있었다. 마음 같아선 천괴를 도와 빠른 승부를 내고 싶었지만, 그것은 허락되지 않는 일이었다. 이름도 없는 젊은 무사에게 합공을 펼친다는 건 그 자체만으로도 천지쌍괴에겐 수치스런 일이었기 때문이다. 문득 지괴가 눈을 크게 떴다.

'서, 설마……?'

지괴는 고개를 갸웃거리더니 이내 자신의 착각이었다는 듯 머리를 긁적였다.

파츠츠츳!

가공할 도기가 철우의 심장을 향해 짓쳐들었다. 일순 철우의 입가에 보일 듯 말 듯한 미소가 스쳤다. 철우는 천괴의 감산도가 자신의 가슴에 이를 무렵, 왼손 손가락을 기묘하게 구부렸다. 손가락은 놀라운 변화를 일으키는가 싶더니 순식간에 천괴의 맥을 낚아채 버렸다.

"허억!"

천괴의 입에서 다급한 신음이 미처 터지기도 전에 그의 가슴에선 피가 뿜어져 나왔다.

"으으윽!"

비명 소리와 함께 그의 신형이 핑그르르 돌며 뒤로 황급히 물러났다.

"아, 아니?!"

지괴는 물론 구경을 하던 중인들의 눈이 모두 휘둥그레졌다. 천괴의 가슴에 그의 병기인 감산도가 깊숙이 꽂혀 있었던 것이다.

"으… 으… 이제 보니 네놈은……?"

철우를 향한 천괴의 눈이 부르르 떨리고 있었다. 삼십 년 전, 자신들에게 최초로 패배의 쓴맛을 안겨줬던, 그리고 자신들을 강호에서 떠날 수밖에 없도록 만든 어떤 사내의 모습이 떠올랐다.

"무, 무정검… 철수황의 전인(傳人)?"

그랬다.

천지쌍괴에게 처음이자 마지막인 패배를 안겨줬던 바로 그 사내는 철우의 부친이었다. 이십 년 전 그날의 비무 때도 바로 이와 같은 수법에 의해 그는 치명상을 입을 뻔했다. 다행히 그때는 지괴의 공세 때문에 자신에게 치명타를 가하진 못했지만, 철수황으로 인해 상대를 공격하던 감산도가 자신의 심장에 꽂힐 수도 있다는 것을 알게 되었다.

그랬는데…

삼십 년 만에 똑같은 수법에 당하고 말았다. 그리고 이번엔 돌이킬 수 없는 치명상이었다.

"그렇소. 그는 나의 부친이오"

철우가 천천히 고개를 끄덕였다. 그러자 주변에서 탄성이 터져 나왔다.

"아……!"

무정검 철수황.

한 자루의 녹슨 철검으로 한 시절을 풍미했던 사내.

강호 출도 이후 크고 작은 삼십여 차례의 비무에서 단 한 번의 패배도 용납하지 않았던 무적 검객. 그가 펼치는 무정천풍검법(無情天風劍法) 아래 얼마나 많은 사마의 거두들이 쓰러졌던가?

비록 짧은 시간 동안 반짝하다 사라졌기에 그를 천하제일검이라고 칭할 수는 없었지만, 적어도 장강 이북에선 가장 강했던 검객이라고 모두가 믿어 의심치 않던 무정검 철수황.

그렇듯 한 시절을 풍미했던 철수황의 전인이, 그의 아들이 다른 사람도 아닌 바로 철우라는 사실에 어찌 놀라지 않을 수 있겠는가?

천지쌍괴도, 그리고 중인들도 모두 경악하고 있었다.

"크크크… 비, 빌어먹을……."

천괴는 키득거리며 비틀거렸고, 그의 입술에선 붉은 선혈이 흘러내리며 흰 수염을 붉게 적시고 있었다.

"끄으으… 아비에게 당한 패배를… 갚기는커녕… 오히려 이 꼴이 되다니… 정말… 빌어먹을 놈의… 세상이군……."

몇 차례 크게 비틀거리는가 싶더니 이내 그의 신형은 차가운 바닥에 눕고 말았다.

"으아아아아!"

그 순간 비명과 같은 광소성이 터졌다. 지괴였다.

개기름이 흐르던 그의 얼굴은 순식간에 흉신악살로 변해 버렸다. 흰 머리칼은 붉어졌고, 얼굴 또한 시뻘겋게 충혈되었다.

지괴는 지금 전신의 공력을 모두 끌어올리고 있었다.

적린장(赤燐掌).

그가 가장 자신있는, 그리고 이십 년 전 철수황과의 비무 때도 미처 사용하지 않았던 그만의 독문 절기를 전개하고 있었다.

마침내 그의 장심에서 시뻘건 장력이 쏟아져 나오기 시작했다.

적린장은 극양(極陽)의 기운을 위주로 하는 장력으로, 그것에 격중된 사람은 온몸에 불꽃이 작렬하며 시꺼멓게 타 죽고 마는 가공할 무공이었다.

지괴가 이십 년 전, 철수황과의 비무 때 이 무공을 미처 사용하지 못한 데에는 그만한 이유가 있었다. 이 무공엔 치명적인 약점이 있었기 때문이다. 적린장을 한 번 시전하면 체내의 양기가 모두 소모되고 만다. 그러므로 웬만한 각오가 아니고서는 절대 함부로 펼칠 수가 없다는 단점이 있었다. 물론 그것을 피한다는 게 거의 불가능했지만, 당시의 지괴로선 혹여 실패할 경우를 대비하여 철수황에게 차마 펼치지 못했던 것이다.

그랬던 적린장을 그는 지금 시전했다.

칠십 년 지기인 천괴가 자신의 앞에서 최후를 마쳤고, 그 상대가 다른 사람도 아닌 철수황의 아들이다.

분노는 깊고 강했다.

그리고 지난날 시전하지 못했던 그 한(恨)까지 얹혀진 적린장이 그의 장심을 떠나 철우를 향해 짓쳐들었다.

화르르르릉!

철우의 안색은 차갑게 식었다.

적린장이 출수되기 직전, 지괴의 장심에서 무시무시한 불꽃 더미가 피어오르는 것을 보며 이미 그가 시전할 무공의 성질에 대한 파악을 끝냈다.

'단순한 화장(火掌)이 아니다. 장력 속에는 가공할 화독(火毒)이 포함되어 있다. 뿐만 아니라 보법이나 경신술로도 피할 수 없다. 목표에 격중될 때까지 끝까지 따라붙을 테니까.'

철우는 입술을 질끈 깨물었다. 그는 우수에 움켜쥔 철검을 돌풍같이 난무시키며 자신을 향해 쏟아지고 있는 무시무시한 기세의 불꽃 더미와 정면으로 맞부딪쳤다.

콰콰콰콰!

붉은 불꽃과 회색의 검광이 부딪치며 주변이 크게 소용돌이쳤다. 주위의 군웅들은 기겁하며 뒤로 급히 물러나야만 했다.

적린장에 의해 철우의 검은 한동안 시뻘겋게 달구어졌다.

푸시시시!

하나 어느 한순간, 달궈진 쇠가 물속에 들어가는 듯한 음향이 들렸다. 철우는 극양의 화공인 적린장을 상대하기 위해선 반대가 되는 빙공(氷功)뿐이라 생각했고, 검신에 전신의 공력을 담았다.

빙백탄(氷魄彈).

검에 내력을 주입시켜 얼음과 같은 검강을 형성하는 검공(劍功)으로서 초극의 내력을 갖추지 않고선 엄두조차 낼 수가 없는 최상승의 무공이었다.

지괴는 철우가 이와 같은 검공까지 펼칠 줄은 미처 생각하지 못했다. 그러나 적린장은 지괴에게 있어 최후의 절기였다. 모든 진기를 적린장에 담았고, 아무리 철우의 내공이 심후하다 할지라도 내력과 내력의 승부라면 능히 승산이 있다고 믿어 의심치 않았다.

지괴의 시뻘겋게 타오른 얼굴에선 연신 굵은 땀방울이 비 오듯 쏟아지고 있는 반면 철우의 얼굴은 얼음과 같았고, 전신에선 서리가 뿜어져 나왔다.

쩌… 쩌쩌… 쩍……!

마침내 뜨거운 극강의 열기를 견디지 못하고 검신이 균열을 일으키기 시작했다.

지괴의 얼굴에 미소가 번졌다. 그것은 곧 그의 내력이 상대를 제압했다는 의미였다. 하지만 낭패스러워해야 할 철우의 얼굴에도 의미심장한 미소가 번지고 있는 것은 또 무엇인가?

"타앗!"

철우는 검파를 쥐고 있는 우수를 놓는 것과 동시에 느닷없이 바닥을 굴렀다. 그러자 상대의 이해할 수 없는 행동을 의아한 표정으로 바라보던 지괴의 눈이 크게 확대되었다.

"허억!"

극양의 열기를 견디지 못하고 균열을 일으키던 검신이 거미줄처럼 쪼개지기가 무섭게 그 파편이 방향을 선회하며 그를 향해 짓쳐드는 것이 아닌가!

파파파파팍!

파편들은 지괴의 눈과 목, 그리고 전신에 사정없이 꽂히며 그를 고슴도치로 만들어 버렸다.

"으아아악!"

몸서리칠 만큼 처절한 비명이 암천에 울려 퍼졌다.

지괴는 자신의 양손으로 눈을 감싸며 비틀거렸다. 그의 양손이 뜨겁게 달궈져 있다는 사실도 잊은 듯, 양손이 자신의 얼굴을 태우고 있다는 것도 모르는 듯 지괴는 너무도 처절한 비명을 토해내며 비틀거렸다. 그리고 마침내 그의 신형은 썩은 고목처럼 차가운 대지에 쓰러지고 말았다.

쿵!

육중한 음향이 공간을 울렸다. 많은 군웅들은 입을 쩍 벌린 채 넋이 나간 표정이었다. 바닥을 굴렀던 철우의 몸은 어느새 일어서 있었고, 그의 우수엔 검이 쥐어져 있었다. 바닥을 구르면서 쓰러진 군병이 떨어뜨린 검을 취했던 것이다.

"허어, 정말 대단한 녀석이군요. 지괴와의 내력 대결에서 분명히 졌다고 봤거늘……."

지붕 위에서 장내를 내려다보던 백당춘은 나직한 감탄성을 발했다.

"대체 어떻게 된 겁니까? 나의 안력으로는 어째서 저런 결과가 생겼는지 도저히 이해할 수가 없군요."

능진걸이 묻자 백당춘은 미소를 지으며 고개를 끄덕였다.

"적린장은 목표물을 격중시키지 않는 한 멈추지 않는 특성을 갖고 있는 무공입니다. 경신술로 도망친다 해도 장력은 계속 따라붙게 됩니다. 때문에 놈은 피할 수 없다는 것을 인식하고 빙백탄이라는 검공으로 내력 대결을 벌였습니다. 아니, 엄격히 말하자면 벌이는 척을 했던 것이죠. 검신이 균열되었을 때, 그 파편으로 지괴를 처치하겠다는 비장의 한 수를 감춰둔 상태로 말입니다."

"균열된 검신이 지괴에게로 날아간 것은 어떤 이유에서입니까? 균열된 파편들이 녹아 없어지거나, 아니면 장력의 방향에 따라 날아갔어야 정상이거늘. 어찌 그것들이 균열되기가 무섭게 살아 있는 생명체처럼 양 옆으로 갈라지며 오히려 지괴를 공격한 것인지 여전히 납득이 되질 않는군요."

"그것은 놈이 검을 놓으면서 몸을 날려 열 개의 손가락으로 지풍을 격출시켰기 때문입니다. 그로 인해 파편들이 뒤로 나가지 않고 오히려 지괴를 향해 움직인 것이죠. 잘 보십쇼. 지괴의 몸에 박혀 있는 파편은 모두 열 개이니까요."

백당춘의 말처럼 쓰러진 지괴의 몸에는 모두 열 개의 쇠붙이가 꽂혀 있었다. 양 눈에 하나씩, 목젖과 입을 뚫고 뒤통수까지 뚫은 것 등등 정확하게 열 개였다.

능진걸에게는 신출귀몰한 철우의 수법도 놀랍거니와 그것을 꿰뚫어 본 백당춘의 안력 또한 경이로울 수밖에 없었다.

“백 사범님.”

“말씀하십쇼.”

“천지쌍괴가 당하는 모습에 군병들의 기가 완전히 꺾이고 말았군요. 이대로라면 더 이상 저자를 막을 수 없을 것 같군요.”

능진걸의 말처럼 더 이상 군웅들은 철우를 막지 못하고 뒤로 주춤거리고 있었다.

“어어, 이 자식들아! 뭐 하는 거야? 뒤로 물러나지 말고 덤벼! 아무리 고수라고 해도 수적으로 따지면 우리가 압도적으로 우세하다고! 어서 놈을 해치워! 어서!”

주춤주춤 물러서는 군병들을 향해 금감석은 목이 터질 정도로 외쳐 댔다. 당연히 악을 쓸 만했다. 담중산을 지킬 수 있는 마지막 보루인 이들이 이런 식으로 허망하게 물러선다면 그야말로 끝장이기 때문이었다.

하지만 군병들은 머뭇거리기만 할 뿐 어느 누구도 나서려 하지 않았다. 한때 무림십대고수에까지 꼽혔던 천지쌍괴가 그들의 눈앞에서 죽는 모습을 목격했는데, 아무리 인원이 많다 한들 어찌 덤비고 싶은 생각이 나겠는가?

“덤벼라! 가장 먼저 덤비는 자에겐 내가 확실하게 출세를 보장해 주겠다!”

금감석은 많이 급해졌다. 잡는 게 아니라 덤벼들기만 해도 인정해 주겠다며 군병들의 꺾인 기를 세우려고 발악을 했다. 하지만 이 순간 군병들의 뇌리엔 ‘목숨은 하나’라는 사실과 집에 있는 처자식과 부모의 얼굴만이 떠오를 뿐이었다.

"안 되겠습니다. 저라도 나서서 군병들의 기를 세워야겠습니다."

능진걸은 더 이상 참을 수 없다는 듯 장내를 향해 몸을 날리려 했다. 그러자 백당춘이 그의 팔을 잡았다.

"진정하십쇼. 지금은 나설 때가 아닙니다."

"보시다시피 우리 군병들의 기가 완전히 꺾여 있거늘, 그게 무슨 말입니까?"

능진걸이 답답하다는 얼굴로 바라보자 백당춘은 의미심장한 표정으로 대답했다.

"불청객들이 있군요. 조금만 더 지켜보시지요."

기가 꺾인 군병들은 주춤주춤 뒤로 물러서며 양 옆으로 비켜났다. 철우는 그 사이로 천천히 들어섰다.

"으으……."

금감석은 기겁했다. 군병들이 양 옆으로 비켜나자 졸지에 자신이 철우의 앞을 막아선 꼴이 되고 말았기 때문이다. 그는 도망치고 싶었지만 얼어붙기라도 한 듯 다리가 떨어지지 않았다. 마음만 먹으면 철우의 일검에 목이 날아갈 수도 있는 상황에 그는 철우를 향해 미소를 지었다.

"헤헤……."

비굴하면서도 썩은 웃음이었다.

철우는 그의 얼굴 너머에 있는 담중산의 침소를 응시했다. 거리는 불과 십오 장. 단숨에 쏘아져 갈 수 있는 지척의 거리였으나 철우는 그렇게 하지 않았고, 금감석을 향해 검을 휘두르지도 않았다. 자신을 향해 천천히 다가오고 있는 심상치 않은 살기를 그는 감지했기 때문이다.

'여덟 명, 그것도 모두 여자……'

철우의 신형이 옴짝달싹 못하고 와들와들 떨고 있는 금감석의 바로 앞으로 다가서는 순간이었다.

슈슈슈슉!

어둠 속에서 느닷없이 콩알만한 크기의 환단이 쏟아지기 시작했다. 어둠과 같은 색깔이라 그 수가 대체 얼마나 되는지조차 짐작할 수 없었다. 동물적 육감에 따라 철우의 철검이 번뜩이기 시작했다.

퍼퍼퍼펑!

철검에 환단이 쪼개질 때마다 요란한 음향과 함께 운무가 피어올랐다.

"헉! 이, 이것은……?"

철우의 입에서 다급한 신음이 터졌다. 그와 동시에 철우의 주변으로 여덟 명의 여인이 사뿐히 내려섰다.

모두가 한결같이 머리는 구름처럼 틀어 올렸다. 게다가 유난히 많은 장신구를 몸에 달고 있었다.

하지만 정작 놀라운 것은 이 추운 겨울밤에 그녀들 모두가 속이 훤히 보이는 투명한 은삼만을 걸친 상태로 나타났다는 것이다.

꺾어질 듯 가는 허리, 놀랍도록 잘 발달된 가슴, 그리고 풍만한 둔부와 대리석같이 곧고 단단해 보이는 싱싱한 두 다리가 모두 환하게 드러나 있었다.

피리를 들고 있는 여인이 생긋 미소를 지었다.

"호호, 미안해서 어쩌나? 천지쌍괴까지 제압하신 분이니 정상적인 방법으로는 안 될 것 같아서 이 방법을 썼어요. 이해해 주세요."

철우는 그녀가 어째서 웃고 있는지, 그리고 이들의 정체가 무엇인지 알 수 있었다.

흑혈천.

그랬다. 이 여인들은 지겹게 철우를 따라붙는 흑혈천의 자객들이었고, 이들이 무슨 짓을 꾸미기 위해 자신의 앞에 나타난 것인지 짐작하는 것은 어렵지 않았다.

'비, 빌어먹을……'

철우의 얼굴이 딱딱하게 굳었다. 그는 자신이 들이마신 연기가 무엇인지 느낄 수 있었다.

그것은 바로 미혼향(迷魂香)이었다.

"호홍, 그럼 시작해 볼까요?"

여인은 교태롭게 미소를 짓더니 이내 피리에 입을 대었다.

삐리리릭~

그녀가 불어대는 피리의 선율을 따라 함께 나타난 여인들이 춤을 추기 시작했다. 속이 훤히 보이는 투명한 은사만 입은 상태로 춤을 추고 있는 여인들. 그녀들은 때론 고혹스럽게 나풀거렸고, 때론 갑자기 몸을 팽그르르 돌리기도 했다.

쏴아아!

옷자락이 흔들릴 때마다 향풍이 일었다. 그 향기는 더욱 강하게 철우를 압박해 왔다.

삐리리릭~ 삐리릭~

피리 소리는 점차 높아져 갔고, 여인들의 춤도 더욱 현란해졌다.

"끄으으……"

철우의 입에선 고통스런 신음이 새어 나왔고, 얼굴에선 쉴 새 없이 땀방울이 쏟아지고 있었다. 그는 몸속에서 불기둥처럼 치솟아오르는 욕망을 부동심법(不動心法)으로 견뎌내고 있었다. 하지만 그는 알고 있다, 자신이 미혼향을 호흡한 이상 버티는 것도 한계가 있다는 것을.

삐리릭~ 삐리리릭~ 삐리리리릭~

여인의 피리 소리가 더욱 높고 거칠어져 갔다. 그녀도 힘이 드는지 콧방울에 땀이 송골송골 맺혔다. 피리의 선율이 거칠어짐에 따라 춤을 추는 여인들의 율동도 더욱 격렬해졌다.

그녀들은 수시로 대리석 같은 다리를 번쩍번쩍 쳐들었고, 그럴 때마다 육감적인 육봉이 크게 덜렁거렸다. 피리 소리가 음공을 내포하고 있듯 그녀들의 춤 역시 마구잡이처럼 보였으나 일정한 보법을 유지했다. 어느새 그녀들의 몸도 땀으로 젖어가고 있었는데…….

"커억!"

"끄어억!"

피리의 선율이 높아져 가고 춤이 격렬해지자 문제는 다른 곳에서 일어났다. 소리가 약할 때까지만 해도 거리를 두고 있는 군웅들에게 그 소리는 크게 문제가 되질 않았다. 하지만 이제는 상황이 달랐다. 백여 명의 군웅들까지 눈알이 시뻘겋게 충혈되었고, 그들도 조금 전 금감석이 보였던 것과 같은 증상을 나타내기 시작했다.

"으으……."

"하, 한 번만… 제발 한 번만……."

떨어져 있는 거리 순서대로 군웅들이 그녀들에게 달려들기 시작했다. 백여 명의 군웅이 일제히 발정한 수캐처럼 뒤쫓았지만, 그녀들은 잡힐 듯 잡힐 듯 잡히지 않았다. 군웅들이 장내로 들어서는 순간, 그들은 환락진에 갇힌 셈이었다.

여인들로서는 이렇게 군웅들까지 미쳐서 날뛰리라고는 미처 계산에 넣지 못했다. 예상과 달리 철우의 정력이 심대했던 탓이다. 때문에 음공과 보법을 더욱 극성으로 높일 수밖에 없었고, 그로 인해 엉뚱한 군웅들까지 개가 되어 그녀들을 쫓아다니게 된 것이다.

"끄으으……."

하지만 철우에게도 변화가 보이기 시작했다. 그는 붉은 선혈이 터져 나오도록 입술을 질끈 깨물며 버티고 있었지만, 이제 한계에 달한 듯 신형이 크게 흔들리고 있었다.

삐리리리~ 삐리리리~

"꺼윽!"

"꺼어억!"

내력이 약한 군웅들이 칠공에서 피를 토하며 하나둘 쓰러지기 시작했다. 뿐만 아니라 먼발치의 지붕 위에 서 있는 능진걸 역시 식은땀을 흘리며 비틀거렸다.

"헉! 성주!"

백당춘은 기겁하며 능진걸의 팔을 급히 낚아챘다. 능진걸의 발이 미끈거리며 하마터면 밑으로 추락할 뻔했던 것이다.

"으으……."

능진걸의 얼굴은 온통 땀에 젖어 있었다. 게다가 그 역시 솟구치는 욕망을 참기 위해 어짜나 힘껏 입술을 깨물었는지 입 주위가 온통 피투성이였다. 백당춘은 황급히 능진걸의 명문혈을 통해 자신의 진기를 주입시켜 능진걸의 얼굴에 화색이 도는 모습을 확인한 후 그는 신형을 세웠다.

"거참, 아무리 살인마를 처단하는 짓이라지만 계속 내버려 두다간 모든 사람이 다 죽고 말겠군."

쉬이익!

창졸간에 연기처럼 사라지는가 싶더니, 어느새 그의 신형은 빛살처럼 암천을 가르고 있었다.

"꺼으억!"

"끄윽……."

나녀들을 쫓던 군웅들은 허공에 피를 토하며 쓰러져 갔고, 유혹은 더욱 강렬해지고 있었다.

"호옹… 이리로… 호호홍……."

"하아… 어서 오세요. 어서요……. 하아……."

나녀들의 유혹은 요염하다 못해 처절하기까지 했다.

허리를 비꼬며 자신의 은밀한 부분을 내보이는 여인, 드러누운 채 쉴 새 없이 교성을 지르고 있는 여인이 있는가 하면, 호박만한 가슴을 출렁이며 당장이라도 숨이 넘어갈 것처럼 헐떡거리는 여인도 있었다.

"불법무한(佛法無限)… 무색무심(無色無心)… 일리제평(一理齊平)……."

철우는 어금니를 짓씹으며 불경의 구절을 뇌까렸다. 불법은 무한하여 그 끝을 알 수 없고, 마음이 일면 법도 일고, 마음이 죽으면 법도 따라 죽는다는 대라범창(大羅梵唱)으로 솟구치는 수컷의 욕정을 힘들게 견뎌내고 있었다.

그 순간, 허공에서 엄청난 사자후가 터졌다.

"요망한 것들, 썩 눈앞에서 사라지지 못하겠느냐!"

불가에서 일체(一切)를 엎드려 승복하게 만든다는 부처님의 설법처럼 그것은 어마어마한 사자후였다.

순간, 공간을 인육림(人肉林)으로 만들며 설쳐 대던 나녀들의 동작이 그대로 멈춰지는가 싶더니, 허공에서 한줄기 섬광이 번쩍이며 불어대던 피리를 반으로 가르자 여인들은 일제히 피를 토하며 휘청거렸다.

"컥!"

"으윽!"

창졸간에 뭇 사내들을 농락하던 여인들의 얼굴이 추악하게 일그러지고, 놀랍도록 잘 발달된 가슴도 축 늘어져 버렸다. 치솟는 욕정을 악착같이 견뎌내던 군웅들은 일순간에 급변한 상황에 눈을 휘둥그렇게 떴다.

피를 토하며 맥없이 쓰러진 여인들, 그녀들은 모두 한결같이 늙고 초라했다. 저와 같이 쭈글쭈글한 여인들이 어떻게 해서 자신들을 발정난 수캐로 만들었는지 도무지 이해할 수 없다는 표정이었다.

스스슥!

그때 마치 깃털처럼 천천히 장내에 내려서는 초로의 사내가 있었다. 사자후와 피리를 쪼갠 장본인, 바로 백당춘이었다.

"쿨룩!"

백당춘은 검붉은 핏덩이를 토하며 비틀거리는 철우를 응시했다. 이미 미혼향을 들이마신 상태로 나녀들의 유혹을 맨몸으로 견뎌내던 철우였다. 많은 공력이 소모되고, 내상 또한 심하게 입은 상태라는 것을 누구나 느낄 수 있을 정도였다.

불현듯 백당춘의 옆에 또 한 명의 사내가 나타났다. 능진걸이었다.

"아, 아니, 능 성주?"

금감석이 눈을 크게 뜨며 급히 다가왔다. 진즉에 멀찌감치 도망친 후 눈 감고 귀를 막은 채 납작 엎드려 있던 그였다. 그로 인해 나녀들의 유혹에서 벗어날 수 있었던 그는 무엇이 그리도 못마땅한지 능진걸에게 득달같이 달려들며 삿대질을 해댔다.

"당신, 지금 이게 무슨 짓거리요? 다 된 밥에 코를 떨어뜨려도 유분수지, 어째서 살인마가 쓰러지기 일보 직전에 나타나서 찬물을 끼얹는 거요? 정신 나갔소?"

'능… 성주……?'

철우는 흠칫거렸다.

성주 능진걸.

너무도 귀에 익숙한 이름이었다. 자신이 한때 열병처럼 사랑했고, 지금도 아련한 추억으로 허기를 채우게 만드는 그 여인의 남자를 철우는 처음으로 마주하게 된 것이다.

"저, 저걸 보라고! 당신들이 훼방을 놓는 바람에 저 살인마가 다시 기사회생을 하고 있잖아! 도대체 무슨 심보로 이렇게 일을 망쳐 놓는 거요?"

"무슨 심보라니? 요망한 나녀들 때문에 무수히 많은 우리 항주의 군병들이 죽어갔소이다. 빈대 한 마리를 잡으려다가 초가삼간을 다 태우려 하는데, 그럼 보고만 있으란 말입니까?"

능진걸은 언성을 높이며 따져 대는 금감석보다 더욱 크게 역정을 냈다.

"나원참, 성주라는 작자의 사고방식이 이 모양이니 항주 꼴이 이 모양이 됐지. 당장 담 대인이 위험하게 생겼는데, 군병 몇십 명이 더 죽는다고 한들 대수겠소?"

"저들에게도 가족이 있고, 형제가 있소."

능진걸은 여전히 차갑게 금감석을 쏘아보며 말을 이어나갔다.

"담 대인에게 아들이 그토록 소중하듯 저들에게도 소중한 가족이 있거늘, 저들의 생명이 어찌 한낱 파리 목숨처럼 취급당해야 한단 말이오?"

"그, 그건……."

"누구에게나 생명은 소중한 법이오. 난 저들이 이유없이 죽어가는 것을 더 이상 좌시할 수가 없소."

너무도 단호한 능진걸의 모습에 금감석은 당황했다. 능진걸과 자신은 근본 사고부터가 달랐다. 금감석은 현재의 위치로 생명의 가치가 매겨진다고 생각하는 사람이다. 그렇기 때문에 가치가 높은 담중산의 목숨을 구하기 위해 수백 명의 군병쯤은 얼마든지 희생돼도 괜찮다는 생각을 하고 있었다. 물론 담중산을 위해 자신의 목숨을 던지는 그런 일은 꿈에도 생각하지 않고 있지만.

어쨌든 세상은 끌어당기는 자와 끌리는 자로 나뉘어져 있고, 끌리는 자들의 생명까지 생각하면서 관리 생활을 한다는 것은 출세를 포기한 정신 나간 자들의 몫이라는 게 금감석의 소신이었다. 그렇기 때문에 그는 능진걸을 이해할 수가 없었고, 이해하고 싶은 생각도 없었다.

'내참, 이렇게 답답한 인간이 어떻게 황도에서는 일을 잘한다고 소문이 났었을까?'

금감석은 짜증스럽게 말을 뱉었다.

"그럼 저놈이 다시 회복되고 있는데, 만약 담 대인에게 변고라도 생기면 그땐 어쩔 거요? 당신이 모든 책임을 다 지겠소?"

"물론이오. 난 항주의 성주요. 당신에게 직무 정지를 당했을지언정."

능진걸은 무심히 대꾸하고는 고개를 돌렸다. 철우의 모습이 시야에 들어왔다.

뜻밖이었다.

능진걸은 자신의 눈앞에 서 있는 살인마에게서 허무와 고독의 느낌을 받았다. 수많은 사람들을 죽인 자라고는 도저히 느껴지지 않는 절대 무심의 기운이 자신을 파고들었다.

철우의 느낌 역시 달랐다. 능진걸에 대한 소문은 익히 들어왔다. 모두가 외면하는 문둥병 환자의 집단촌에 찾아가서 쌀과 땔감을 갖다 주고, 어린 고아들이 나쁜 길로 빠지지 않도록 직접 나서서 일자리를 알아봐 줄 정도로 군림하는 성주가 아닌 함께하는 성주로 성민들의 추앙을 받고 있는 사내라는 것을.

'역시… 명불허전(名不虛傳)이로군. 길이 아니면 가지 않을 사내……'

철우는 자신의 영혼을 붙들고 있는 여인을 떠올리며 씁쓸한 미소를 지었다.

부용,

이젠 너를 놓아줄 수 있을 것 같다.

너에 대한 미련과 망집(妄執),

모두 지워도 될 것 같구나.

결코 너의 남자로 하나도 모자람이 없는,

나 같은 놈과는 비교조차 할 수 없는 멋진 사내다…….

마치 억겁의 시간인 양 길게만 느껴지던 두 사내의 침묵은 능진걸의 차가운 음성과 함께 깨어졌다.

"그대에게도 한이 있겠지. 그리고 칼부림은 그대의 한풀이일 테고."

"……."

"하나 너무도 많은 사람이 죽었다. 이 정도에서 멈추고 국법에 따라 주길 바란다. 이제 그만 검을 내려놓아라."

"국법이라고 했나?"

"그렇다. 말했 듯이 그대에게도 그만한 이유가 있기에 이와 같은 살인 행각을 저질렀음을 어느 정도는 헤아릴 수 있을 것 같다. 억울한 것이 있다면 나의 이름을 걸고 반드시 풀어줄 테니, 이제 그만 망나니와 같은 칼부림은 여기서 멈춰주길 바란다."

"크크크……."

철우는 키득거렸다. 하지만 능진걸은 불쾌해하지 않았다.

"왜 웃나?"

"미안하지만 나는 법을 믿지 않네."

"힘이 없는 자들을 위해 만들어진 게 국법이다. 힘이 있는 자들이 판을 치는 세상이라면 법이 왜 필요하겠나? 그러니 더 이상 자신과 상관없는 무고한 생명들을 해치지 말고, 억울한 한이 있으면 국법에 호소해라."

"사람을 죽인 쓰레기 같은 담소충에게 죄가 없다고 한 인간들을 어찌 믿으라는 건가? 난 애당초 그런 것을 믿지 않아. 내겐 오직 이 검만이 법일 뿐이다."

물론 능진걸이라면 충분히 믿을 수 있다고 생각하는 철우였다. 하지만 담중산에게 복수를 하기 위해 이미 그는 수많은 군병들까지 살해한 상태였다. 능진걸에게 일임하기에는 너무 늦었고, 또 그러고 싶지 않았다. 자신의 손으로 담중산을 죽이고 싶었고, 그 죽음을 자신의 눈으로 확인하고 싶을 따름이었다. 그래야만 저승으로 왕 대인을 만나러 갈 때 조금은 마음이 가벼워질 것 같았다.

"넌 이미 심한 내상을 입었다. 더 이상의 도발을 감행할 상태가 아니란 말이다. 그런데도 계속 칼부림을 하겠다는 것이냐?"

"후후후, 내가 갈 곳은 지옥뿐인데 무슨 미련이 있겠나?"

철우는 미소를 짓고는 시선을 옆으로 돌렸다.

"당신보다는 그 옆에 있는 자가 나를 막으려 하는 모양인데, 이만 당신은 물러나 줬으면 싶군. 어차피 소귀에 경 읽는 격일 테니까."

능진걸이 뭐라고 반발하려는 순간, 백당춘이 그의 앞으로 천천히 나섰다.

"지옥에 떨어질 것을 이미 염두에 두고 있는 친구입니다. 제가 해결하겠습니다."

"……."

능진걸은 철우를 설득하지 못한 게 못내 아쉬운 듯 잠시 그를 뚫어지게 응시했다. 하지만 백당춘의 말대로 그는 이미 죽음을 각오한 몸, 그 어떤 얘기도 먹힐 상황이 아니었다. 능진걸은 씁쓸히 물러서며 한마디를 던졌다.

"법에 따라 처리하고 싶습니다. 생명은 보존시켜 주십쇼."

"예, 가능하다면."

백당춘은 가볍게 미소를 짓고는 철우의 앞에 우뚝 섰다.

철우는 느꼈다, 눈앞에 있는 인물은 그가 이날까지 겪어왔던 그 어떤 사내보다도 강하다는 것을.

정상적인 상태로도 승부를 예측할 수 없는 상대이거늘, 지금의 철우는 극심한 내상에 미혼향의 후유증까지 치르고 있는 최악의 상태였다. 굳이 겨루지 않아도 승부는 이미 결정지어진 것이나 마찬가지였다.

"아쉽군. 서로가 최상의 조건에서 비무를 겨루지 못하는 것이."

"나도 그렇소. 하지만 그렇다고 쉽게 무릎을 꿇는 일은 없을 것이오."

"그렇겠지. 자넨 아직도 해야 할 일이 남은 사람이니까."

백당춘은 대왕루의 주인인 왕 대인과 점가가 살해당한 사실을 이미 능진걸에게 보고한 바 있다. 그리고 살수를 시켜 그런 짓을 할 수 있는 자는 단 한 사람뿐이라고 단정했다.

때문에 이곳이 호랑이 굴이라는 것을 알면서도 단신으로 쳐들어온 철우를, 그리고 담중산에게 복수를 해야만 하는 그의 불타는 분노를 백당춘은 충분히 이해할 것 같았다. 자신도 그런 상황이었다면 철우의 행동과 크게 다르지 않았을 테니까.

게다가 백당춘은 어느 누구보다도 무사로서의 자존심이 강한 인물이다.

원래의 그라면 이와 같은 상황에선 절대 검을 뽑지 않았을 것이다. 하지만 안타깝게도 지금의 백당춘은 개인적인 자존심보다는 능진걸을 먼저 생각해야 하는 입장이었다. 백당춘으로선 그것이 착잡할 따름이었다.

"대신 선수는 양보하겠네."

"고맙구려."

마치 그 말을 기다리기라도 한 듯 철우의 검은 어느새 예리한 파공음과 함께 백당춘의 면전으로 쏘아져 가고 있었다.

속전속결.

내상을 입은 상태에서 그가 취할 수 있는 최선이자 유일한 선택이었다.

파파파파!

마치 거센 파도가 치듯 매서운 검풍이 사방으로 휘몰아쳤다.

하지만 백당춘은 피하지 않았다. 오히려 철우가 지면에서 발을 박차는 순간 그의 우수는 말려져 있었고, 그는 그 주먹을 앞으로 쭈쭉 내뻗었다. 그의 주먹은 아무런 변화도 느낄 수 없는 지극히 평범한 것 같았다.

"헉!"

하지만 짓쳐들던 철우는 다급한 헛바람을 삼켜야만 했다. 일찍이 받아본 적이 없는 가공할 압력이 자신의 전면으로 파고드는 것을 느꼈기 때문이다.

백당춘이 펼친 단 한 번의 권법에 철우는 더 이상의 검초를 펼칠 수 없을 만큼 막대한 압력을 느껴야만 했다. 자신이 펼치려 했던 검초가 그 엄청난 압력 앞에 무력해지고 말았다.

고오오오!

오히려 철우를 향해 밀려드는 그 가공할 기세는 조금도 누그러들지 않았다. 철우의 안색이 창백해지며 입가에선 소리없이 한줄기 핏물이 흘러내렸다.

강하다.

천지쌍괴를 합쳐 놓은 것보다도 훨씬 강한 상대였다. 이와 같은 엄청난 고수를 상대하기 위해선 자신 쪽에서 최극강의 초식을 펼쳐야만 한다. 철우는 입술을 질끈 깨물었다.

"타아앗!"

짧은 외마디 기합성과 함께 그의 신형은 도저히 이해할 수 없을 정도의 빠른 속도로 백당춘에게 짓쳐들었다.

쐐애액!

십이성(十二成)의 전 공력!

절대 신법 무정무영비(無情無影飛).

심장을 파고들던 백당춘의 권풍은 허공을 그었다. 그리고 철우의 검은 분명히 백당춘의 옷자락을 헤쳤다. 하지만 오히려 철우는 심장을 움켜쥐며 크게 휘청거렸다.

"커어억!"

고통스런 신음 소리와 함께 그의 입에선 검붉은 핏덩이가 울컥 쏟아져 나왔다.

철우, 안타깝게도 그의 공력은 십이성이 아니었다.

이미 체내로 흡입된 미혼향과 나녀들이 펼치는 유혹의 절진을 내력으로 견뎌내는 데 이미 상당한 공력이 소멸되었다. 게다가 억지로 버티면서 심각한 내상까지 입은 상태였다.

몸은 육성뿐이로되 마음은 십이성을 요구하였으니…….

"끄으으…….."

가슴을 부여잡고 비틀거리는 모습, 그리고 연신 비 오듯 쏟아지는 굵은 땀방울과 시뻘겋게 충혈된 철우의 모습에 백당춘은 공세를 멈추고 당황했다.

"이, 이 친구……?"

그 역시 순간적으로 직감했다, 이는 바로 주화입마의 징조라는 것을.

"위험하다! 어서 가부좌를 틀고 앉아!"

백당춘은 크게 당황하며 소리쳤다. 아무리 상대가 천하에 둘도 없는 공적이라 할지라도 주화입마의 징조를 보이는 것을 그냥 내버려 둘 수는 없었다.

역류하는 철우의 기혈을 바로잡아 주기 위해 그는 적의를 풀며 소리쳤으나 철우에게는 그것이 유일한 기회였다.

쉬익! 쉭!

그는 왼쪽 어깨에 걸쳐 있는 주머니의 밑창에서 폭약 몇 개를 뽑아 던졌다.

"헉!"

전의를 풀고 철우를 도와주려던 백당춘에겐 도저히 생각지 못한 날벼락이었다.

콰콰쾅!

폭약이 터졌다.

그와 동시에 철우는 이제 불과 십 장 앞에 있는 담중산의 처소를 향해 미친 듯이 돌진했다.

콰장창!

문이 박살났다. 철우는 온몸으로 문을 부수며 안으로 들어섰고, 그의 앞에는 예상처럼 담중산이 앉아 있었다.

"흐흐, 왔나?"

담중산은 여유있게 여인을 옆에 끼고 술잔을 마시고 있었다. 밖에서 치열한 난전이 벌어지는 동안 그 역시 여인과 한바탕 격전(?)을 치렀다는 것을 보여주듯 그의 옷은 적당히 풀어헤쳐져 있었다.

"대단한 놈이다. 수많은 군병과 살수들을 헤치고 결국 여기까지 진

입하다니……. 그 우직한 용맹을 내가 술로써 하사하고 싶구먼. 자, 한
잔 받게."

담중산은 미소를 지으며 철우를 향해 술잔을 내밀었다. 철우는 시꺼
멓게 물들어가는 고통스런 얼굴로 담중산을 노려보았다.

"정문 밖에… 이미 당신과 내가 함께 들어갈… 관을 준비했다. 지옥
에 가거든… 그 술잔을 받도록 하지."

호흡이 짧고 고저가 불규칙한 음성이었다. 그의 상태가 정상이 아니
라는 것을 누구나 짐작할 수 있었다.

"후후, 서 있기조차 힘이 드는 것 같군. 그래서야 어떻게 함께 지옥
으로 갈 수 있겠나?"

"그런 걱정은… 하지 않아도… 된다……. 당신… 하나 정도 죽일…
최후의 기운은… 남아 있으니까……."

철우는 더 이상 시간을 지체할 수 없음을 느끼며 곧바로 담중산의
목을 노리며 달려들었다.

하나 그 순간 철우는 느꼈다. 철저하게 인간의 호흡을 멈추고 몸을
은폐한 상태에서 자신의 심장을 향해 짓쳐드는 공기의 파장을.

슈욱!

철우는 검이라고 느꼈다. 하지만 결코 단순한 일검이 아니었다. 그
것은 한 인간의 무서운 집념이 모두 응축되었으며, 상대의 모든 한이
담겨진 최후의 한 수라고 느껴졌다.

만약 자신의 몸이 온전하더라도 감당하기가 힘든 기습이거늘, 서 있
기조차 힘든 상태에서 막아낸다는 것은 도저히 불가능하다고 그는 본
능적으로 판단했다.

보이지 않는 상대의 비장의 한 수가 철우의 심장을 꿰뚫으려는 순간,

고오오오!

그보다 먼저 등 뒤로부터 급선회하며 맹렬하게 밀려드는 거대한 암경에 의해 철우는 옆구리를 격타당하며 격렬하게 나가떨어졌다.

꽈다당탕!

창졸간에 철우의 몸이 바닥을 구르자 비장의 한 수는 목표를 잃고 허공을 가르고 말았다. 그리고 거대한 한 노인이 모습을 드러냈다.

서리가 내린 것처럼 새하얀 백발과 일 자로 솟구친 칼끝 같은 백미(白眉)에 독수리처럼 형형이 빛나는 찢어진 눈매, 그리고 활처럼 휘어져 있는 매부리코. 나이를 전혀 느낄 수 없는 인성(人性)보다는 사기(邪氣)와 마성(魔性)이 더 강렬히 느껴지는, 마치 염라대왕을 연상케 하는 노인, 바로 흑혈천의 천주인 흑혈야제 사도혼이었다.

사도혼은 나타나기가 무섭게 자신의 암습을 훼방한 자를 쫓았다. 방해자를 찾는 것은 그리 어렵지 않았다.

백당춘, 바로 그가 능진걸과 함께 천천히 장내로 들어서고 있었기 때문이다.

담중산은 나타난 능진걸을 향해 매섭게 노려보았다.

"이게 무슨 짓인가?"

"국법에 따라 그를 처리하고자 합니다."

능진걸이 당당하게 대답하자 담중산의 눈꼬리가 말려 올라갔다.

"뭣이라?"

"법에 따라 그의 죄를 물을 것이고, 법에 따라 처벌하겠습니다."

"놈은… 하나뿐인 나의 아들을 죽인 원수다! 내 식으로 복수할 테니까, 자넨 빠져!"

"법은 누구에게도 칼로써 복수할 수 있는 권리를 주지 않았습니다.

잘 아시잖습니까?"

"자네… 지금 나를 가르치겠다는 건가?"

담중산은 입술을 질끈 깨물며 쏘아보았다. 이날까지 자신에게 이와 같은 소리를 내뱉은 사람은 그 어디에도 없었다. 그것만으로도 그의 자존심은 심하게 상했다.

"이제 겨우 일개 지방의 성주밖에 안 되는 새파란 애송이가 감히 황실에서 절대 권력을 행사하던 나에게 그와 같은 소리를 지껄여? 감히?"

"국법에 따라 처리하겠다는 것이 어찌 관직의 고하와 관계가 있는지 전 이해할 수가 없군요. 전 그저 항주의 성주로서 저의 소임에 충실하고 싶을 따름입니다."

"집어치워, 이 자식아!"

담중산은 버럭 노성을 지르며 술잔을 집어 던졌다. 술잔은 이마를 향해 날아왔으나 능진걸은 결코 피하지 않았다.

주르륵.

이마에서 피가 흐르기 시작했지만 능진걸은 닦으려 하지도 않았다.

"이제는 데려가도 되겠습니까?"

"누구에게도 칼로써 복수할 수 있는 권리를 주지 않았다고 지껄였는데… 홍, 좋아! 네놈의 눈앞에서 이 자식의 몸뚱어리를 벌집으로 만들어 버릴 테니까, 어디 네놈 하고 싶은 대로 한번 해봐!"

담중산은 냉소를 치며 바닥에 떨어져 있는 단검을 집어 들었다. 그리고 지체없이 쓰러져 있는 철우를 향해 내리찍었다.

너무도 갑작스러운 행동이었고, 설마 그가 이렇게까지 나올 줄은 아무도 예상치 못했다. 은퇴를 했을지라도 여전히 황실과 백성으로부터 존경받고 있는 그가 자신의 손으로 직접 피를 묻히겠다고 나설 줄이야.

하지만 담중산은 쉽게 자신의 뜻을 이루지 못했다.

콱!

의식을 잃은 줄 알았던 철우가 느닷없이 몸을 돌리며 담중산의 팔목을 움켜잡은 것이었다.

"이, 이놈이?"

담중산은 인상을 쓰며 철우의 손아귀에서 빠져나오려 했으나 역부족이었다. 아무리 철우의 상태가 최악이라 할지라도 그는 그래도 무림인이었고, 아직은 젊었다.

철우는 문득 씨익 미소를 지었다.

"후후, 내가 분명히 얘기했을 텐데? 함께 지옥에 가자고."

말과 함께 그는 어깨에 메어져 있는 가죽 주머니의 밑동에서 꺼낸 작은 폭약을 담중산의 입 안에 처넣어 버렸다.

"컥!"

담중산은 기겁하며 그것을 뱉어내려고 했으나 철우는 그것조차 할 수 없도록 한 손으로 그의 입을 틀어막아 버렸다. 그리고 다른 한 손으로는 가죽 주머니 안에 남아 있던 폭약을 모두 바닥으로 굴렸다. 충격이 있을 땐 폭약이 곧바로 터져 버리겠지만, 지금처럼 바닥으로 슬쩍 굴렸을 땐 터지지 않았다. 하지만 그중 단 한 개라도 외부에서 충격을 가한다면 분명 엄청난 연쇄 폭발을 일으킬 것은 너무도 자명했다.

"헉! 아, 아니?"

"저, 저놈이……?"

능진걸과 백당춘은 물론 사도혼까지 기겁했다. 바닥에 깔린 무수한 폭약이 터진다면 모두가 함께 죽을 판이었기 때문이다.

하지만 철우는 바로 폭약을 터뜨리지 않았다. 그보다 먼저 해야 할 일이 있었다.

'행복해라, 부용……'

그는 문득 씁쓸한 미소를 지었다. 그리고는 곧바로 자신의 마지막 진기를 끌어모으더니 느닷없이 능진걸을 향해 장력을 날렸다.

퍼펑!

"으아악!"

장력에 격중된 능진걸은 문밖으로 곤두박질쳤다.

"서, 성주님?"

백당춘은 기겁하며 능진걸을 쫓았다.

담중산은 철우가 행동을 개시하기 전에 도망치려는 듯 그 짧은 틈을 이용해 몸을 일으키려 했으나 소용없었다. 오히려 움직이지 못하도록 마혈까지 짚었다.

"읍… 읍……!"

"자, 이제 함께 가자고! 모두가 기다리고 있을 지옥으로! 으하하하하 하하!"

철우는 미친 듯한 광소성을 토하며 바닥을 구르고 있는 폭약 하나를 향해 지풍을 날렸다.

쾅!

폭약이 터졌다. 그리고 동시에 연쇄 반응이 일어나기 시작했다.

콰콰콰콰쾅! 콰콰콰콰콰쾅!

날벼락 같은 굉음을 울리며 연속적으로 터지는 폭약. 그 위력은 엄청났고, 어쩌나 광포했는지 침소 밖에 있는 군병들까지도 기겁하며 몸을 바닥에 납작 엎드려야만 했다.

우르르르릉!

항주의 일급 목공들이 무려 일 년 동안 피땀 어린 정성으로 만든 멋진 담중산의 처소가, 아름다운 곤옥석(崑玉石)과 튼튼한 자단목(紫檀木)으로 지어진 그곳이 굉음과 함께 속절없이 무너지고 있었다. 그리고 공간은 창졸간에 불덩이와 자욱한 연기로 가득 차 올랐으니…….

어느덧 솟아오르는 불꽃만큼이나 붉은 새벽의 여명이 동녘 하늘에서 서럽게 움터오고 있었다.

第十一章

산다는 것은……

강호는 경악했다.

너무나 놀란 나머지 어느 누구도 차마 말이 나오지 않을 정도였다.

단신으로 구중심처와도 같은 담중산의 처소를 쳐들어가 수많은 항주의 군병들을 해치운 철우의 가공할 무위(武威)에 경악했고, 마침내 담중산을 처참하게 죽이고 말았다는 소문에 할 말을 잃고 말았다.

담중산이 누구던가?

일인지하 만인지상인 승상으로서 상당히 오랜 세월 동안 황제의 절대적 신임까지 받았던 인물이 아니던가? 뿐만 아니라 은퇴 후에도 그를 추종하는 후학들로 인해 여전히 막강한 권세를 누리던 인물이 일개 낭인에 의해 처참한 최후를 맞이하고 말았다는 소문에 천하는 아연실색하고 말았다.

더욱이 그의 죽음은 시체조차 찾을 수 없을 정도로 참담했다. 무너져 버린 건물 더미 밑에서 그의 머리는 도저히 찾을 수 없었고, 그저 떨어져 나간 팔 한쪽에 끼워져 있는 반지와 떨어져 나간 발목 한쪽에 있는 상처를 보고 그의 죽음을 인정해야만 할 정도로 너무도 끔찍한 최후였다.

무상(無常)한 인생과 무상한 권력에 세인들은 허망해했고, 그저 입맛이 쓸쓸할 따름이었다.

*   *   *

능진걸은 침상에서 몸을 일으켰다.

다행히 그는 별로 다치지 않았다. 다만 건물이 무너질 때 깨진 기와 조각들에 의해 약간의 상처만 입었을 뿐이다. 그는 몸을 침상에 기대 앉으며 아내 부용이 정성스럽게 달여 온 약사발을 들이켰다.

능진걸은 입술을 훔치며 약사발은 물리고는 백당춘을 바라보았다.

"어찌 되었습니까?"

"죄송스럽게도 오늘도 역시 아무것도 찾지 못했다고 합니다."

광란의 혈겁이 벌어진 지 오늘로 닷새째였다. 붕괴된 건물 더미를 헤치며 시신들을 찾았지만 죽음을 확인할 수 있는 것은 오로지 담중산과 그의 애첩뿐이었다.

"닷새 동안 시신을 발견 못하다니, 그럼 폭파되는 순간 그곳을 빠져 나갔다는 얘긴데… 백 사범님, 당시 그자의 몸 상태로 그런 일이 가능합니까?"

능진걸이 의아한 표정을 지으며 묻자 백당춘은 고개를 저었다.

"당시 그는 극심한 내상에 주화입마까지 당했습니다. 자신의 능력으로 그곳을 빠져나간다는 것은 불가능한 일입니다. 더욱이 모두 함께 죽자며 그런 일을 저질렀는데, 도망친다는 것은 있을 수 없는 일이죠."

"한데 아직도 시신이 발견되지 않은 건 대체 무슨 이유입니까?"

"그의 능력으로는 불가능하지만 만약 누군가의 도움을 받았다면 얘기는 달라지겠죠."

"누군가의 도움이라뇨?"

"그때 그 장소에 함께 있던 거대한 노괴인의 시신 역시 아직까지 나오지 않았습니다."

"……?"

능진걸은 흠칫하며 눈을 크게 떴다.

"그렇다면 그자가?"

뭔가 얘기를 꺼내려다 말고 능진걸은 도리질을 했다.

"아냐. 그때 그 노인은 그자를 죽이려고 했는데 그런 사람이 데리고 도망친다는 것은 상식적으로 있을 수 없는 일입니다."

"저 역시 그렇게는 생각지 않습니다만, 상식적이지 못한 일이 어디 그뿐이겠습니까?"

"그건 또 무슨 말씀이십니까?"

"전 아직도 그때 그자가 최후의 폭약을 방 안에 모두 뿌린 다음 성주를 향해 장력을 날린 것을 이해할 수가 없습니다."

"……?"

능진걸은 이해할 수 없다는 듯 눈을 휘둥그렇게 떴다. 그리고는 문득 옆을 돌아보았다.

"그만 나가보시구려. 당신이 들어봐야 좋은 얘기도 아니니까."

능진걸이 미소 지으며 입을 열자 부용은 고개를 끄덕였다.

"예, 그럼 말씀 끝나시는 대로 나오세요. 당신이 좋아하는 웅족탕(熊足湯)을 준비했어요."

"알겠소."

능진걸은 짧게 대답을 하고는 다시 시선을 돌렸다.

"계속하십쇼."

"당시 그는 몸을 추스르기도 힘든 입장이었습니다. 그런 상태에서 군이 어째서 최후의 진기까지 끌어올리며 성주님께 장력을 날렸는지……."

백당춘의 말은 다시 이어졌고, 그의 얘기는 나가려고 하는 부용의 등판에 꽂혔다.

능진걸은 여전히 이해할 수 없다는 표정으로 백당춘을 응시했다.

"자신을 잡기 위해 전력투구를 했던 성주인만큼 저에게도 좋지 않은 감정이 있었을 테니 죽기 전에 살수를 펼치고 싶었던 거겠죠."

"어차피 모두 죽자고 폭약을 뿌려댄 자입니다. 성주님이 죽는 것을 원했다면 군이 그럴 필요까지 없었을 겁니다. 더욱이 그가 최후에 펼친 그 장력은 살초가 아니었습니다."

"…아니라뇨?"

"그건 풍력장(風力掌)으로, 해를 입히지 않고 상대를 뒤로 멀리 날려보내는 그런 장풍입니다. 사람이 뒤로 나가떨어지더라도 결코 내상 같은 것은 입지 않는 태풍 같은, 그런 장력이었다는 겁니다."

"……!"

"그, 그럼 그자가 나를 살리기 위해 장력을 격출했단 말입니까?"

"풍력장을 사용하여 성주님을 밖으로 내몬 다음에 폭약을 터뜨렸습니다. 저는 왠지 그런 생각이 드는군요."

"도저히 이유를 알 수 없군요. 그자가 나를 살리려 하다니……."

쨍그렁!

그 순간, 느닷없이 그릇 깨지는 소리가 들렸다. 능진걸과 백당춘의 시선이 소리를 좇았다.

"아니, 당신, 아직도 안 나가셨소?"

약사발을 떨어뜨린 부용이 문 앞에서 허둥대며 깨진 조각을 줍고 있었다.

"죄, 죄송해요. 제가 그만……."

"어허, 그만둬요. 그러다가 손이라도 베이면 어쩌려고……."

능진걸은 침상에서 내려서고는 그녀를 뒤로 물러서게 한 다음 자신이 떨어진 조각을 주웠다.

"내가 며칠 누워 있어 많이 걱정하고 있다는 거 잘 알고 있소. 하지만 내일부터는 다시 일상에 복귀할 수 있으니까 안심하도록 해요."

그는 깨진 조각을 쟁반 위에 모두 올려놓으며 미소를 지었다.

"죄송해요."

"죄송은 무슨……. 나가서 웅족탕을 어서 준비하도록 해요. 벌써부터 침이 고이고 있으니까."

"예, 그럼."

부용은 대답과 함께 그곳을 빠져나왔다.

하지만 음식을 준비하면서도 그녀의 마음은 쉽게 진정되질 않았다. 자꾸만 자신을 향해 미소 짓는 한 사내의 얼굴이 뇌리에 떠올랐다. 미소는 맑고 투명했지만 눈이 슬픈 사내…….

우(羽)…….

당신은 삶의 마지막 순간까지 나를 비참하게 만드는군요.

기다리지 못한 나를 용서하지 않기를 바랐었는데…….

내게 복수하듯 나보다 훨씬 착하고 당신만을 생각하는 그런 여인을 만나 보란 듯이 행복하게 살기를 바랐었는데…….

그래야 저승에서라도 당신을 만나면 내 마음이 조금이라도 편할 것 같았는데…….

바보 같은 사람…….

주르륵.

마침내 참고 참았던 한줄기 눈물이 그녀의 뺨을 타고 흘러내렸다.

*　　　　*　　　　*

"휴우……."

한 사내가 저무는 노을을 바라보며 길게 한숨을 내쉬었다. 사내의 어깨에 앉아 있는 작고 흰 원숭이도 따라서 한숨을 쉬었다.

초진양과 반반이었다.

초진양이 아무리 외진 송산 기슭에서 살아가고 있을지라도 천하를 경악시킨 철우의 소식을 어찌 못 들었겠는가. 그는 붉게 타오르는 노을 사이로 떠오르는 한 사내를 바라보며 안타까운 표정으로 뇌까렸다.

"형님, 살아 계시겠죠? 설마 돌아가시진 않으셨겠죠?"

돌이켜 보면 그와의 만남은 너무도 어이가 없었다.

자신이 사랑했던 기녀의 죽음이 원통해서 누구든 상관없이 해코지라도 해야만 진정될 것 같았던 그때, 철우는 오히려 광란하며 살초를 휘두르는 그를 진정시켰고, 기꺼이 벗이 되어주었다.

그리고 그의 손으로 자신과 묘설하의 복수까지 해주었고, 마침내 모든 악의 근원이자 단초였던 담중산과 함께 자폭하였다.

"세상 사람들은 형님의 죽음을 당연시하지만 전 절대 그렇게 생각하지 않습니다. 형님은 살아 계실 겁니다. 늘 그러셨던 것처럼 미소를 지으시며 제 앞에 나타나실 겁니다."

초진양의 눈가에 뿌연 이슬이 고였다.

철우를 떠올리면 언제나 마음이 아팠다. 그의 슬픈 눈에 가슴이 메었고, 그의 슬픈 미소에 눈물이 울컥거렸다. 그리고 밟히는 약자들을 위해 모든 것을 던지는 그의 삶에 참을 수 없는 통증을 느꼈다.

"형님, 이 못난 아우는 반반이와 함께 이곳에서 형님이 다시 돌아오실 그날을 기다리겠습니다. 꼭 돌아오셔야 합니다. 저와 반반이는 형님의 죽음을 절대 인정하지 않으니까요. 아시겠죠?"

초진양이 서럽게 물들어가는 석양을 향해 씁쓸히 뇌까리는 순간, 반반의 입에서도 괴성이 터졌다.

끼요오오옷!

반반, 일개 미물인 원숭이도 철우가 다시 돌아오기를 애원하며 눈물짓고 있었다.

*　　　*　　　*

"그래서? 다시 돌아가야겠다고?"

"예, 기다리는 사람이 있습니다."

"허허, 소의 네 다리는 편안하게 만들지만, 코뚜레는 소를 힘들게 할 뿐이라고 했거늘… 매이는 것이 있는 건 좋은 게 아냐. 그냥 잊어. 잊고서 바람처럼 살다가 가라고. 어디에도 매이지 말고……. 그게 너는 물론 여러 사람을 위해서도 좋은 일이니까."

"죄송합니다."

"안타까운 놈이군. 바람과 이슬을 먹고살면 탐할 욕심이 없거늘… 그렇게 마음을 쓴다면 애달파 할 일도 없을 것이고, 절망할 일도 없을 것이며, 통탄하면서 땅을 치지 않아도 될 터인데… 어째서 삶의 자유를 깨우치지 못할꼬. 쯧쯧쯧."

혀를 차며 애석해하는 봉두난발의 노인을 뒤로하고 철우는 세상으로 나왔다. 그러나 세상은 철우를 받아들이지 않았고, 그는 더욱 큰 절망의 늪에 한없이 빠져들고 말았다.

*　　　*　　　*

굳게 닫혀 있던 철우의 눈꺼풀이 천천히 열렸다.

"……."

그는 눈을 뜬 후에도 한동안 눈의 초점을 맞추지 못했다. 눈에 보이는 것은 뿌연 먼지 일색이었고, 귀에 들리는 것은 요란하게 터지는 폭약과 무너지는 집채의 굉음이었다.

그게 철우의 마지막 기억이었다.

철우는 천천히 몸을 움직이려 했지만, 믿을 수 없게도 그의 몸은 너무도 무력했다.

'지옥인가?'

철우는 침상에서 몸 하나 까딱할 수 없는 자신의 처지를 쉽게 인정하며 누운 채로 주변을 둘러보았다.

창이 보였다. 사각의 화창은 반쯤 열려 있었고, 그 사이로 탐스럽게 내리는 눈발이 그의 시야에 들어왔다.

'지옥에서도 눈 구경을 하다니……'

철우는 실소가 나왔다. 그리고 문득 강아지처럼 눈 속을 달리고 싶은 기분이 들어 그는 침상에 오른손 손바닥을 대고 몸을 일으키려 했다.

"커억!"

돌연 그의 입에서 고통스런 신음이 터져 나왔다. 끊어질 듯한 극심한 통증이 왼팔은 물론 심장까지 전해졌다.

철우는 문득 진기를 끌어올려 보았다. 그러나 진기는 단 한가닥도 단전으로 모아지지가 않았다. 전신의 모든 혈도와 경맥이 막히고 봉합되어 있다는 것을 깨닫게 되었다.

공력 상실.

이미 철우는 칼밥을 먹고사는 무림인들이 가장 두려워하는 주화입마에 공력을 전폐당한 신세로 전락한 것이었다.

문득 담중산의 입에 폭약을 처넣던 그때의 기억이 떠올랐다. 당시 그는 이미 주화입마의 징조를 보였고, 마지막 진기를 모은 장력을 능진 걸에게 격출했다. 그리고 뒤이어 엄청난 폭발과 함께 정신을 놓았던 모든 과정들이 눈앞을 스쳐 지나갔다.

"큭큭, 그렇게 된 것인가… 결국?"

철우는 또다시 실소가 터져 나왔다. 하지만 마음은 편했다. 전혀 아쉬울 것도 안타까울 것도 없었다. 불현듯 육 년 전 동료들의 배신으로 절벽 아래로 떨어졌을 때 그를 구해준 노인의 얘기가 떠올랐다.

"헛허, 어째서 사람들은 한사코 하늘을 등지고 살려 하는 것인가? 하늘은 욕심이 없고 감정이 없는 것이고, 사람은 이와 정반대로 욕심을 버릴 수 없고, 감정과 집착을 버릴 수 없기에 한사코 하늘을 등지며 살려 하는 것은 아닌지……."

"욕심을 버린 사람은 참으로 위대한 사람이다. 그야말로 하늘의 뜻에 따라 사는 사람일 게다. 욕심을 모조리 버린 사람이 어디에 있겠는가? 이렇게 지껄이는 노부 역시도 차마 그렇다고는 말 못할 것이다. 그러나 사람이 살기가 갈수록 어렵고 복잡해지면서 무서워지는 것은 모두가 사람의 욕심 탓이라고 해도 틀린 말은 아닐 게다. 사람은 서로 왜 싸우는 것일까? 서로의 욕심이 달라서, 서로의 욕심이 만족되지 못하여 그렇게 싸우는 것이 아니겠느냐?"

"버려라, 네 마음속에 있는 모든 사욕(邪慾)을. 그래야만 네가 평온을 얻을 것이다."

잡념이 많아 부처도 도인도 되지 못했다는 풍진 거사(風塵居士)는 함께 지낸 일 년 동안 틈만 있으면 철우에게 그렇게 얘기했다. 하지만 철우는 귀담아 듣지 않았다. 아니, 들을 생각조차 하지 않았다. 그때만 해도 철우의 머리 속은 온통 부용으로 가득 차 있었고, 반송장과 같은 자신의 몸 상태만 회복되면 무조건 떠날 생각이었기 때문이다.

'큭큭, 그땐 귓전으로도 들어오지 않던 그분의 얘기가 무공이 전폐된 이 순간에야 실감나다니…….'

자신의 집착은 무공 때문에 일어났다는 생각이 들었다. 부용을 만날 수 있었던 것도, 동료들에게 시기를 당한 것도 결국은 남보다 강한 무공 때문이었다.

그리고 항주에서의 그 엄청난 혈겁도 자신에게 무공이 없었다면 일어날 수 없는 일이라 생각하며 철우는 키득거렸다. 아무것도 할 수 없다는 사실에 평온을 느끼며…….

"이제야 깨어났군!"

문득 그의 고막을 파고드는 카랑한 음성이 있었다. 철우는 천천히 고개를 돌렸다.

구 척의 거대한 한 노인.

노인의 얼굴은 흉하게 일그러져 있었다. 길게 늘어진 머리칼과 얼굴의 반쪽이 심한 화상으로 그을려져 있었고, 한쪽 눈도 실명한 듯 검은 안대로 가려져 있었다. 하지만 하나뿐인 눈에선 더할 수 없는 강렬한 사기와 마성이 뿌려졌다.

철우는 이와 같은 눈빛을 갖고 있는 노인을 본 적이 있다. 바로 그 운명의 밤에 자신을 향해 비장의 한 수를 펼쳤던 인물.

"당신은……?"

"그렇다. 네놈으로 인해 모든 꿈과 야망이 수포로 돌아간 흑혈천의 천주다."

흑혈야제 사도혼.

휘둥그레진 철우의 시선은 한동안 사도혼의 얼굴에 고정되었다. 그러더니 또다시 실소를 토했다.

"날 구한 사람이 당신이었소? 이거 어째 웃을 일만 생기는구려. 큭큭큭……."

"네놈을 구하다가 이 지경이 됐거늘… 웃어?"

"큭큭! 웃기고 이상하잖소? 다른 사람도 아닌 당신이라는 게. 분명 그 상황에서 당신이 살릴 사람은 내가 아니라 바로 담중산이었을 텐데……."

"네놈이 그자의 입 안에 폭약들을 처넣은 후 아무도 풀 수 없는 네놈의 비기(秘技)로 마혈까지 제압해 버려놓고 그를 무슨 재주로 구한단 말이냐?"

"내가 그랬던가?"

"마음이야 당연히 담중산을 구하고 싶었지만, 그를 부축하고 빠져나간다면 폭약이 터질 때 그의 몸속에 있는 폭약도 연쇄 폭발했을 것이다. 그렇게 만들어놓고 왜 그를 안 구했냐고?"

"그 짧은 순간에 그런 계산을 하다니, 역시 살수 집단의 총수답소."

사도혼의 말대로 담중산을 구하려 했다면 자신도 이미 저세상 사람이 되었을 것이다. 철우는 인정하듯 고개를 끄덕이며 말을 이었다.

"한데 당신이 그 와중에 그런 부상을 입으면서까지 나를 구할 생각을 했다는 건 내 머리로는 도저히 이해가 안 가는구려. 도대체 무슨 속셈으로 그런 짓을 한 거요?"

"흘흘, 속셈이라고 했냐?

그는 의미심장한 미소를 흘리고는 차갑게 말을 뱉었다.

"난 이제부터 네놈을 통해 살아난 목숨과 담중산이 지키지 못한 계산에 대한 그 값을 받아낼 것이다."

"……?"

철우의 다시 한 번 눈을 크게 뜨며 사도혼을 응시했다. 그러나 사도혼은 철우의 당혹한 얼굴과는 상관없이 비장한 어투로 계속 말을 이어나가고 있었다.

"난 네놈을 죽이기 위해 흑혈천의 모든 형제들을 투입시켰다. 그렇게 할 만큼 네놈의 가치는 내겐 너무나도 매력적이었다. 평소 같으면 전혀 들어줄 수 없는 나의 요구를 거절하지 못하고 결국 수락할 정도로 담중산은 복수에 미쳐 있었으니까."

"요구가 뭐였소?"

"흑혈천을 정파로 인허(認許)해 달라고 했다."

쾅!

철우는 뇌리에서 천만 근의 폭약이 터지는 것 같은 충격을 받았다.

강호의 정파와 사파는 황실에서 관인을 받느냐, 받지 못하느냐의 차이로 결정되어진다.

소림을 비롯한 구파일방과 오대세가, 그리고 이름이 없을지라도 현판을 걸어놓고 당당하게 제자를 받아들이는 곳은 당연히 정파라고 할 수 있는 반면, 당당치 못한 지하 세계의 문파는 당연히 사파로 규정되어진다.

정파로 관인을 받는다면 살수 집단을 정식으로 인정한다는 의미인데, 이것이 가당키나 한 소리인가?

"미, 미쳤군."

철우는 황당한 표정으로 말을 뱉었다.

"흘흘, 그렇겠지. 미치지 않고선 받아들일 수 없는 요구였지만, 어쨌든 그는 나의 요구를 받아들였다. 하지만 난 흑혈천의 모든 제자를 투입하고도 실패의 쓴맛을 보았다."

"……."

"지난 이십여 년간 흑혈천을 정식 문파로 발족시키기 위한 나의 모든 꿈이 물거품이 되었다. 바로 네놈 때문에."

그의 하나밖에 남지 않은 외눈에서 심장을 쑤시는 듯한 섬뜩한 광기가 쏟아져 나왔다.

하지만 철우는 그의 시선을 피하지 않았다.

"그래서 나더러 어쩌라는 거요?"

"난 네놈을 통해 다시 한 번 나의 꿈을 실현하겠다."

"큭! 내 생명을 구해줬다고 계산 운운하나 본데, 그런 생각일랑 버리시는 게 좋을 거요. 난 이미 죽기를 각오한 사람이니까."

"그래도 넌 해야만 한다. 아니, 하게 될 것이다."

"난 이미 모든 공력을 상실했소. 당신이 아무리 원해도 어찌할 수 없는 폐인이니, 차라리 그냥 없애 버리시는 게 나을 거요. 그리고 살수 집단을 정파로 인정받고 싶다는 꿈도 이 기회에 버리시구려."

"나는 꼭 그렇게 하고 말 것이다. 그것은 내 필생의 꿈이니까."

"그렇게 정파 무림인이 되어 강호의 주류로서 당당하게 활동하고 싶다면 정상적으로 제자를 받고, 정상적으로 활동하면 되잖소?"

"이 자식아! 어느 세월에!"

사도혼은 버럭 노성을 지르며 철우의 멱살을 움켜잡았다.

철우의 말대로 정식으로 문파를 세워 인정을 받으려면 그만한 세월이 필요했다. 많은 제자들이 관과 군에 나가서 인정을 받고, 그로 인해 그 문파의 입김이 강해져야만 인허를 받을 수가 있다. 하지만 적어도 그가 살아 있는 당대에서 그런 일은 불가능했기에 사도혼은 그런 방법을 취할 수 없었던 것이다. 게다가 과거의 어두운 전력도 치명적이었고.

"난 시간이 없어. 그렇게 기다릴 만큼 여유있는 사람이 아냐."

"그거야 당신 몫인 걸 어쩌겠소? 더욱이 난 이미 완벽한 폐인이 돼버린 상태이거늘……."

"흘흘, 그것은 문제없다. 네놈의 공력은 내가 되찾아주면 되니까."

"공력을 되찾아주겠다고? 당신이?"

"그렇다. 그것도 전보다 더욱 고강하게."

사도혼은 의미심장한 미소를 띠는가 싶더니 번개처럼 철우의 마혈과 수혈을 찍었다.

"대, 대체… 무, 무슨… 짓을… 하려… 고……."

음성은 더 이상 이어지지 못한 채 철우는 통나무처럼 쓰러지고 말았다.

쿵!

*   *   *

금릉(金陵).

한때 제국의 황도로 찬란한 영화를 누렸던 곳. 명 태조인 주원장이 잠들어 있는 명효능(明孝凌)을 비롯하여, 아직도 황도의 흔적이 곳곳에 남아 있다. 명조는 영락제(永樂帝)가 북경으로 천도한 후에 금릉을 남경(南京)으로 삼았으며, 전략적인 요충지로 중요하게 여기고 있었다.

이곳에는 왕부(王府)가 있다.

비록 북경의 자금성에는 비할 수 없겠지만, 장강 이남을 지배하는 주 씨 황가의 본거지로 막강한 영향력을 행사하는 곳이었다.

이른바 만중왕부(萬重王府)로 불리는 이곳의 주인은 만중왕(萬重王) 주무혁(朱无赫)으로, 당금 황제의 숙부였다.

주무혁.

나이 오십 세. 그는 문(文)보다는 무(武)를 숭상하였고, 대단히 정치적인 사내였다. 십여 년 전, 선황(先皇)이 병상에 눕자 유약한 태자보다는 동생인 그를 보위에 옹립해야 한다는 말이 나온 적이 있었으나, 당시 황실의 막강한 실권을 움켜쥐고 있는 담중산 일파로 인해 황제의 꿈이 무산되었다. 그로 인해 그는 담중산에 대한 감정이 좋지 않은 것으로 알려져 있었고, 담중산이 금릉의 지척인 항주로 낙향한 것조차도 불쾌하게 여겼다. 자신을 견제하기 위한 의도라고 생각하며.

"네 이놈! 지금 그걸 말이라고 지껄이는 게냐!"

만중왕의 집무처인 태청전(泰靑殿) 밖으로 쩌렁한 음성이 터져 나왔다.

"저, 전하, 그게… 아니라……."

이중 턱에 달덩어리 같은 얼굴의 사십대 사내는 탁자에서 고개를 들지조차 못한 채로 더듬거렸다. 그의 얼굴은 흙빛이었고, 식은땀이 줄줄 흘러내리고 있었다.

"이놈아! 얼어 죽을… 아니긴 뭐가 아니라는 거냐!"

화려한 곤룡포를 입고 상석에 앉아 있는 사내. 우윳빛 혈색에 선이 굵고 선명한 이목구비를 갖고 있는 오십대 초반의 인물은 마치 쥐를 잡는 고양이처럼 연신 호통을 쳐대고 있었다.

당금 천자의 숙부이자 왕부의 주인인 만중왕이었다.

"나도 이미 알아볼 만큼 다 알아보았다. 항주에 있는 모든 군병을 담 대인의 저택에 보낸 놈이 바로 네놈이라는 사실을! 이놈아, 네가 항주의 성주냐?"

"저, 전하, 그, 그게 아니라……."

"도찰교위면 교위답게 자신의 본분이나 충실하면 될 것을 어째서 군병들을 담 대인의 사병으로 만들어서 그와 같은 참사를 겪도록 한 거냐! 그게 아니라는 소리만 하지 말고 할 말이 있으면 똑바로 얘기해 봐, 이 정신 나간 놈아!"

도찰교위.

그렇다. 고개조차 들지 못한 채 쩔쩔매는 이 사내는 다름 아닌 금감석이었다.

"그, 그게 아니라……."

"어허! 그 소리 빼라니까!"

"예… 그러니까… 그게 아니고… 가 아니라… 그 살인마가 담 대인을 해치기 위해… 다시 항주로 돌아왔다는… 보고가… 날아들어 오는 바람에… 어쩔 수 없이……."

"그걸 왜 네놈이 지시를 하냐고! 네놈은 도찰교위지, 성주가 아니잖아! 그래, 안 그래?"

"그, 그게 아니라……."

"이놈이! 그 소리 빼라고 했잖아!"

만중왕은 버럭 노성을 지르며 찻잔을 집어 던졌다.

빠악!

찻잔은 여지없이 금감석의 머리통에 작렬했다.

"우와!"

금감석은 비명을 내지르며 고통스러워했다.

"……."

금감석의 앞에 앉아 있는 또 한 명의 사내는 고양이 앞에 쥐로 전락한 금감석의 모습에 씁쓸한 표정을 지었다. 자신과 항주의 관리들 앞에서 그렇게 거드름을 피우던 금감석이 말도 제대로 못하고 벌벌 떠는 이런 모습이 그저 어이없을 뿐이었다.

만중왕은 연신 피를 닦으며 울상을 짓고 있는 금감석을 향해 재차차갑게 입을 열었다.

"제대로 읊어라. 다음번엔 주전자를 집어 던질 테니까."

"예… 그러니까… 그때는 성주가 직무 해제였던 관계로… 제가 어쩔 수 없이 그와 같은 지시를 내릴 수밖에 없었습니다."

"왜 직무 해제를 시켰는데?"

"그, 그거야, 항주가 그동안… 워낙 사건이 많고… 시끄러웠잖습니까? 그래서 조정에서도 능 성주의 능력을 의심하는 사람들이 많았고… 그래서… 어쩔 수 없이…….'"

"이 썩을 놈아! 말 똑바로 해! 네놈이 그런 지시를 내린 건 오로지능 성주가 담 대인에게 제대로 아부하지 않았다는 이유, 그거 하나잖아? 네놈이 모시고 있는 도찰우승상이 담 대인의 파벌이라는 이유로! 그래, 안 그래?"

"저, 전하, 그, 그게 아니라…….'"

빠적!

여지없이 차 주전자가 그의 머리통을 가격했다.

"내 분명히 경고했지? 다음엔 주전자라고!"

"끄으… 죄, 죄송합니다…….'"

"금릉과 항주는 지척이다! 북경과 달리 그곳에서 어떤 일이 일어나고 있는지 가만히 있어도 다 들어오게 되어 있으니까, 나를 기만할 생각 따위는 하지 마라! 계속 헛소리를 지껄이면 그땐 네놈의 목을 날려버릴 테니까!"

'허걱!'

금감석은 기겁했다. 핏물에 흐려지는 눈을 훔치며 만중왕을 응시했다. 그의 얼굴은 비정하리만치 차가웠다.

'으으, 저 위인은 한 번 한다면 진짜 그렇게 하는 인간이라는데……'

금감석은 자신도 모르게 심장이 부들부들 떨리는 것을 느꼈다.

죽고 싶지 않았다. 그리고 이미 죽어버린 담중산을 위해 충성을 보일 이유도 없었다. 생색을 내봐야 받아줄 사람도 없는 그런 충성심은 깔끔히 버리는 게 마땅하다고 생각했다.

"크흐윽! 그렇습니다, 전하! 모두가 담 대인이 시킨 일이옵니다! 소신 역시 포두와 군병들을 어찌 담 대인만을 위한 사병으로 만들 수 있냐고 강력하게 반대를 했습니다만, 워낙 그분이 노발대발하는 바람에 어쩔 수가 없었습니다! 그리고… 능 성주에게 직무 정지를 시킨 것도 모두 그분의 지시였고요! 통촉하시옵소서!"

금감석은 탁자에 머리를 박으며 닭똥 같은 눈물을 뚝뚝 떨어뜨렸다. 놀라운 변신이었지만 만중왕은 흡족한 미소를 지었다.

"그렇지? 모두 그 인간이 시킨 짓이지? 군병들이 죽든 말든 자기만 살려고! 그치?"

"크흑! 예, 정말 너무도 이기적이어서 소신도 대단히 실망했습니다! 도무지 자기밖에 모르더라니까요! 그런 마음으로 자식을 키워서 그런지, 아들 담소충이 그렇게 망나니였나 봅니다!"

버릴 땐 확실히 버려라!

금감석의 좌우명이자 삶의 지표. 그는 굳이 하지 않아도 될 말까지 내뱉으며 철저히 담중산을 버렸고, 확실하게 변신했다.

문득 능진걸은 욕지기가 치밀어 올랐다. 금감석과 같이 줏대도 없이 단지 순간순간의 위기만을 어떻게 넘기며 변신하는 부류를 그는 가장 경멸했다. 능진걸은 갈수록 놀랍게 변신하는 그의 얼굴에 침을 뱉고 싶은 충동을 느꼈다.

하지만 능진걸의 감정과는 달리 만중왕은 그제야 얼굴이 환하게 펴졌다. 그리고 크게 웃었다.

"푸하하하! 내가 그럴 줄 알았다니까! 담중산과 같이 때가 묻은 인간들이 득세를 하니 자네 같은 자들이 소신있게 일하기가 힘이 들겠지! 암, 당연해!"

"크흑, 죄송합니다. 제가 원래 비겁한 것을 싫어하는 체질이라……. 웬만하면 이미 고인이 되신 그런 분을 흉보지 않으려 했으나 담 대인이 워낙 부정부패가 심하고 너무도 국가의 원로로서 그 값을 하지 못하기에 어쩔 수 없이……."

"하하! 괜찮아! 나는 다 이해한다니까!"

만중왕은 다시 한 번 크게 껄껄거리고는 옆에 있는 능진걸을 바라보았다.

금감석을 대할 때와는 달리 능진걸을 향한 그의 시선은 너무도 밝고 부드러웠다.

"능 성주."

"예, 전하."

"자네에 대한 소문은 내가 익히 들어서 알고 있네. 서민들을 가족처럼 생각하고 그들의 그늘진 모습을 감싸 안는 멋진 젊은 성주, 그리고 아무리 강한 외압에도 절대 굴복하지 않는 대쪽같은 소신. 자네는 백성이 필요로 하는 진정한 이 나라의 공복이네."

"과찬이십니다."

"하하, 이 사람아! 내 앞에서는 굳이 겸손하지 않아도 괜찮아!"

만중왕은 문득 탁자 위에 놓여져 있는 능진걸의 손을 잡았다. 그리고 미소를 지었다.

"난… 자네에게 기대가 커. 기억하라고. 후훗."

"……."

"자, 능 성주, 이만 일어나세. 자네를 위해서 멋지게 술상을 준비하라고 지시했네. 그쪽으로 가자고. 금교위, 자네도 따라오고. 하하!"

"서, 성은이 망극하옵나이다, 전하!"

금감석은 다시 한 번 탁자에 머리를 찧을 정도로 크게 절을 했다. 하지만 능진걸의 얼굴은 결코 밝지가 못했다. 그는 만중왕이 어째서 자신에게 이와 같은 호의를 보이는지 충분히 짐작할 수 있었다.

만중왕은 정치적 욕심이 큰 인물이다. 이미 황위는 자신의 조카에게 넘어갔지만, 적어도 장강 이남에서만큼은 황제 못잖은 권력을 누리려 했다. 하지만 그가 세력을 넓히려 할 때마다 제동을 건 사람이 바로 담중산이었다.

눈엣가시 같은 담중산이 죽었으니 그로서는 앓던 이가 빠진 것처럼 기분이 후련할 테고, 담중산에게 단 한 번도 고개를 숙이지 않았던 능진걸이 누구보다도 기특할 것이다.

그리고 만중왕은 이것을 인연으로 훗날 자신의 야망을 펼치는 데 필요한 도구로써 능진걸을 이용하려 할 것이다.

"하하하! 자, 능 성주! 내 잔을 받으라고!"

술자리에서도 만중왕은 연신 능진걸을 챙겨주었다.

"자네 같은 소신과 능력이 있는 젊은이가 보다 큰 직책을 갖고 일을 해야 나라와 백성들이 편할 텐데……. 자네 뒤엔 내가 있다는 것을 명심하고 힘든 일이 생기면 어려워 말고 언제든지 찾아오라고. 하하하!"

그리고 능진걸의 얼굴을 응시할 때마다 그는 흐뭇한 미소를 보였다.

능진걸은 알고 있다.

야망과 성취에 굶주려 있는 사내들이 내세우는 인연과 인정이란 이름의 표찰 뒤엔 얼마나 치밀한 계산이 숨어 있는지를. 그렇기에 만중왕의 호의가 결코 반갑지 않았다.

'어쩌면 더욱 커다란 벽이 될 것 같은 느낌이 드는군.'

능진걸은 술잔을 들이켰다.

술은 그 어느 때보다도 쓰기만 했다.

*   *   *

아무것도 보이지 않았다.

공력을 잃었기에 안력 또한 현저히 떨어졌다.

보이는 것은 그저 칠흑 같은 어둠이었고, 깨어난 철우는 한동안 그곳에 멍하니 앉아 바닥과 옆을 훑으며 손의 촉각으로 자신이 있는 곳을 유추해 볼 따름이었다.

'동굴 같은데… 왜 나를 이런 곳에다 데려다 놓은 건가?'

철우는 빚을 받아내겠다며 자신을 혼절시킨 사도혼의 모습을 떠올렸다. 의문스럽긴 했지만 두려움이나 불안 따위는 전혀 생기지 않았다.

어차피 죽는다고 한들 아쉬울 게 없는 삶. 이미 죽었어야 할 삶이 이상한 노인네의 엉뚱한 욕심으로 이어지고 있을 뿐이라고 생각했다.

그때였다.

"흘흘흘, 이제 정신이 돌아왔느냐?"

칠흑 같은 공간 속에서 사도혼의 음성이 울려 퍼졌다. 철우는 음성의 행방을 찾으려 했으나 이내 포기했다. 공력을 잃은 지금과 같은 상태로는 그것조차 불가능하다는 것을 알았기 때문이다.

"대체… 뭐 하자는 거요?"

"흘흘, 말했잖나. 네놈의 공력을 되찾아주겠다고."

"쓸데없는 짓이오. 이미 완벽하게 전폐한 공력을 무슨 재주로 되찾는단 말이오? 공청석유와 같은 영약이나 소림의 대환단 같은 것을 복용할지라도 난 회복할 수 없는 상태요."

"흘흘흘, 미친놈. 그런 보물이 있으면 내가 먹지 왜 너에게 주겠느냐?"

철우로 인해서 자신의 야망은 깨졌지만, 철우에게 다시 깨진 야망을 걸겠다고 작정을 한 탓인가? 사도혼은 그답지 않게 객쩍은 농까지 걸며 키득거렸다. 철우도 웃음을 토했다.

"훗, 생각해 보니 그렇군. 당신은 욕심이 많은 사람이니까."

"알아줘서 고맙다, 이 썩을 놈아."

"뭔 짓을 하려는지 몰라도 그냥 내버려 두시는 게 좋을 거요. 설령 공력이 회복될지라도 난 당신의 하수인 노릇 따위는 할 생각이 전혀 없으니까."

"흘흘, 그야 두고 보면 알게 되겠지."

그는 자신있다는 투로 키득거리며 말을 이었다.

"회복 기간은 육 개월. 그사이 식사는 하루에 세 번씩 제공될 것이다. 그리고 그 안엔 네놈이 용무를 해결할 수 있는 곳도 다 마련되어 있으니 찾기 귀찮다고 바지에다 내지르지 마라."

"내참, 별 걱정을 다하시는군."

"썩을 놈아, 내 남은 인생을 몽땅 네놈에게 걸었는데 그럼 그 정도 걱정도 안 하면 되겠냐?"

철우는 문득 시장기를 느꼈다. 생각해 보니 언제 마지막 밥을 먹었는지 도무지 기억조차 나질 않았다.

"그러고 보니 몹시 배가 고픈데 식사나 주쇼."

"안 돼. 그전에 손님부터 받아라."

"손님?"

철우가 의아한 표정을 짓는 순간 그는 보았다. 어둠 속에서 사악한 요기(妖氣)를 뿌리며 자신을 향해 다가오는 것들을.

요기는 점차 짙어졌고, 그 요기의 주인공들이 정체를 드러내는 순간 철우의 입에선 경악의 신음이 터져 나왔다.

"헉! 저, 저들은?"

세 명의 인물, 그들은 사람이 아니었다.

해골들이었다.

머리칼 하나 없이 반들반들한 머리, 퀭 뚫린 눈, 코가 있어야 할 자리에는 구멍만 뚫려 있었고, 입이 있어야 할 자리도 마찬가지였다.

살이라곤 하나도 없는 세 개의 해골바가지가 흉흉한 녹광을 번뜩이며 철우의 앞에 서 있는 것이었다.

그 세 명의 해골바가지는 각기 다른 흑색과 백색, 적색 장포로 몸을 가리고 뼈마디만 있는 손에는 철 장갑을 끼고 있었다.

다시 한 번 사도혼의 음성이 터졌다.

"세 명의 고루마인이 앞으로 반년 동안 네놈을 각별하게 귀여워해 줄 것이다. 사랑이 지나쳐 재수 없으면 죽을 수도 있겠지만… 쉽게 뒈질 놈은 아니란 것을 믿기에 이 방법을 택했다. 그럼 반년 후에 보자.

흘흘흘흘."

"이런 젠장! 대체 이런 괴물들과 뭘 어쩌라는 거야!"

철우는 악다구니를 썼다. 그러나 더 이상 사도혼의 음성은 들리질 않았다.

고루마인(骷髏魔人).

그것은 백골에 혼을 불어넣은 요악한 사술(邪術)이었다. 일단 백골에 혼이 들어가면 백골은 여느 사람처럼 행동할 수 있게 된다. 뿐만 아니라 범부들이 상상할 수 없는 무공과 도검불침(刀劍不侵)의 신체로 탈바꿈을 한다.

하지만 어느 누구도 직접 고루마인을 대면한 사람은 없었다. 단지 백여 년 전, 백골문(白骨門)이라는 요상한 집단에서 강호의 전설과 같은 고루마인을 직접 만들려 했으나 뜻을 이루지 못했다는 소문은 있었다. 만약 성공했다면 백골문은 고루마인을 앞장세우고 엄청난 세력을 뻗쳤을 테니까.

어쨌든 전설에 의하면 고루마인은 그 시술자의 명령에만 복종하도록 되어 있고, 명령을 내릴 때마다 엄청난 진기가 빠져나간다고 했다.

'빌어먹을……'

철우는 낭패스런 표정을 지었다.

도대체 무슨 속셈으로 쳐다보기만 해도 구역질이 치밀어 오르는 세 명의 괴물을 이곳에 들여보낸 것인지 이해할 수가 없었다.

그 순간, 맨 우측에 서 있던 흑색 장삼의 고루가 더욱 강렬한 녹광을 번뜩이며 천천히 몸을 움직이기 시작했다.

파라라락!

바람 한 점 들어올 수 없을 것 같은 공간 속에서 갑자기 고루의 장삼이 펄럭거렸다.

끼끼끼끼!

뼈마디가 돌아가는 기괴한 음향과 함께 흑고루는 우수를 쳐들었다. 고루의 우수는 전혀 머뭇거림없이 허공을 갈랐다.

고오오오!

엄청난 경기가 마치 돌개바람처럼 휘몰아치며 철우의 단전으로 짓쳐들었다. 철우는 갑작스런 그의 공세에 크게 당황했으나 공력을 잃은 그의 능력으로선 도저히 피할 수가 없었다.

펑!

"커억!"

철우는 복부에 어마어마한 충격을 느끼며 뒤로 밀려나갔다. 동굴 벽면에 등판을 기대며 어떡하든 중심을 바로잡으려는 순간,

끼끼끼끼!

이번에는 중앙에 있던 백고루가 우수를 앞으로 쭉 뻗었다.

피이잇! 피잇!

철 장갑의 끝에서 뻗쳐 나오는 네 줄기의 암경이 철우를 향해 파고들었다. 네 줄기의 지풍이 철우의 팔다리에 있는 네 군데 요혈(要穴)에 여지없이 꽂혔다.

"으으윽!"

철우는 사지가 부러지는 것 같은 고통을 느끼며 맥없이 무릎을 꿇고 말았다.

호흡이 막히고 정신은 혼미해졌다. 이와 같은 괴물들의 무자비한 공세를 받으니 차라리 영원히 잠들고 싶었다. 하지만 안타깝게도 그게 끝이 아니었다.

세 번째 적고루가 발을 쳐들며 엄청난 족풍을 격출했던 것이다.

쾅!

"으아아악!"

심장이 부서지는 듯한 어마어마한 충격과 함께 철우의 신형은 하염없이 뒤로 곤두박질쳤다.

"꺼헉! 족풍이라니……!"

검붉은 선혈을 울컥 토하고는 그만 그 자리에 혼절하고 말았다.

족풍.

족풍은 장풍보다 더 엄청난 공력과 장기간의 수련 과정을 통해야만 펼칠 수 있는 무공이었다. 때문에 아무리 공력이 심후한 강호의 초극 고수 중 족풍을 사용할 수 있는 인물은 다섯 손가락도 되지 않을 정도였고, 철우 역시 아직껏 족풍을 펼치는 상대를 대면해 보지 못했다. 그 정도로 흔치 않았고, 아무나 사용할 수 없는 그런 무공을 철우는 다른 인물도 아닌 괴물을 통해서 처음으로 경험했다.

그래서였을까?

자신이 토한 검붉은 선혈이 고인 바닥에 머리를 처박은 철우의 얼굴엔 쓴 미소가 흐르고 있었다.

*　　　*　　　*

"하앗!"

낭랑한 기합성이 항주 성주의 관사 뒤뜰에서 울려 퍼졌다.

피이잇!

목검이 부드럽게 날갯짓을 하다가 어느 순간 검끝이 미세하게 회전했다. 얼핏 보기에 그다지 변화가 없는 것 같았으나 미세한 떨림 속에서 바람을 가르는 놀라운 회전력이 있었다.

패르르르!

한동안 목검이 허공에서 회전을 일으켜 미미한 떨림을 보이며 멈춰 있는가 싶더니, 갑자기 검끝이 바닥을 향하자 흙먼지가 옆으로 비산했다. 허공을 찌를 땐 느낄 수 없었지만, 정작 바닥으로 향하자 목검에 실린 그 힘의 실체가 어떤지 확연히 알 수 있었다.

"휴우!"

일곱 살 난 사내아이는 길게 숨을 내쉬었다. 아이는 팔등으로 송골송골 맺혀 있는 이마의 땀을 닦았다.

아이는 얼마 전 원단(元旦)이 지나면서 일곱 살이 된 의천이었다.

'호오, 태극선풍(太極旋風)에서 태극비영(太極飛影)으로 이어지면서 태극명천검법이 훨씬 날카로워지는걸? 이제야 태극명천검법의 변화를 조금은 알 것 같다.'

의천은 사부인 백당춘으로부터 전수받은 태극명천검법을 연마하고 있는 중이었다. 언젠가 백당춘이 얘기했던 것처럼 의천은 이제 갓 일곱 살이 된 소년이라 느낄 수 없을 만큼 놀라운 발전을 보이고 있었다.

목검만 잡으면 신이 났다. 앉으나 서나 오로지 검술을 익히고 싶은 생각뿐이었고, 발전해 가는 자신의 모습에 의천은 무술 연마가 너무도 즐겁기만 했다.

'이제 한곳을 찔러가는 그 공격점을 최소한의 순간에 최대한으로 늘리는 일이 남았다. 그래서 짧은 한 초식으로 열 번의 변화를 일으켜야만 위력도 더욱 강하고 날카로운 법이니까.'

의천의 시선은 문득 바닥을 향했다.

'일단 짧은 순간에 두 번의 변화를 일으킬 수 있도록 해보자. 그것이 성공해야 세 번, 네 번도 가능할 테니까.'

의천이 작은 돌멩이 두 개를 허공으로 던지고는 이내 목검을 휘두르려는 순간,

"지금 뭣 하는 짓이냐!"

날카롭고 뾰족한 음성이 의천의 등판에 꽂혔다. 의천은 순간적으로 몸이 딱딱하게 굳었다. 그는 음성의 주인공이 누군지 너무도 잘 알고 있었고, 적어도 음성의 주인공에게만큼은 무공 연마하는 모습을 영원히 들키지 않기를 바랐다.

의천은 천천히 돌아섰다. 예상했던 것처럼 부용이 차가운 표정으로 바라보고 있었다.

"어, 엄마……?"

의천은 지레 겁을 먹고 고개를 푹 숙였다.

"지금 뭐 하고 있느냐고 물었다."

"무, 무술을 연마하고 있었습니다."

"내가 분명히 얘기했지? 그건 절대 안 된다고! 그런데 이 어미의 말을 벌써부터 듣지 않겠다는 거냐?"

너무도 평소와는 다른 그녀의 모습이었다. 부용의 얼굴에선 차가운 냉기가 흘렀고, 음성은 대단히 격앙된 상태였다.

"죄, 죄송합니다. 하지만 전… 이게 좋아요. 정말 배우고 싶어요."

"듣기 싫다! 난 내 아들만큼은 무사가 되는 것을 절대 용납할 수 없다!"

"엄마, 전 무사가 되려고 이러는 게 아니라 저를 지키기 위해서 검술

을 배우는 거예요. 아버지나 백 사범님께서도 그러셨어요. 사내로 태어났다면 어떤 경우에도 자신과 자신의 소중한 사람들을 지킬 수 있는 힘이 있어야 한다고 말예요."

"그러니까 공부에 전념해서 네 아버지처럼 대과에 급제를 하라는 얘기다! 출세만 하면 그런 건 아랫사람들이 얼마든지 할 수 있으니까! 그러니 두 번 무공을 연마할 생각 따윈 하지 마라! 알겠느냐?"

"어, 엄마……."

"어허! 대답하라니까!"

의천은 안타까운 표정으로 부용을 바라보았으나 그녀는 너무도 냉정하고 단호했다.

그때였다.

"허허, 당신이 큰소리를 칠 때가 다 있다니, 대체 무슨 일이오?"

너털웃음과 함께 능진걸이 백당춘과 함께 후원으로 들어서고 있었다.

"벌써 퇴청하신 건가요?"

"그렇소. 매번 늦게 들어오기가 미안해서 오늘은 의천이와 바둑이라도 두려고 일찍 퇴청하였소만… 근데 무슨 일이오?"

의천이와 능진걸은 바둑 수준이 비슷했다. 그래서 바둑을 둘 때마다 그들은 치열했다. 능진걸이 항주로 부임하기 전까지 두 호적수는 치열한 반상의 승부로서 부자의 정을 돈독하게 쌓을 수 있었다. 하지만 항주로 내려와선 그럴 여력이 없었다. 늘 일이 많았고, 너무도 사건들이 많았다.

능진걸은 아침마다 의천과 일찍 퇴청하여 바둑을 두겠다는 약속을 했지만 매번 그 약속을 지키지 못했다. 그게 못내 미안했던 능진걸은 오늘만큼은 그 약속을 지키기 위해 일찍 퇴청했다가 이 모습을 보게 된 것이었다.

능진걸은 의아한 표정으로 부용을 바라보았다.

"여간해선 화를 내지 않는 당신의 목소리가 담장을 넘을 정도라면, 뭔가 의천이가 단단히 혼날 짓을 하긴 한 모양인데……."

"제가 무술을 배우지 말라고 했는데 말을 듣지 않기에 혼을 내고 있었어요."

"무술을 배우지 말라고 했다니? 백 사범께서 우리 의천이가 타고난 무재(武才)라고 칭찬을 하시기에 내가 얼마나 흐뭇했는데……."

"무술 배워봐야 어디 무사밖에 더 되려구요? 그래서 전 우리 의천이가 검을 잡고 있는 모습이 보기 싫어요."

너무도 단호한 그녀의 모습에 능진걸은 어처구니없다는 표정을 지었다.

"허허, 무술을 배운다고 어디 다 무사가 되겠소? 내가 의천이가 무술을 배워두길 바라는 것은 살다 보면 전혀 예기치 못한 많은 일들이 생겨나기 때문이오."

"……."

"느닷없이 민란이 일어나서 비적들이 판을 치는 일도 생길 수 있고, 갑자기 노상에서 갑작스럽게 강도를 만날 수도 있는 게 바로 이 세상이니까."

"그거야 성공해서 주위에 무공이 높은 호위 무사를 두면 돼요."

"허허, 살다 보니 당신이 억지를 부릴 때도 다 있구려. 언제 어디서 무슨 일이 생길지 모르는데, 그때마다 어찌 자신과 소중한 가족들의 생명을 타인에게 의지할 수가 있겠소?"

"저도 아빠 생각과 같아요. 전… 제가 사랑하는 사람들을 제 힘으로 지키고 싶으니까요."

능진걸이 자신을 변호하자 의천이 당당하게 한마디 하며 나섰다. 주눅 들어 있는 상태에서 강력한 후원자가 나타나니 없던 용기가 불끈 솟아났다.

"옳지. 암, 자고로 사내는 그래야지."

능진걸은 어른스런 아들의 말을 웃으며 맞장구쳐 주었다.

"그래도 전 싫어요. 아무튼 우리 의천이가 무술 배우는 것을 절대 용납 못해요."

너무도 고집스럽게 나오는 부용의 모습에 능진걸은 적잖이 당황했다. 여태껏 자신의 말에 무조건 수긍했던 부용이다. 이런 모습은 결혼 이후 처음이었다. 능진걸의 얼굴에서 미소가 사라졌다.

"이유가 뭐요?"

"세상일이라는 게, 그리고 사람이라는 게 어디 그렇게 말처럼 단순하지가 않잖아요? 사람 심리가 말을 타면 종을 부리고 싶은 것처럼, 아무리 자신과 가족을 위해 무술을 연마했을지라도 정작 어느 순간이 되면 자신의 솜씨를 뽐내고 싶은 욕망에 사로잡히는 게 바로 인간이라 알고 있어요."

"……."

"그 잘난 무사들이 수틀리면 칼질을 해대고 상대를 해치거나, 아니면 자신이 비명횡사를 하는 게 무엇 때문이겠어요? 그건 자신에게 남보다 강한 힘이 있다는 알량한 자만심 때문일 거예요. 무력으로서 상대를 혼내줄 수 있고, 자신을 뽐낼 수 있다고 생각하기 때문에 그런 싸움질을 마다 않는다고 생각해요. 만약 애초에 무공이 없으면 그런 싸움을 참거나 피했을 테니까."

"……."

"칼을 잡은 자는 언젠가 칼에 최후를 맞이하는 법이라는 얘기, 너무 많이 들었어요. 그래서 전… 우리 의천이가 그렇게 되지 않도록 아예 처음부터 무술을 배우지 못하게 하고 싶어요. 아무리 당신이 허락하실 지라도 전… 계속 못하게 할 거예요."

그녀의 단호한 얘기를 능진걸은 끝까지 조용히 들어주었다. 그리고 그녀의 얘기가 끝나자 씁쓸한 표정을 지었다.

"당신이 반대하고 있다는 것은 이미 백 사범님을 통해 진작에 들어 알고 있었소. 하지만 같은 물을 먹더라도 독사에겐 독이 되지만, 젖소 에겐 우유가 되는 법이오."

"……."

"모두가 똑같을 수는 없소. 그건 사람 나름이오. 그리고 사내로 태어나서 자신의 한 몸 지키지 못할 나약한 몸으로 어찌 이 험한 세상을 살아갈 수 있겠소?"

"……."

"그리고 아무리 자식이라 할지라도 부모 맘대로 할 수는 없다고 생각하오. 의천이가 훗날 이 땅에서 자기 몫을 하면서 살아갈 수 있도록 곁에서 부족함을 채워주는 정도가 우리의 몫이라고 생각하오. 그러니 녀석이 좋아하는 거, 즐겁게 맘껏 배우고 익힐 수 있도록 기분 좋게 허락해 주시오. 당신은 누구보다도 의천이를 사랑하잖소?"

시종 굳어 있는 부용의 얼굴을 녹여주려는 듯 능진걸은 미소를 지으며 그녀의 어깨를 감싸주었다. 그 순간 굳게 닫혀 있던 부용의 입이 열렸다.

"사, 사랑하기 때문에……."

뜻밖에도 그녀의 음성은 젖어 있었다.

"여보……?"

능진걸은 당황하며 부용의 양 어깨를 잡고 그녀의 얼굴을 응시했다. 부용의 눈가엔 눈물이 고여 있었다. 그녀는 자신의 눈물을 보이기 싫은 듯 고개를 돌리며 외면했다.

"저도 사랑하기 때문에 이러는 거예요."

부용은 그 말을 끝으로 등을 돌리며 달려나갔다.

"여, 여보……!"

뛰어가는 그녀의 등에 당황하는 능진걸의 음성이 꽂혔다. 하지만 그녀는 돌아보지 않았다.

너무도 속이 상해 가슴은 찢어졌고, 눈물은 하염없이 쏟아졌다. 자신에게 이와 같은 시련을 마련한 하늘이 더없이 악속하기만 했다.

'정녕… 피는 속일 수 없단 말인가…….'

마음속으로 똑같은 말을 수십, 수백 번 반복하며 그녀는 한없이 달려가고 있었다.

"……."

능진걸은 그녀의 모습이 사라질 때까지 그 자리에 멍하니 서 있었다. 그의 표정은 무겁고 어두웠다.

"아버지……."

그 순간 의천이가 조심스럽게 다가왔다. 아이의 눈에도 눈물이 고여 있었다.

"죄송해요. 괜히 저 때문에……."

"녀석, 괜찮아. 사내 녀석이 그깟 일로 눈물은……."

능진걸은 의천의 눈가에 고여 있는 눈물을 훔쳐 주더니 갑자기 아이를 격렬하게 끌어안았다.

"이 능진걸의 아들은 함부로 눈물을 보이지 않는다. 의천아, 알겠느냐?"

第十二章

처음부터 악인(惡人)은 없다

파파파팍!

"커헉!"

퍼펑!

"으아악!"

격렬한 타격 소리와 고통에 찬 비명. 그것은 겨울과 봄이 지나가는 동안에도 계속 이어지고 있었다.

"으… 으……."

미미한 신음을 토하며 차가운 동굴 바닥에 쓰러져 있던 철우의 몸이 꿈틀거리기 시작했다.

천천히 눈이 떠졌다. 하루에 세 번씩 규칙적으로 나타나서 다짜고짜 자신을 공격하던 고루마인의 모습은 존재하지 않았다. 늘 그랬다. 그들은 철우가 기절하면 사라지고, 시간이 되면 나타나서는 철우를 괴롭

했다.

철우는 어디론가로 고개를 돌렸다. 늘 그래왔듯이 그곳엔 넓은 쟁반이 있고, 그 위로 음식이 가지런히 놓여져 있었다.

의식이 돌아온 철우는 걸신들린 사람처럼 밥을 먹기 시작했다. 먹으면서 그는 문득 자신에게 이처럼 식욕이 왕성했던 시절이 있었을까 하고 생각해 보았다.

어린 시절 부친에게 무술을 배울 때 이후 처음인 것 같았다. 그때도 늘 배가 고팠다. 하긴, 한창 자랄 때였고, 워낙 훈련이 고되었기 때문일 것이다. 그리고 먹을 게 매번 부족했다. 부친은 철우보고 알아서 해결하라 했고, 철우는 산짐승을 잡아먹으며 허기진 배를 채웠다.

그렇듯 기억이 너무도 신산(辛酸)했기에 되도록 소식을 하려 했고, 나이가 들은 이후로도 그렇게 해왔다. 한데 지금은 그렇지가 못했다. 아무리 먹어도 계속 배가 고프기만 했다. 삶을 체념했던 자신을 생각한다면 너무도 이해하기가 힘든 변화였다.

철우는 먹으면서 또 생각했다.

늘 끼니마다 야채와 고기가 깔끔하게 올라왔고, 맛도 전혀 부담감 없이 그의 입에 찰싹 달라붙었다. 철우는 여인의 솜씨라고 단정하면서 이곳을 나갈 수만 있다면 가장 먼저 그녀를 만나보고 싶었다.

"휴우!"

철우는 물을 마신 후 트림을 하며 쟁반을 한구석으로 물렸다. 이제 식사가 끝났으니 아마도 일이 각 후면 끔찍한 괴물들이 또 나타날 것이다. 늘 그래왔으니까.

그들의 괴롭힘에 이리저리 나가떨어지고 곤두박질치면서 괜히 늘 정성스럽게 놓여지는 음식 쟁반이 훼손되게 하고는 싶지 않았다. 어디로 곤두박질치더라도 그것이 훼손되지 않을 수 있는 곳으로 미뤄놓은 것은 나름대로의 배려였다.

철우는 문득 자신이 이곳에 들어온 시간이 얼마나 지났을까 하는 생각을 해보았다. 매번 규칙적으로 들어오는 세 번의 식사를 기준으로 날자 계산을 해보니 족히 다섯 달은 된 것 같았다.

그 다섯 달이라는 시간 동안 철우에게는 많은 변화가 일었다.

일단 삶의 욕구부터가 달라졌다.

이곳에 들어올 때만 해도 그는 삶의 끈을 놓고 싶었다. 하지만 지금은 그렇지가 않았다. 어떡하든 이 어둡고 음습한 동굴에서 빠져나가고 싶었고, 다시 한 번 세상의 맑은 공기를 들이켜 보고 싶었다.

그리고 확연히 달라진 것은 또 있었다.

그의 신체는 처음과는 비교도 되지 않을 만큼 건강해졌다.

그것은 동굴 속에서 일어나는 움직임들을 이제는 환하게 볼 수 있다는 것이었다. 시간의 흐름에 따라 어둠에 적응된 것도 있지만, 그보다는 전폐되었던 공력이 서서히 회복되고 있었기에 가능했다.

잠시 후 철우는 동굴 한쪽에 놓여진 죽검(竹劍)을 자신 앞에 가지런히 놓았다. 애초에 죽검은 자신이 기절할 때마다 식사를 갖고 오는 사람이 갖다 놓았을 것이라고 철우는 생각했다. 그는 깨어 있는 시간보다는 기절해 있는 시간이 훨씬 더 많았으므로 자신이 의식을 잃었을 때 이 안에서 어떤 일이 일어나는지 전혀 알 수가 없었다.

철우는 동굴 바닥에 결가부좌를 튼 채 손을 단전에 대고 내공 심법을 운공했다. 언제부턴가 그는 자신의 몸이 정상으로 돌아오고 있다는 것을 느끼며 혹시 하는 마음으로 운공을 시작해 보았는데, 뜻밖에도 공력이 조금씩 모여지는 느낌을 받을 수 있었다.

다섯 달이 지난 지금의 그는 거의 예전의 공력을 되찾은 것 같았다. 아니, 오히려 그때보다 더 심후해진 느낌이었다. 이해할 수 없는 일이었다. 그가 이곳에서 한 일은 고루마인에게 얻어터진 일밖에는 없는데 말이다.

"후욱… 후우욱……."

심법은 운공하며 단전혈에서 진기를 끌어올려 전신의 각 혈도로 통과시키니 이상하게도 예전과 달리 그 힘이 무서울 정도로 막강했다. 그런 식으로 십 주천이 경과될 무렵, 그 기운은 걷잡을 수 없을 만큼 강대해지며 십이 경맥을 연달아 통과하기 시작했다.

완골, 경골에서 출발하여 양지, 충양, 구허, 신문, 태유, 태백, 태충, 태능을 돌파하더니 마지막 태연까지도 막힘이 없었다.

이윽고 십이 경맥을 거친 그 힘은 여세를 몰아쳤고, 임독양맥까지도 막힘이 없었다.

그때였다.

철우의 눈이 번쩍 뜨여지며 번갯불 같은 안광을 발산했다. 어느새 세 명의 고루마인이 천천히 그의 앞에 나타났다.

그리고 늘 그래왔듯이 흑고루가 제일 먼저 공격을 시작했다.

끼끼끼끼!

뼈마디가 부딪치는 기괴한 음향과 함께 흑고루는 우수를 쳐들었고, 철 장갑이 끼워져 있는 장심에서 엄청난 돌개바람이 쏟아져 나왔다.

"흥! 어림없다!"

철우는 앞에 놓여진 죽검을 움켜잡았다. 그리고 빛살처럼 허공으로 도약하며 흑고루의 장력을 피했다. 그의 몸놀림은 주화입마를 당해 무공이 전폐되기 전과 다를 게 없었다. 아니, 오히려 그때보다도 쾌속해진 것 같았다.

그러자 백고루의 공세가 이어졌다.

피이잇! 피잇!

네 줄기 강맹한 지풍이 철우를 향해 짓쳐들었지만 철우는 허공을 연속적으로 선회하며 공세를 피해냈다.

쿠오오오!

이번엔 적고루의 족풍이 해일처럼 철우를 덮쳐들었다. 철우는 더 이상 피하지 않고 맞공세를 펼쳤다.

쐐쐐쐐쐐!

철우의 죽검은 강맹했다. 대나무로 만든 볼품없는 것이었지만, 그 위력은 그 어떤 명검보다도 위력적이었다. 죽검에 의해 족풍은 여지없이 반으로 갈라졌다. 그리고 반으로 가른 검기는 적고루를 향해 파고들었다.

빠빡!

인간이었다면 심장에 해당되는 부분을 검기는 정확히 가격했다. 하지만 적고루가 걸치고 있는 옷만 구멍이 뚫렸을 뿐이다. 적고루는 아무런 타격을 받지도 않은 듯 전혀 흐트러짐이 없었다.

'정말… 엄청난 마물들이군. 제아무리 초극의 고수들이라 할지라도 이렇게 정확히 검기에 격중당하면 바로 끝장이거늘……'

아무리 지난날의 공력을 다시 되찾은 철우였지만 고루마인은 여전히 공포스런 존재였다. 현재 자신의 능력을 십이성으로 쏟는다 해도 세 명의 고루 중 단 하나도 쓰러뜨릴 수 없을 것이라고 느꼈다.

순간,

세 명의 고루가 동시에 연속적으로 합공을 펼쳐 나갔다.

해골뿐인 고루가 마치 오랫동안 호흡을 맞춘 사람처럼 펼쳐 나가는 조직적인 합공.

맨 먼저 격출된 것은 여태껏 보여준 순서와는 달리 백고루의 지풍이었다. 철우가 피하려는 순간 적고루의 족풍이 맹렬한 기세로 날아들었다.

"헉!"

철우는 다급하게 피했다. 그들의 공세는 더욱 개별적일 때보다 합공일 때 더욱 강맹하고 위력적이었다. 철우는 도저히 반격할 기회를 잡을 수조차 없었다. 어쩌나 피하기에 급급했는지 철판교의 수법까지 동반하며 바닥을 굴렀다.

겨우 사정권에서 벗어났다고 생각하며 몸을 세우려는 순간,

콰우우웅!

그동안 우수로 장력을 쏟아왔던 흑고루가 쌍장을 내밀더니 광포한 장력을 뿜어냈다. 장력이 날아오는 방향은 두 곳.

철우는 양 방향에서 자신을 향해 좁혀드는 장력을 피하기 위해 유일한 안전 공간인 중앙으로 몸을 날렸다. 하지만 미처 보지 못했다. 아니, 볼 수조차 없었다.

이번엔 적고루와 백고루가 펼친 족풍과 지풍이 아예 소리도 없이 그의 단전과 사지를 여지없이 쑤셔 박았기 때문이다.

파파팍! 펑!

"으아아악!"

철우는 처절한 비명을 지르며 정신없이 곤두박질쳤다. 그리고 또다시 죽음보다 깊은 혼절 속으로 빠져들었다.

*　　　*　　　*

"쿨럭… 쿨럭……!"

쇳소리와 같은 고통스런 노인의 기침이었다. 얼굴의 반쪽을 화상 입은 매부리코의 노인은 침상에 누워 식은땀을 쉴 새 없이 흘리고 있었다.

흑혈천주 사도혼.

구 척 장신에 사람을 위압할 정도로 당당하던 그의 풍채는 지금 피골이 상접할 정도로 앙상했다.

"약 드세요."

쇳소리를 내며 힘들어하는 그의 앞으로 약쟁반을 든 훤칠한 체형의 여인이 나타났다.

여인은 눈처럼 흰 백의를 입고 있었으며, 나이는 대략 이십오륙 세 정도로 보였는데, 어느 사내라도 한 번쯤 눈이 갈 수밖에 없는 대단한 미인이었다.

삼단 같은 머리채를 드리운 채 그윽하고도 수정처럼 맑은 눈을 갖고 있는 그녀의 아름다움이란 이미 지상의 것이 아니었다. 저 멀리 아스라한 하늘가에 피어 있는 천상의 꽃. 굳이 비유하자면 고귀한 자태를 지닌 연꽃이었다.

이토(泥土) 속에서도 그 청정한 맑음을 잃지 않는 순결과 주위의 어두움을 영혼의 빛으로 밝히는 연꽃을 연상케 하는 그런 여인이었다.

그녀의 이름은 사도영령(司馬暎玲)이었고, 사도혼의 단 하나뿐인 혈육이었다.

사도혼은 딸의 부축을 받으며 약을 마셨다. 그리고 다시 힘겹게 자리에 누웠다.

"흘흘, 갈수록 녀석의 저항이 강맹해진다. 반년이란 시간을 잡으면서도… 과연 그 가능성에 대해선 나조차 의심하고 있었는데……."

약 기운 탓인가? 사도혼은 전과 달리 표정은 안정되었고, 음성도 또렷해졌다.

"이런 식이라면 앞으로 한 달 내로 녀석은 동굴에서 나올 수 있을 것이다. 전보다 훨씬 강해진, 당금 무림에 단 한 명의 적수도 용납지 않는 절대 공력을 지닌 고수의 모습으로 말이다. 후후후."

그는 흐뭇한 미소를 흘렸지만 사도영령은 그렇지 못했다.

"아버지, 그래서 얻을 수 있는 게 뭔가요?"

그녀는 어두운 표정으로 반문했다.

"전 지금이라도 고루격공도맥대법(骷髏擊功道脈大法)을 중단했으면 해요."

고루격공도맥대법.

이것을 설명하기 위해선 먼저 격공도맥대법에 대한 설명이 필요할 것이다.

격공도맥대법은 내공이 강한 쪽에서 내공이 전혀 없는 상대에게 공력을 전수하기 위해 상대의 단전과 요혈 등을 가격하여 혈도와 혈맥을 통해 체내에 공력을 주입시키는 대법이었다.

하지만 이 대법엔 치명적인 결함이 있었고, 그로 인해 강호의 어느 방파에서도 사용하지 않았다. 단전과 요혈에 가격되는 힘의 세기가 조금만 약해도 체내에 주입이 될 수 없었고, 조금만 강하면 오히려 상대를 불구로 만들어 버리기 때문이었다.

격공도맥대법만 해도 그 위험성 때문에 강호의 어느 누구도 함부로 시전하지 못하고 있는 입장이건만, 고루격공도맥대법은 위험성에서 비교조차 되지 않았다.

일단 고루마인을 만든 장본인이 시술자가 되어 원격으로 고루들을 조종해야만 하니, 그것이 얼마나 힘들고 위험한지는 굳이 말하지 않아도 충분히 짐작할 수 있을 것이다.

게다가 고루마인은 조종할 때마다 시술자의 체력은 물론 내공까지 상당히 손실된다. 그냥 조종을 해도 그럴 지경인데 고루격공도맥대법을 시전한다면, 아마도 시술자의 목숨까지 걸고 해야 할 것이다. 내공 손실은 그만큼 엄청난 것이었기에.

사도혼은 씁쓸한 미소를 지었다. 어째서 영령이 만류하는지 그 이유를 잘 알기 때문이었다.

"영령아, 여기까지 왔는데 어찌 그만둘 수 있겠느냐?"

"늦지 않았어요. 지금이라도 그만둔다면 제가 아버지를 잃는 일만큼은 없을 테니까요."

"바보 같은 소리! 평생 남에게 인정받지 못하는 실수의 딸로 살 테냐?"

"상관없어요, 전 아무래도. 제게 중요한 것은 아버지뿐, 다른 사람의 시선 따위는 저에게 전혀 중요하지 않아요."

"그럴 수는 없다. 난 이미 네 어미와 약속을 했다. 그리고 그것은 네 어미의 마지막 당부였고……. 난 무슨 일이 있어도 꼭 지키겠노라고 약속했다, 죽어가는 네 어미 앞에서."

아내와의 약속.

그것은 사도혼의 삶의 목적이자 지표였다.

사도혼은 본시 강호에 고루라는 이름을 처음으로 알린 백골문의 일맥이었다. 하지만 고루마인을 앞세워 강호의 거대 문파로 우뚝 서고 싶었던 백골문의 야망은 그의 부친 사도종달(司徒傽疸) 대에 와서 그것이 얼마나 허망한 꿈이었는지 알게 되었다.

고루마인은 강하고, 그 적수가 없다.

하지만 그것을 조종하는 사람은 조종할 때마다 엄청난 공력의 손실이 생긴다. 그렇기 때문에 아무리 무적의 고루마인을 보유하고 있다 해도 강호에 내보내서 맘껏 싸우게 할 수가 없다는 것을 그의 부친 대에 와서야 깨달은 것이었다.

하여 백골문은 그의 죽음과 함께 자취를 감췄고, 유일한 일맥인 사도혼은 흑야문이라는 사파 단체를 만들어 활동을 했으나 지난 삼십여 년 전, 관과 무림의 합동으로 그가 일으킨 흑야문은 멸문당했다.

겨우 살아난 그는 좌절했고, 가장 절망이 깊을 즈음에 한 여인을 만났다.

설초하(薛草河), 바로 영령의 모친이었다.

사도혼은 그녀와 함께 자식을 낳고 잠시 행복한 삶을 살았으나 흑야문이 멸문당할 때 자신과 함께 생명을 건진 부하들의 요구로 다시 무림 활동을 시작하고자 했다. 바로 그때 설초하는 이틀에 걸친 지독한 난산(難産) 끝에 아이를 낳았다. 그 아이가 바로 영령이었다.

예쁜 공주를 낳았지만 안타깝게도 그녀는 죽어가고 있었다. 그녀는 희미하게 웃으며 비통해하는 사도혼을 바라보며 말했다.

"여보… 이제… 헤어질 때가 됐나 봐요……. 언제까지 당신 곁에서 함께하고… 싶었는데……."

"무서워하지 마. 내가 따라가 줄 테니까."

"그런 말… 하지 마세요……."

"난 어째서 초하가 죽어야 하는지 받아들일 준비도 되지 않았고, 받아들일 수도 없어. 그러니 나에게 행복하게 잘사세요 따위의 말은 하지 마. 초하가 죽으면 나도 죽어."

"……."

"내가 죽으면 초하 혼자서 살 수 있겠어? 대답해 봐."

"아, 알아요. 당신이 저를… 얼마나 사랑하시는지……. 하지만… 당신이 그렇게 말씀하시면… 우리 아기는… 불쌍해서 어떡해요……."

"아기도 나와 함께 초하를 따라갈 거야."

"마, 말도 안 돼요……. 아무리 부모라 해도… 자식의 생명을… 멋대로 관장할 수는 없어요……. 그것은 제가… 절대 용납할 수… 없어요……."

"초하……."

"저를 생각하신다면… 저를 사랑하신다면… 우리 아기에게 제 몫까지 정을 주세요……. 그리고 부끄럽지 않은 아버지가 되어주세요……. 우리 아기가… 훗날 손가락질받는 일이 없도록 말예요……."

"손가락질을 받다니? 어떤 놈들이 감히……!"

"물론 저는… 당신이 따뜻한 사람이라는 것을 알고 있지만… 그렇기에 당신을 사랑했지만… 흑야문이라는 사파 집단을… 그리고 그곳의 문주였던 당신을… 과연 세상의 어떤 사람이 칭송할 수 있을까요?"

"……!"

"무림인이기에… 어쩔 수 없이 칼밥을 먹고살 수밖에 없다면… 굳이 소림이나 무당처럼은 못 될지라도… 누구나 인정할 수 있고, 그래서 존경받을 수 있는… 그런 문파의 주인이 되어주세요. 우리 아기의 미래를 위해서라도……."

"……."

"그렇게 해주실 수… 있겠죠? 약속해 주세요. 그래야만 제가 편히… 쉴 수… 있을 것… 같아요……."

"그러지. 그것이 초하의 뜻이라면."

"그렇게… 대답해 주실 거라고… 생각했어요……. 하아, 고마워요……."

"……."

"행복했어요……. 당신을 만나서… 행복했고… 당신의… 사랑을 받을 수… 있어서 행복했어요……."

"초하……."

"저승에 가더라도… 당신이 주신… 사랑을 떠올리며… 허기를… 채울… 거예요……. 영원히… 영원히 당신만을… 사랑하겠… 어… 요……."

아내가 떠난 지 이십육 년이 흘렀지만 사도혼은 단 한 번도 그녀를 잊은 적이 없었다. 그리고 그녀와의 마지막 약속을 보다 확실하게 지키기 위해서 살수 문파인 흑혈천을 조직했다.

살수 조직은 아무리 생각해도 당당한 문파 건설을 원했던 아내의 유언과는 오히려 반대되는 경우다. 하지만 사도혼이 살수 조직을 결성했을 땐 나름대로의 이유가 있었다.

그가 강호인들이 존경할 정도로 위명이 쩌렁했던 무사였다면 어느 곳에서든 일문을 세울 수 있을 것이고, 그의 이름을 흠모하는 제자들이 알아서 모여들게 될 것이다. 뿐만 아니라 조정에서도 기꺼이 그의 문파를 인허해 줄 것이다.

하지만 그는 그렇지가 못했다. 존경은커녕 흑야문의 문주였다는 악명이 워낙 컸다. 사도혼이 아무리 개과천선을 했다고 외쳐 봐야 그의 말을 곧이곧대로 믿어줄 사람은 아무도 없을 것이며, 오히려 관에서는 그를 잡아서 지난날의 죄를 물으려 할 것이다.

정상적으로 일문을 세우기가 곤란한 사도혼은 어쩔 수 없이 살수 조직이라는 선택을 했다.

─청부 살인으로 일문을 세울 자금을 축적하고, 그 돈을 관료들에게 뇌물을 먹여서라도 관인을 받아내겠다. 그 방법이 가장 빠르고 확실한 길이 될 것이다.

도저히 거절할 수 없는 뇌물을 먹여서라도 정도 문파를 세우려 했던 그에게 더 좋은 기회가 생겼다. 복수에 미쳐 무슨 짓이든 하던 담중산, 그는 여전히 조정에 힘을 뻗칠 수 있는 인물이었다. 비록 과거의 은원이 있긴 했지만 보다 중요한 것은 현재였고, 미래였기에 사도혼은 기꺼이 그를 찾아가 요구했다.

복수를 해줄 테니 정도 문파를 인허해 달라고.

예상대로 담중산은 그의 요구를 받아들였고, 사도혼은 비로소 아내와의 약속을 지킬 수 있다는 생각에 가슴이 벅차올랐다.

그래서 철우를 암살하기 위해 흑혈천의 모든 살수들을 풀었는데… 그랬는데…….

어이없게도 모든 살수들이 철우의 손에 죽임을 당했다.

그리고 그 약속의 장본인인 담중산까지 이제는 황천길로 떠나 버렸다. 그럼에도 불구하고 사도혼은 마지막까지 포기하지 않았다.

철우를 통해서, 자신의 모든 꿈을 앗아간 철우를 통해서 자신의 꿈을 부활시키려 하고 있는 것이다.

"……."

어느덧 영령의 눈에서는 눈물이 소리없이 흘러내리고 있었다.

그녀는 알고 있다. 그것도 너무도 잘 알고 있다. 엄마에 대한 아버지의 사랑이 얼마나 절대적인 것인지…….

그렇기에 그녀는 자신의 생명까지 던지며 철우의 마지막 희망을 걸고 있는 부친을 만류할 수가 없었던 것이다.

"울지 마라, 영령아……."

사도혼은 영령을 바라보며 희미한 미소를 지었다.

"희망을 걸고… 다시 시작하기엔… 난 너무 늦었다. 그리고… 그곳을 빠져나올 때… 이미 치유가 어려운 내상을 입었고…….”

"……."

"그나마 떠넘길 놈이라도 있기에… 이 아비는 아직도 웃을 수 있을 것 같구나……."

"하지만… 그 사람이 아버지의 뜻을 외면할 수도 있다는 생각은 안 해보셨나요?"

"흘흘, 그런 생각을 했다면 내가 이런 부상을 당하면서까지 그놈을 그 지옥에서 데리고 나오지 않았을 것이다."

사도혼은 키득거리고는 확신에 찬 표정으로 단언했다.

"그놈은 절대 나의 뜻을 거절하지 못할 것이다. 분명히."

　　　　　　*　　　　　*　　　　　*

　담중산이 죽은 후 대명제국을 지탱하고 있는 힘의 균형이 바뀌기 시작했다.

　담중산을 따르던 그의 파벌들은 구심점이 사라지자 급격한 쇠퇴를 보였고, 그때까지 숨을 죽이며 힘을 비축하던 맹허(孟虛) 정위 일당이 득세를 하기 시작했다.

　아울러 담중산으로 인해 불만을 참으며 인내를 하던 만중왕이 마치 제 세상을 만난 듯 본격적인 활동을 시작했고, 맹허 정위와도 교분이 두터운 그는 장강 이남을 지배하며 황제처럼 군림해 나가고 있었다.

　노회한 정치꾼인 담중산이 죽음으로써 그동안 숨죽이던 인물들이 기지개를 켜며 권력의 단물을 빨아먹겠다고 나서고 있는 세상.

　세상은 여전히 복잡하고 어지럽게 굴러가고 있었다.

　"어허! 새치기하지 말고 차례차례 줄을 서라니까!"

　항주 포청의 호장인 사공태평이 마을 사람들을 향해 호통쳤다.

　얼마 전, 갑작스런 폭우로 하천이 범람하면서 우장촌(牛長村) 주민들은 졸지에 이재민으로 전락하고 말았다.

　관아의 창고에 비축된 쌀이 부족한 능진걸은 금릉에 지원을 요청하였고, 만중왕은 요청한 것보다도 훨씬 더 많은 식량과 옷감, 그리고 금을 보내주었다.

　"어이고! 감사합니다!"

　"다음 사람."

이재민들을 위해 능진걸은 많은 준비를 했다. 쌀과 음식을 나눠 주는 것은 물론 무너진 가옥과 축사를 새롭게 지어주기 위해 광아의 관리들과 목공들까지 대동하고 나타난 것이다.

"우리 성주님, 정말 훌륭한 분이야. 세상에 어떤 성주가 이재민들을 위해 이렇게 발벗고 나서겠나?"

"암, 당연하지. 성주님과 같이 의롭고 올바른 분을 모실 수 있다는 게 얼마나 기쁜지 몰라. 해서 우리 아이들에게도 얘기했네. 이건 가문의 영광이라고."

사공태평과 염달구는 흐뭇한 표정을 지으며 이구동성으로 능진걸을 극찬하고 있었다. 그리고 멀리 떨어져 있는 능진걸의 귀에까지 들어가라고 보다 큰 목소리로 칭찬해 댔다.

자신들이 그토록 의지하던 담중산은 불귀의 객이 된 반면, 장강 이남엔 만중왕이 새로운 실력자로 등장했다. 그리고 그 실력자는 능진걸을 유달리 총애했고, 눈치 빠른 두 사람은 그 사실을 절대 놓치지 않았다.

'삼십 년 관직 생활의 관록이라는 건 결코 투전판에서 얻은 게 아니거든.'

'암, 두말하면 하품이지.'

두 사람 모두 삼십 년이 넘는 오랜 관직 생활 동안 큰 사고 없이 버틸 수 있었던 힘은 바로 남보다 빠른 눈치 때문이라고 자평하고 있는 입장이었다. 그런 만큼 그 어떤 낯가림도 없이 그들은 변신했고, 당당하게 충성심을 발휘했다.

"이봐, 노 표두! 뭐 하는 거야? 사람들 새치기하지 못하도록 줄 똑바로 세우라고!"

"어, 저 노인네는 감히 성주님의 손을 잡고 뭐 하자는 거야? 어서 떼어내!"

더욱 그들의 목청이 높아갔다.

사공태평과 염달구가 그토록 의지했던 담중산이 불귀의 객이 되었으니 그에 대한 미련은 깨끗이 잊고 새로운 실력자가 총애하고 있는 능진걸을 위해 맹목적인 충성심을 보이고 있었다.

젊은 포두가 명령에 따라 능진걸의 손을 잡고 하소연을 하고 있는 노인을 떼어내려 했다.

"크으, 냄새가 진동하는군. 영감, 몇 날 며칠씩 씻지도 않은 몰골로 감히 어디에 나타나는 거야?"

포두는 노인의 몸에서 나는 악취에 코를 막으며 단봉으로 그를 밀쳐냈다.

"어이쿠!"

그러자 노인은 너무도 맥없이 뒤로 자빠졌다.

능진걸이 험악하게 인상을 찌푸리며 노성을 질렀다.

"자네, 지금 뭐 하는 짓인가?"

"예?"

"어서 일으켜 드려라!"

"이 노인네가 성주님을 귀찮게 추근덕거린다고 추관님께서 떼어놓으라고 하셔서 저는 그냥……."

젊은 포두가 억울하다는 표정으로 변명하려는 순간,

"이노옴! 감히 성주님께서 말씀하시는데 버르장머리없이 그 무슨 말대꾸냐!"

뻐억!

어느새 염달구가 호통을 치며 나타나더니 다짜고짜 그의 머리통을 세차게 쥐어박았다. 그리고는 자신이 직접 쓰러진 노인을 일으켜 세웠다.

"어디 다치지 않았수? 요즘 젊은 포두들이 어른 공경할 줄 몰라서 큰일이라니까."

그는 다시 한 번 변신이란 어떤 것인가를 확실하게 보여주었다.

"마침 잘 오셨습니다."

능진걸의 얘기에 염달구는 반색했다.

"아, 제게 시키실 일이라도 있나 보군요. 말씀만 하십시오."

"노인의 손주가 조금 전에 측간에 빠진 것을 힘들 게 구해냈다고 하더군요."

"그, 그런데요?"

"똥독이 우려되니 추관께서 지금 즉시 그 아이를 업고 태화로에 있는 천 의원에게 데려가서 치료를 받도록 하십시오. 천 의원이 그 방면의 권위자라고 하더군요."

"……?"

염달구는 눈을 크게 떴다. 그리고 고개를 돌려 아이가 있는 곳을 보았다. 아이는 발에서 머리끝까지 오물을 뒤집어쓴 상태로 바닥에 누워 있었다.

'끄응, 똥으로 뒤범벅을 한 꼬맹이를 나더러 업고 의원에게 데려가라니……?'

염달구의 얼굴이 흙빛으로 탈색되었다. 자신에게도 지위가 있고, 체면이라는 게 있는데 더럽고 똥이 더덕더덕 붙어 있는 아이를 어찌 업고 뛸 수가 있겠는가? 체면 때문에라도 싫었고, 더러워서 더욱 싫었다.

"성주님, 이렇게 사람이 많은데 왜 하필 저에게 그런 일을……? 그리고 그런 일이라면 젊은 사람들이 힘이 좋아서 아이를 업고 더 잘 뛸 텐데요."

"모두가 지금 다 바쁘잖습니까? 보시다시피 젊은 포두들은 장인들을 도와서 건물 기둥 세우는 일을 하거나, 쌀가마니를 운반하고 있잖습니까? 그리고 태화로는 여기서 그리 멀지도 않으니 어서 다녀오십시오. 아이가 지금 급합니다."

"하, 하지만 저는 늙고 기운이 없어서… 과연 태화로까지 아이를 업고 갈 자신이 없는데… 사공 호장과 함께 가면 안 될까요?"

염달구가 고개를 돌리며 쳐다보자 그때까지 키득거리던 사공태평의 얼굴이 딱딱하게 굳어졌다.

능진걸은 고개를 끄덕였다.

"그럼 그렇게 하십시오. 어차피 사공 호장께서도 딱히 할 일이 없으시니까."

"알겠습니다. 그럼 아이를 교대로 업으면서 다녀오겠습니다."

염달구는 정중히 포권을 한 후 사공태평을 향해 손짓했다.

"어이, 호장! 이리 와! 성주님이 똥독 오른 아이를 치료시키라신다! 내가 기운이 없으니까 자네랑 교대로 업고 가자고!"

'이, 이런 육실헐. 더럽고 지저분한 일엔 꼭 나를 끼어 넣는다니까. 거머리 같은 놈.'

조금 전까지 웃음소리가 밖으로 샐 것만을 걱정하며 정신없이 즐거워하던 사공태평의 얼굴은 완벽한 똥 빛이 되었다.

*　　　　*　　　　*

꽈꽝!

지축을 뒤흔드는 듯한 폭음이 울렸다.

"우욱!"

철우는 둔기로 가슴을 얻어맞은 듯한 충격을 느끼며 뒤로 세 걸음이나 밀려났다.

끼끼끼끽!

뼈마디가 돌아가는 너무도 섬뜩한 음향과 함께 또다시 무시무시한 암경이 휘몰아쳐 왔다.

휘류류류룡!

이번에는 조금 전의 것보다 더욱 살벌하고 가공할 기세였다.

"좋다! 어제는 어설프게 같은 장력으로 맞대응하려다가 당했지만, 오늘은 무정천풍검법으로 상대해 주마!"

철우는 차갑게 외치며 전력을 다해 무정천풍검법의 제십삽초인 무정만겁(無情萬劫)으로 마주쳐 갔다. 그의 몸이 한줄기 빛살처럼 화하며 흑고루의 장영(掌影) 속을 뚫고 들어갔다.

콰콰쾅!

천복지복의 굉음이 터졌다. 동굴 바닥이 움푹 패어 들어갔고, 천장에선 흙가루가 우수수 쏟아져 내렸다.

"컥!"

철우는 외마디 신음을 토하며 주르르 뒤로 물러났다. 하지만 흑고루도 뒤로 세 걸음이나 밀려났다. 철우의 얼굴이 환하게 밝아졌다.

고루의 후퇴!

공력이 어느 정도 회복된 이후 고루들의 일방적인 공세에 그도 맞대

응을 하며 나섰지만, 지금처럼 고루가 뒤로 물러선 경우는 지금껏 단 한 번도 없었다.

"으하하하! 이 괴물들아, 보았느냐? 나도 이제는 너희들이 내게 한 만큼 보복할 수 있는 입장이라고!"

철우는 너무도 뿌듯한 듯 앙천광소를 토했다.

그러나 싸움은 끝나지 않았다. 이제부터가 본격적인 시작이었다.

다시금 막강한 족풍이 적고루의 발을 통해 터져 나왔다. 적고루가 신고 있는 쇠신과 같은 문양의 족영이 광폭한 기세로 철우를 덮쳐들었다.

"웃!"

자신감이 치솟던 철우는 자신도 모르게 경악성을 토했다. 적고루는 철우를 완벽하게 박살 내려는 듯 이제까지 자신이 보여준 것과는 비교할 수 없는 어마어마한 족풍을 발출시킨 것이다.

콰아아아아!

적고루의 장삼만큼이나 붉은 족영이 철우를 광포하게 날아가는가 싶더니 어느 한순간에 빳빳이 퍼지며 끝이 칼날처럼 날카롭게 변했다.

놀랍고도 엄청난 변화였으나 철우는 결코 당황하지 않았다. 반년 가까이 이들과 몸을 부대끼며 살아오는 동안 황당하고 경악스러운 일이 어찌 이뿐이었겠는가?

철우는 처음으로 미종비천술(迷縱飛天術)을 펼쳐 보았다. 미종비천술은 무림 사상 가장 현묘한 경공으로 일컬어지는 것으로, 보법과 경신술을 한꺼번에 펼칠 수 있는 절세의 기학이었다.

계단을 밟듯이 허공을 걸어 오르는 보법과 마치 물 찬 제비가 미끄러지듯 허공을 날아다닐 수 있는 경공.

워낙 심후한 공력이 있어야만 운용이 가능한 술법이었기에, 지난날 당대 최고의 검객으로 불리던 철우의 부친조차 묘법을 알면서도 차마 사용치 못했던 것을 철우가 펼치려 하고 있는 것이다.

'그동안 적고루의 족풍을 피하기 위해서 온갖 보법과 경공을 다 펼쳐 보았지만 모두 무용지물이었다. 하지만 미종비천술이라면 능히 가능할 것 같다. 문제는 과연 내게 그만한 공력이 있느냐 하는 것인데… 반년 동안 공력만큼은 전보다 월등히 높아진만큼 왠지 충분할 것 같은 느낌이다.'

쓰으으으.

철우의 신형이 안개처럼 움직이는가 싶더니 족영이 그의 가슴을 격타하려는 순간, 그는 마치 눈에 보이지 않는 계단을 걸어 오르듯 허공을 한 걸음 한 걸음씩 신속하게 걸어 오르는 것이 아닌가?

콰쾅!

목표를 잃은 족풍이 벽을 강타하며 동굴을 뒤흔들었다. 흙먼지가 날리고 돌덩이가 우수수 떨어졌다.

고루들은 녹색의 안광을 끔뻑거렸다. 지금까지 시종 일관 녹광을 번뜩이던 고루들이었기에, 그 짧은 한 번의 끔뻑거림은 마치 당황하고 있는 것처럼 느껴졌다.

"타아앗!"

철우는 피할 때 그랬던 것처럼 이번에는 마치 계단을 밟고 내려오는 것과 같은 동작을 취하며 쩌렁한 기합을 내질렀다.

그의 죽검이 실로 기괴한 변화를 일으키며 적고루를 향해 쏘아져 갔다 그러자 백고루가 신속하게 양손을 앞으로 쭉 내밀었다.

피피피핏! 피이잇!

백고루의 철 장갑 끝에서 나온 여덟 개의 지풍이 철우를 향해 파고들었다. 뿐만 아니었다. 흑고루와 적고루도 동시에 장풍과 족풍을 날렸다.

여덟 줄기의 철전과 같은 지풍.

돌개바람과 같은 장풍.

대포알과 같은 위세의 족풍.

전율스러울 정도로 가공한 위력을 내포한 이 모든 것들이 하나로 합쳐지며 철우를 그물처럼 덮쳐들었다.

철우는 예상을 넘어서는 엄청난 합공 앞에서 제대로 공세를 펼칠 수 없었다. 아무리 그의 공력이 예전과 비할 수 없을 정도라고는 하나 공격과 공격으로 맞부딪치기에는 곤란하다는 판단이 들었다.

'장대비는 일단 피하고 보는 법. 이들의 합공에 맞공세로 나간다는 것은 불을 들고 지옥에 뛰어드는 격일 테니까.'

철우는 허공보다는 바닥을 기는 듯한 모습으로 미종비천술을 운용하며 그들의 가공할 합공을 피해냈다.

콰콰콰쾅! 꽝!

세 고루가 펼친 회심의 합공이 또다시 벽면을 강타하자 동굴이 당장이라도 무너져 내릴 것처럼 요동을 쳤다. 벽면은 마치 폭약이 터진 자리처럼 움푹 파여졌고, 천장에서는 계속 돌덩이들이 쏟아져 내렸다.

철우는 쥐고 있는 죽검에 공력을 잔뜩 끌어모았다. 죽검은 새빨갛게 달궈지는가 싶더니 곧 불꽃을 일으켰다. 그리고 바닥을 기는 듯한 모습으로 방어를 취했던 철우의 신형이 마치 물을 차고 오르는 제비와도 같은 움직임으로 고루들을 향해 짓쳐들어 갔다.

"타아아앗!"

고루들은 공격밖에 모른다. 그들에게는 수비조차도 공격이었다. 공격은 도무지 숨 돌릴 시간조차 없을 정도로 연속적이었으나 그럼에도 틈은 있었다. 합공 후 재공격을 강행하기까지의 짧은 틈.

철우는 그 틈을 이용하여 마지막 절기를 펼치고 있는 것이다.

무정화천(無情火天).

무정천풍검법의 제십칠초인 무정화천은 검에 극양의 공력을 실은 검공이다. 그렇게 되면 검은 시뻘겋게 달아오르며 상대를 시꺼멓게 태우는 가공할 만한 무공이었다.

제십팔초인 무정냉천(無情冷天)은 이와 반대인 극음의 무공이었는데, 그동안 철우는 공력이 부족한 탓에 무정천풍검법 중 무정화천과 무정냉천은 전혀 펼칠 수가 없었다.

하지만 지금 이 순간만큼은 달랐다. 철우는 너무도 자신있게 무정화천을 펼치며 고루들을 윽박지르고 있는 것이었다. 반년 동안 그의 공력은 비약적으로 심후해졌고, 이제는 공력이 부족해서 펼치지 못할 무공이 없었다.

고루들의 눈을 밝히고 있는 녹광이 연신 끔뻑거렸다. 역시 당황하는 것 같은 느낌이었다. 너무도 빠른 철우의 기습에 그들은 미처 피하지 못하고 그만 목검에 격타당하고 말았다.

까까까깡!

목검이 고루들의 신형을 가를 때 경쾌한 쇳소리가 났다. 오히려 철우의 손목이 욱신거릴 정도였다.

하지만 철우는 고루마인이 도검 불침의 금강불괴라는 사실을 알면서도 무정화천이라는 검초를 펼쳤다. 그리고 이번 싸움만큼은 자신의 승리라고 자부했다. 이유는 이미 그의 눈앞에서 펼쳐지고 있었기 때문이다.

화르르륵!

고루들은 창졸간에 불길에 휩싸였다. 철우의 불타는 목검이 고루들의 몸을 가를 때, 그들의 펄럭이는 장삼에 불을 붙인 것이었다.

고루들은 전신이 불로 뒤덮인 채 허우적거렸다. 순식간에 입고 있는 장포는 모두 타버렸다. 그리고 손과 발을 감싸고 있는 쇠 장갑과 쇠신은 물론 허연 백골까지도 시뻘겋게 달아올라 버렸다.

그들의 녹색 안광은 현저하게 빛을 잃어갔다. 그리고 마치 줄에 매달린 나무 인형처럼 동작도 어색해졌다.

끼끼끼끼끼! 기끼끼!

방향 감각조차 잃은 채 허우적거릴 때마다 뼈 돌아가는 음향이 더욱 요란스럽게 퍼져 나갔다.

'후훗, 역시 예상대로군.'

철우는 고루들이 전의를 잃고 허둥대는 모습을 바라보며 씨익 미소를 지었다.

고루는 음(陰)이다.

반면 불은 양(陽)이다.

철우는 그동안의 격전을 통해 도검 불침의 극음인 고루를 일반적인 무공으로는 상대할 수 없다고 판단했다. 하여 반대가 되는 극양의 검공인 무정화천을 펼쳤던 것인데, 결과는 예상대로였다. 장포에 불길이 옮겨 붙자 고루들은 급격하게 힘을 잃어버린 것이다.

고루들의 녹색 안광이 거의 빛을 잃어갔다. 이미 걸치고 있던 장삼은 모두 불에 타서 없어졌고, 철 신발과 철 장갑, 그리고 해골과 골격을 이루고 있는 뼈다귀만이 여전히 시뻘겋게 달아올라 있었다.

"미운 정도 정이라더니… 막상 헤어지려니 좀 서운하군."

철우는 그들의 허우적거리는 모습에 씁쓸한 표정을 짓고는 이내 차갑게 식어버린 목검으로 허공을 갈랐다.

"그동안 외롭지 않게 해줘서 고마웠다. 가라!"

목검이 고루들을 격타하자 허우적거리던 고루들은 너무도 맥없이 무너지고 말았다.

드드드득!

골격을 이루던 뼈가 분리되며 바닥으로 떨어졌다. 그리고 해골들도 떨어졌다. 녹광은 여전히 해골 속에서 희미하게 깜빡깜빡거리더니 어느 한순간 똑같이 꺼져 버리고 말았다.

철우는 잠시 동안 모든 뼈마디가 해체된 상태로 바닥에 널브러져 있는 고루들의 최후를 씁쓸한 표정으로 내려다보았다.

"……?"

문득 철우의 검미가 꿈틀거렸다. 이미 재가 된 장포에서 나온 연기가 한쪽으로 흔들거리는 것이 시야에 들어왔다.

바람이 스며드는 공간. 그곳에 입구가 있을 것이라 생각하며 철우는 고개를 돌렸다. 그리고 지체없이 공력을 모아 그곳을 향해 쌍장을 날렸다.

콰아앙!

석문이 박살나며 환한 빛이 동굴 안으로 스며들었다. 철우는 지난 육 개월 동안 볼 수 없었던 세상의 빛이 너무도 강렬하게 느껴졌다. 그는 자신도 모르게 눈을 몇 차례 감았다가 뜨며 빛에 적응했다.

그리고 석문 밖으로 씩씩하게 걸어나갔다.

육 개월 동안 단절했던 이 땅의 공기가 새롭게 느껴졌다.

뺨을 스치는 바람이 이렇게 시원했던가?

나무와 꽃, 그리고 세상의 모든 것들이 이렇게 소중하고 고귀하게 느껴진 적이 과연 단 한 번이라도 있었던가?

철우에게는 모든 것이 새롭고 또 새로웠다. 그리고 아름다웠다.

철우는 길게 들숨을 쉬며 그동안 맡을 수 없는 세상의 공기를 자신의 가슴에 담고 싶었다. 하지만 그것은 그저 생각으로만 끝내야 했다.

"아니?"

그는 크게 기지개를 켜며 들이쉬는 순간, 깡마른 한 노인을 보았다.

노인은 동굴 입구의 정면에 있는 암반 위에 가부좌를 틀고 있었고, 입가엔 검붉은 피를 흘리고 있었다. 그리고 노인의 곁에는 젊은 여인이 눈시울을 붉히며 고개를 떨구고 있었다.

철우는 한동안 그 노인이 자신이 기억하고 있는 인물과 동일인이라고는 차마 생각하지 못했다. 그만큼 불과 반년 전과는 너무도 다른 모습이었기 때문이다.

"흘흘… 망할 녀석……. 예정보다 보름이나 앞당겨서 뛰쳐나왔군."

이미 노인의 얼굴은 해골에 거죽만 붙어 있는 것과 같았고, 노인은 그 얼굴로 나타난 철우를 향해 희미하게 미소를 지었다.

철우와 지난 반년 동안 함께 부대꼈던 고루마인들과 별다를 것이 없는 노인. 그는 바로 사도혼이었다.

철우는 크게 당황했다.

"어, 어떻게 된 거요? 어째서… 그토록 풍채가 좋던… 당신이……?"

"흘흘, 이 녀석아, 어떻게 되긴… 모두 네놈 때문… 쿨룩, 쿨룩……."

사도혼은 미소를 보이려 했으나 그의 의지와는 달리 격한 기침을 토했다.

미처 입을 막지도 못한 상태에서 터져 나오는 검붉은 핏덩이들, 그리고 사도혼의 신형은 각혈과 함께 옆으로 무너지고 있었다.

철우는 급히 암반으로 달려가며 그를 부축했다. 그리고 큰 소리로 외쳤다.

"뭡니까? 대체 어째서 당신이 이렇게 된 겁니까?"

"아버지는 고루격공도맥대법을 시술하기 위해 자신의 모든 내력을 다 쏟으셨어요."

촉촉이 젖은 여인의 음성이 철우의 고막을 파고들었다.

"아… 버지?"

철우는 고개를 돌려 여인을 보았다.

"아버지는 당신으로 인해 자신의 평생 소원이 무너졌지만, 당신으로 하여금 그 꿈을 이루기 위해 고루격공도맥대법을 시전하셨어요. 고루마인들을 조종하기 위해선 그때마다 엄청난 체력과 공력이 손실되죠."

영령은 차마 철우 앞에서 눈물을 보이기가 싫은 듯 잠시 고개를 돌려 흐르는 눈물을 훔쳐 냈다. 그리고 격앙된 감정을 진정시키며 다시 말을 이어나갔다.

"그렇게 힘이 든 고루격공도맥대법을 한두 번도 아니고, 하루에 세 차례씩 무려 반년 동안 쉬지 않고 이곳에 앉아서 시전하셨어요. 당신의 전폐된 공력을 되찾게 하기 위해서, 당신에게 천하제일의 공력을 주입시키기 위해서, 그리고…….."

"……."

"당신을 통해 자신의 마지막 소망을 이루기 위해서 말예요."

아령의 얘기에 철우는 가슴이 답답했다.

한때 자신은 죽기를 원했고, 주화입마의 상태에서 굳이 벗어나고픈 생각도 없었다. 그의 의지와는 상관없이 이 모든 것을 마련하고, 마침내 죽음까지 눈앞에 둔 이 노인을 그는 도저히 이해할 수가 없었다.

철우는 안타까운 표정으로 자신의 부축을 받으며 누워 있는 사도혼을 바라보았다.

"대체… 날 어떻게 믿고 이렇게 미련한 짓을 하셨소? 난 지금도 당신의 뜻을 따르고 싶은 생각이 추호도 없소."

"흘흘, 이놈아, 내가 한때는 네놈을 죽이려 했던… 살수 조직의 수장이었다……."

사도혼은 선혈로 얼룩진 입을 벌리며 키득거렸다.

"네놈을 죽이기 위해… 너란 놈을 조사해 봤지……."

"그래서 뭘 조사를 하셨소?"

"네놈은… 정이 많고… 자신 때문에 남들이 피해당하는 꼴을… 절대 못 본다는 것을 알았다."

"조사를 엉망으로 하셨구려. 정이 많은 놈이라면 이미 어딘가에 정착했지, 오갈 곳 없이 이렇게 떠돌아다니겠소? 난 가뭄의 논바닥처럼 마음이 메말라 버린 사람입니다."

"흘흘, 마음이 메마른 놈들이 다 뒈진 모양이구나. 어린 기녀의 가족에게 갖고 있는 돈을 몽땅 털어주고… 네놈 때문에 기루의 주인과 점가가 죽었다고… 자신의 목숨… 포기하고 함께 죽어버리자고 광란을 떠는 놈이… 가뭄의 논바닥 소리 지껄이는 것을 보면……."

사도혼이 키득거리자 철우의 얼굴은 구겨졌다. 그는 인상을 찌푸리며 투덜거렸다.

"젠장! 그래서 나의 뜻과는 상관없이 당신 멋대로 이렇게 원하지도 않는 은혜를 베풀었다고 내가 당신의 생각에 따라줄 거라 생각했다면, 그건 당신의 커다란 착각일 뿐이오. 당신이 아무리 목숨까지 던지며 내게 전보다 더욱 고강한 공력을 얻도록 만들어주었지만, 난 싫소. 내 뜻대로 살겠소."

"끄으으… 문파 이름은… 사도세가(司徒世家)다……. 죽은 아내가 내 이름을 당당하게 내세울 수 있는 그런 문파를 세우라고 했거든."

"말씀드렸듯이 난 결코 당신의 뜻에 따르지 않을 것이오!'

"그리고… 초대 가주는 당연히… 나의 딸이다. 네놈이 세웠다고 네놈이 감투에 … 욕심내면 안 된다……. 물론 그럴 놈이 아니라는 것은… 알지만……."

철우가 철저하게 엇나가고 있음에도 불구하고 사도혼은 자신의 얘기에만 충실히 하고 있었다. 그는 이제 시간이 얼마 남지 않았다는 것을 직감한 듯 철우의 대꾸와 상관없이 힘들게 계속 말을 이어 나갔다.

"우리 영령이… 불쌍한 아이다……. 내게 진 빚을 생각해서라도… 문파를 세우고… 멋진 남자를 만날 때까지… 네놈이… 친오빠처럼… 보살펴 줘야 한다……. 딴마음 품지 말고……."

"딴마음……?"

철우는 그의 생명이 얼마 남지 않았다는 것을 알고 있기에 웬만하면 대꾸를 하지 않으려 했으나 이 순간만큼은 반문하지 않을 수가 없었다.

"나야… 네놈이… 괜찮은 놈이라는 것은… 알지만… 아내는 영령의 신랑으로… 무사만큼은 싫다고 했거든……. 그러니… 오빠로서만 보살펴야 돼. 알… 겠느냐……?'

사도혼의 손이 천천히 철우의 손을 잡았다. 그리고 희미하게 미소 지었다.

"이, 이제 … 너를 믿고… 떠나마……."

스르륵.

말과 함께 그의 고개가 옆으로 떨어졌다.

순간,

"아버지ㅡ!"

사도혼의 마지막 모습을 눈물로 지켜보며 서 있던 아령이 무릎을 꿇고 사도혼의 얼굴에 뺨을 비비며 오열을 했다.

철우는 천천히 몸을 일으켜 세웠다.

서산으로 넘어가는 해를 바라보는 철우의 마음은 더없이 착잡하기만 했다.

"아… 아버지……."

피눈물을 흘리며 오열하는 아령의 마음을 아는 듯 하늘도 서럽게 물들어가고 있었다.

第十三章

그곳에 그자(者)가 있었다

유난히 무덥고 비가 많이 내렸던 여름이 지나고 계절은 어느덧 가을로 접어들고 있었다.

악양(岳陽).

동정호(洞庭湖)의 물이 장강으로 흘러가는 출구에 위치한 곳으로, 남북조시대부터 이어져 온 고도(古都)였다. 악양의 현성서문(懸城西門)인 악양루(岳陽樓)는 동정호와 장강을 전망하는 웅대한 경관으로 유명했다. 아울러 두보(杜甫)의 시로 널리 알려진 곳이기도 했다.

昔聞洞庭水(석문동정수), 今上岳陽樓(금상악양루).
吳楚東南拆(오초동남탁), 乾伸日夜浮(건곤일야부).
親朋無一字(친붕무일자). 老去有孤舟(노거유고주).
戎馬關山北(융마관산북), 憑軒涕泗流(빙헌체사류).

옛 동정호 물을 듣더니 오늘 악양루에 올랐네.

오나라와 초나라는 동남녘에 터졌고, 하늘과 땅은 밤낮으로 떴도다.

친한 벗이 한 자 소식도 없으니, 늙어감에 외로운 배뿐이로다.

싸움의 말이 관산 북녘에 있나니, 난간에 의지해 눈물을 흘리노라.

두보가 유랑하다가 동정호에 있는 외로운 배 한 척을 보고 병든 자신을 비유해서 읊었다는 등악양루(登岳陽樓). 두보가 이곳을 찾았던 그 날처럼 악양루의 앞에는 넘실대는 푸른 물결 위로 오늘도 주인 없는 배 한 척이 쓸쓸히 떠 있었다.

파릉객점(巴陵客店).

악양에 사는 사람이라면 누구나 한 번쯤은 이곳의 음식 맛을 봤을 만큼 상당히 오랜 전통을 갖고 있는 객점이었다. 게다가 이곳은 대로와 대로가 교차되는 지점이었으며, 인근에 시전이 있는 상당한 요지에 위치한 곳이기도 했다.

객점 문이 열리며 일남일녀가 안으로 들어섰다. 남녀 모두 키가 훤칠했는데, 사내는 치렁한 장포에 죽립을 쓰고 있었고, 여인은 깔끔하고 정결한 흰 백의를 입고 있었다. 여인의 나이는 대략 이십육칠 세가량으로 보였는데, 그녀의 성숙미는 정녕 하늘의 조각품인 양 신비로운 매력을 발산하고 있었다.

점심 무렵이 지난 탓인가?

예상과 달리 넓은 객점 안에는 손님이 없었다. 사십여 개에 가까운 식탁 중 손님이 있는 곳은 불과 두 탁자뿐이었다. 남과 여는 창가 쪽에 있는 탁자에 자리를 잡고 앉았다.

"무얼 드릴까요?"

오십대 후반의 사내가 다가와서 허리를 숙였다. 그는 손님이 들어서기 전까지 입구 회계대에 앉아 있었는데, 귀가 크고 서글서글한 인상을 지닌 장년인은 아마도 객점의 주인인 것 같았다.

남녀는 간단한 채소류와 소면을 주문했고, 손님이 없는 탓인지 음식은 곧바로 차려져 나왔다.

여인은 조용히 소면을 한 젓가락을 뜨고는 사내를 응시했다.

"오라버니, 불편하지 않으세요?"

"이거 말이오?"

사내는 자신의 죽립을 만졌다.

"손님도 별로 없는데 웬만하면……."

"괜찮소. 처음엔 어색하고 불편하더니만 습관이 되니 이젠 괜찮아진 것 같소."

사내가 무덤덤하게 말을 받으며 계속 식사를 했다. 그러나 문득 그는 젓가락질을 멈추고 처음으로 고개를 들었다.

"왜… 식사를 안 하고……?"

"언제까지 그런 식으로 말씀하실 건가요? 세상에 어느 오라비가 동생에게 이랬소, 저랬소 하던가요?"

여인은 사내의 말투에 그동안 적잖은 불만이 있었고, 마침내 그 불만이 터지고 말았다.

"얘기했잖소. 난… 타인에게 쉽게 말을 놓지 못한다고."

"타인이라뇨? 우린 오누이예요."

"……"

"저를 누이로 인정하기 싫으시다면 차라리 여기서 헤어져도 상관없어요. 저 역시 아무리 아버지의 뜻이라지만, 이런 식이라면 자존심 상해서 더 이상 함께 다니고 싶지 않으니까요."

여인이 발끈하며 일어섰다. 그러자 사내는 그녀의 팔목을 낚아챘다.

"영령, 진정하고 마저 식사를 하도록 해요. 앞으로 내가 고치도록 할 테니까."

영령.

그랬다. 여인은 사도영령이었고, 사내는 바로 철우였다.

이들은 사도혼의 사십구제를 지낸 후 강호로 나왔던 것이다.

"전에도 그러셨지만 아직까지 변하지 않았어요. 저를 진짜 누이로 생각한다면 지금부터 그렇게 대해주세요. 바로 지금부터."

처음으로 대하는 영령의 단호함이었다. 지금까지 두 달 가까이 영령과 함께 있었지만, 그녀는 단 한 번도 이와 같은 모습을 보인 적이 없었다. 언제나 철우를 배려했고, 이해하려고 했다.

하긴, 고루격공도맥대법에 의해 지난 반년 동안 고루마인들에게 얻어터지고 혼절할 때마다 하루 세 차례씩 정성껏 식사를 마련해 온 그녀가 아니었던가?

그랬던 그녀가 토라졌다. 철우는 충분히 그럴 수 있다고 생각했다.

"알았다, 영령. 말을 놓으마. 친누이동생을 대하듯… 바로 지금부터."

비로소 영령의 얼굴이 환하게 펴졌다. 그녀는 다시 자리에 앉았다. 영령은 소면에 젓가락질을 하다가 입을 삐쭉 내밀었다.

"치잇, 오라버니 때문에 소면이 불었잖아요."

"그러게 누가 먹다 말고 따지래?"

"뭐라고요?"

영령이 도끼눈을 뜨며 쳐다보았지만, 철우는 미소 짓고 있었다.

"어서 먹기나 해. 그러다가 더 불겠다."

"그렇게 빤히 쳐다보고 있는데 어떻게 먹어요? 창피하게."

"내참, 오라비라며? 오라비가 동생 먹는 것 좀 보는데 뭐가 창피하다는 거지?"

"동생이라도 창피한 거예요. 그러니 나 먹는 거는 그만 좀 보시고 삐뚤어진 오라버니 죽립이나 고쳐 쓰세요."

철우의 대꾸에 영령은 다시 한 번 입을 삐쭉거리고는 식사를 하기 시작했다.

철우는 식사를 하면서 약간 올려 쓴 죽립을 바로잡았다. 죽립은 영령과 함께 강호로 나오면서 쓰게 되었다. 일 년 전만 해도 엄청난 현상금이 걸렸던 철우다. 일 년이란 시간이 결코 짧은 시간은 아니지만, 혹시 그를 기억하는 사람이 나타난다면 피곤해질 뿐이라고 생각하여 죽립으로 얼굴을 가리게 된 것이다.

물론 이것 역시 영령의 제안이었다.

철우는 지난 두 달간 함께 지내면서 영령과 많은 대화를 나눴다. 그때마다 영령은 그에게 늘 다른 느낌을 주었다.

그녀는 물처럼 차가웠고, 불처럼 뜨거웠다. 꽃처럼 가냘프면서도 비수처럼 날카로웠다. 안개처럼 가물가물하면서 가을 하늘처럼 청명했다.

그리고 보편적인 사람들과는 다소 특이한 사고를 갖고 있는 여인이기도 했다.

살수 집단 흑혈천의 전설과 같은 일화가 있었는데, 그 주인공이 바로 영령이었다.

사도혼은 자신의 딸에게만은 손에 피를 묻히게 만들고 싶지 않았으나, 그의 의지와는 달리 어린 시절부터 영령은 어깨 너머로 배운 무공만으로도 놀라운 성취를 보이며 각별한 재능을 나타냈다. 그 재능은 부친인 자신을 능가했고, 흑혈천 내의 그 어떤 일급 살수보다도 뛰어났다. 사내가 아니라서 고루격공흡성대법을 시전해 주지 못하는 게 너무도 안타까울 정도로 영령은 아름다운 외모와 달리 타고난 무재였다.

자신이 가르쳐 주지 않아도 알아서 성취를 이뤄 나가자 사도혼은 차라리 그녀를 제대로 교련하여 가장 보수가 높은 청부에 투입하기로 생각을 고쳐먹었다.

생각 이상으로 빠른 발전을 보인 그녀는 마침내 첫 임무를 부여받고 첫 출정에 나서게 된다.

당시 산서성 성주(省主)의 밑에는 그의 신임을 받기 위해 충성 경쟁을 하던 두 명의 관리가 있었는데, 그중 한 인물로부터 상대방을 없애 달라는 청부를 받았다. 정치적인 암살일수록 보수가 높은 대신 대부분이 철통같은 경계 때문에 실패율도 높았다. 사도혼은 영령의 자질을 실험할 기회라 여기고 출정을 내보냈다.

그의 신뢰대로 영령은 상대 정적의 자택에서 목을 베어 잔인하게 살해했다. 그런데 죽기 바로 직전, 희생자는 돈으로 자신의 목숨을 되사려 했다고 한다. 영령은 살수로서의 소신에 어긋난다며 거절하자 그러면 자신의 암살을 청부한 상대방을 암살하는 청부는 맡아줄 수 있겠느냐 했고, 그녀는 그에 흔쾌히 승낙했다.

―물론이지, 가격만 맞는다면.

그로 인해 새로 흥정된 가격으로 계약을 맺은 후 계약이 끝나자마자 그를 베었고, 이어 곧바로 맨 처음 청부했던 인물의 저택으로 잠입하여 그자까지 살해했다.

이 얘기를 들은 사도혼은 졸도하고 싶을 정도로 기가 막혔다.

"커헉! 너, 지금 제정신이냐? 의뢰인을 살해해 버리면 세상에 어떤 미친놈이 우리에게 청부를 하겠냐?"

"아버지, 어차피 돈 벌자고 살수 노릇 하는 거 아닌가요? 한 번의 청부로 또 다른 청부를 새끼 치고, 그래서 결국 양쪽으로 거액을 벌어들였으니 칭찬을 해주셔야지, 왜 자꾸 트집이시죠?"

"끙! 그래서 앞으로도 그와 같은 일이 생기면 또 그런 식으로 행동하겠다는 거냐?"

"물론이죠. 가격만 맞는다면."

그랬던 그녀이다.

당연히 돈을 밝히며, 너무도 태연히 양측의 사람들을 살해할 수 있는 타고난 살수라고 생각할 수 있을 것이다. 하지만 꼭 그렇지만도 않았다.

겨울날 시전의 노상에서 볼이 꽁꽁 얼어 있는 아기를 업고 생선을 팔고 있는 아낙네의 모습에 눈물을 흘리며 갖고 있는 돈을 몽땅 털어줄 만큼 정이 많았고, 기르던 강아지가 병에 걸려 죽자 눈물을 펑펑 흘리면서 보름 동안 식음을 전폐할 정도로 눈물이 많은 여인이 바로 영령이었다.

그 일로 인해 두 번 다시 출정 나가는 일은 없게 되었지만, 그렇다고 그렇게 아쉬워하거나 섭섭해하지도 않았다.

영령은 세상의 그 어떤 여인보다도 정말 특이했고, 대할 때마다 새로운 느낌을 주는 그런 여인이었다.

"오라버니."

식사를 마친 영령이 철우를 불렀다.

"늦었는데 오늘은 여기서 묵고 내일 배를 타고 호북성으로 넘어가도록 하는 게 어떻겠어요?"

"그러지. 호북으로 가려면 어차피 수로를 이용해야 할 테니까."

철우는 고개를 끄덕였다.

이들이 가려는 곳은 호북성의 무창(武昌)이며, 그곳에 일문을 세우기로 했다.

유독 많은 무림명파가 존재하고 있는 곳이 호북성이다. 소림과 더불어 무림의 태산북두로 일컬어지는 무당파(武堂派)와 아미파(峨嵋派)를 비롯하여 무림 육대세가 중 하나인 제갈세가(諸葛世家), 그리고 도법의 명가인 쾌영문(快影門)을 비롯한 수십 개의 크고 작은 문파가 존재하는 곳이 호북성이었고, 무창은 그런 호북에서도 가장 중심이 되는 무도(武都)였다.

뿐만 아니라 그곳에는 정도 문파의 연합맹인 무림정의맹까지 존재하고 있다. 무창은 호북 무림의 중심이자, 천하 무림의 중심이라 해도 과언이 아닌 곳이었다.

일문을 세운다는 것은 개집처럼 하루아침에 뚝딱거려 세울 수는 없는 일이다. 더욱이 무림인들에게 인정받는 문파인 구파일방을 비롯한 명문 세가들은 수십, 수백 년에 걸친 세월을 보내면서 천천히 인정을 받은 것이다. 그만큼 어렵고 힘든 일이었기에 사도혼에겐 필생의 소원이 아니었던가?

하지만 철우와 영령은 최소 몇십 년은 걸려야 인정받을 수 있는 일문을 최대한 단축시키기 위해 무창을 택했고, 사도혼의 꿈인 사도세가의 건립은 아무리 늦어도 일 년 안에 뿌리내릴 수 있다고 판단했다. 그들이 세운 계획대로라면.

"그럼 숙소는 그냥 이곳으로 정하고 좀 쉬도록 하지."

"예, 그렇게 해요. 깨끗하고 정결해서 맘에 드네요."

영령이 고개를 끄덕이며 대답하자 철우는 회계대에 앉아 있는 주인에게 손짓했다. 하지만 인상 좋은 객점 주인은 그의 손짓을 보지 못했다. 아니, 볼 수가 없었다. 그 순간 거칠게 객점 문을 열어젖히는 젊은 사내들의 모습에 그는 크게 당황했기 때문이다.

"어라? 오늘은 손님이 많네?"

네 명의 사내는 모두 이십대 중반으로 보였고, 한결같이 곤색 무복을 입고 있었다. 그들이 들어서자 식사를 하던 사람들은 바짝 긴장했다.

"어라? 이게 누구여? 포목점의 팽 영감과 사람 잡는 돌팔이 고 의원 아니신가?"

눈 밑에 칼자국이 있는 사내가 어깨를 거들먹거리며 노인 둘이 식사를 하고 있는 곳으로 다가갔다.

쾅!

칼자국 사내는 식탁 위에 발을 얹었다. 그리고 이미 훤하게 드러난 노인의 대머리를 쓰다듬었다. 마치 어린아이를 다루듯.

"어이, 팽 영감! 이제 포목점 안 해도 먹고살 만한가 봐? 우리의 경고를 무시하는 것을 보면?"

"그… 그게 아니라……."

"아니긴 뭐가 아냐? 이젠 장사 때려치울 생각이니까 우리의 경고를 씹은 거겠지? 세상 살 만큼 산 노인네가 애들처럼 생각없이 이럴 리는 없잖아? 돌팔이 생각은 어때?"

"미, 미안하네. 하지만 모 형(毛兄)네 음식이… 워낙 오랫동안 입에 길들여져서 그런지… 다른 객점 음식은… 도저히 먹질 못하겠더라고……."

백발의 노인이 당혹스러운 듯 말을 심하게 더듬거렸다. 모 형이란 객점 주인을 일컫는 것 같았다.

"오호? 모 씨네 음식이 그렇게 맛있단 말이지?"

"그, 그래, 자네도… 먹어보면 알겠지만… 정성스럽고 정갈한 것이… 이곳에 있는 다른 객점들과는… 차원이 달라."

"카악! 퉤!"

칼자국은 느닷없이 백발 노인이 먹고 있는 요리에 가래침을 뱉었다.

"처먹어!"

"대, 대체 왜 이러나?"

"이런 젠장! 정성스럽고 정갈하다며? 그러니까 내 앞에서 처먹어보라고!"

칼자국 사내는 자신의 부모보다도 나이가 많을 두 노인을 상대로 온갖 엄포를 놓으며 소란을 피우고 있을 때, 다른 식탁에 앉아 있던 사십 대 사내와 중년 여인이 조심스럽게 몸을 움직였다.

"앉아!"

차가운 냉갈에 그들의 동작은 멈출 수밖에 없었다. 어느새 뺨에 주먹만한 점이 있는 점박이와 애꾸눈이 그들 앞으로 다가왔기 때문이다.

"대장장이 허씨가 다관(茶館)의 문씨 아주머니랑 연애를 한다더니만 사실인가 보네?"

"내미럴! 기분 엿 같네. 젊은 새끼들은 연애 한번 못하고 있는데 나이 처먹은 것들이 팔자 좋게 연애질이라니……. 니들은 우리에게 미안하지도 않냐?"

"여, 연애가 아니라… 장사 문제로… 상의할 게 좀 있어서……."

"이런, 쓰벌! 홀아비와 과부가 만나서 함께 밥을 처먹는 게 연애질이 아니면 세상에 어떤 게 연애질이냐?"

"……."

"우리 악양성이 왜 더 이상 발전이 없는 줄 알아? 그것은 바로 너희들처럼 나잇살 처먹은 것들이 나잇값을 못하기 때문이야! 나이 든 것들이 이렇게 창피한 것도 모르고 백주부터 연애질을 하고 다니는데, 젊은 사람들이 보고 뭘 배우겠냐?"

"……."

"한쪽에선 악양의 발전을 위해서 잠도 못 자고 열심히 노력하고 계시는 분이 있는데, 한쪽에선 대낮부터 연애질이나 하고 있으니……. 내가 웬만하면 충고 같은 거 안 하는데, 니들 하는 짓을 보니 도저히 안 할 수가 없어 한마디 하겠다. 제발 정신 좀 차려라, 이 발정 난 늙은 똥개들아!"

점박이와 애꾸는 쌍스러운 욕을 섞어가며 빈정거렸다. 하지만 그들은 아무런 말도 하지 못했다. 그저 도망치다가 빚쟁이에게 걸린 사람들처럼 고개만 푹 숙이고 있을 뿐이었다.

"얼씨구? 얘들은 처음 보는 얼굴들인데?"

한쪽 눈에 의안(義眼)을 한 사내가 철우와 영령의 앞에 섰다. 그는 영령을 보자마자 하나뿐인 외눈을 크게 반짝이며 입을 쩍 벌렸다.

"우와! 세상에 이렇게 예쁜 계집이 있다니……?"

그는 침을 줄줄 흘리며 잠시 넋 나간 표정을 짓고는 이내 고개를 돌렸다.

"형, 이리 좀 와봐."

"임마, 나 바빠. 지금 정신 못 차리고 불륜이나 저지르는 인간들을 상대로 강의하고 있는 거 안 보여?"

"그래도 와보라고. 정말 눈이 멀어버릴 정도로 예쁜 년이 여기 있단 말이야."

"뭐?"

예쁜 여자라는 말에 강의하느라 바쁘다는 애꾸는 더 이상 군말없이 그쪽으로 다가왔다.

의안을 한 동생과 검은 안대를 한 형. 그들은 똑같은 애꾸눈 형제였다. 하나는 안대를 했고, 하나는 개눈깔을 그냥 드러내 놓고 있다는 것이 차이일 뿐이었다.

"으어어, 정말 예쁘다. 환장할 정도로!"

개눈깔이 그랬던 것처럼 애꾸도 영령을 보자마자 침을 주루룩 흘렸다.

"예, 예쁜아, 호, 혹시… 저 자식이 네 서방은 아니겠지?"

애꾸는 영령에게 얼굴을 가까이 대며 손가락으로는 철우를 가리켰다. 그러자 영령은 그의 얼굴을 뒤로 밀어냈다.

"입 냄새 난다. 얼굴 치워라."

"……?"

예기치 못한 행동과 대답에 애꾸의 얼굴이 벙찐 표정이 되었다. 하지만 이내 그는 다시 표정을 고치며 침을 흘렸다. 예쁜 여자를 보면 저절로 침이 흐르는 체질인 모양이었다.

"흐흐, 하긴, 너같이 예쁜이가 아직까지 짝이 없다는 것은 말이 안 되지. 사내들이 절대 그냥 놔두지 않을 테니까."

"그래서?"

"상관없다는 얘기지. 장강에 배가 몇 번 지나갔다고 해서 장강이 달라지는 게 없듯이, 네 몸에 다른 놈들이 먼저 침을 발랐다고 해도 난 이해해 줄 수 있다는 거지. 예쁘면 무조건 용서가 가능한 법이니까. 나의 깊은 생각을 이해하겠지?"

"미친놈."

영령의 입에서 욕설까지 나오자 애꾸 형제의 외눈들이 크게 확대되었다.

"뭐?"

"나머지 눈알을 마저 뽑아버리기 전에 꺼져라. 네놈들의 말 같지 않은 얘기를 들어줄 만큼 한가한 사람이 아니니까."

"예, 예쁜아, 아무리 예쁘다고 해도 그렇게 심한 소리까지는 차마 용서하기가 힘들단다. 그런 식으로 나의 성격을 시험한다면 나는 무척 가슴이 아프다. 봐라, 너로 인해서 내 가슴이 벌렁벌렁거리며 아파하는 모습을……."

애꾸는 영령의 손목을 잡더니 마치 확인이라도 시키려는 듯 자신의 가슴에 대려고 했다.

철우가 일어서려고 하자 영령이 빙긋 웃었다.

"오라버니, 내 손에서 해결할게요."

애꾸에게 잡힌 그녀의 손은 애꾸의 가슴에 닿아 있었다. 애꾸는 눈을 감고 읊조리듯 말했다.

"어때? 느껴지지? 너로 인해 내 가슴이 아파서 흐느끼는 모습을······."

"옛말에 이런 명언이 있더군. 미친개에겐 몽둥이가 약이라고."

"무, 무슨 얘기냐? 예쁜아, 너로 인해서 내 가슴이 울고 있는데······."

"가슴보다는 먼저 한쪽뿐인 네놈의 외눈에서 피눈물을 흐르게 해주마."

한쪽 눈으로 처량하게 구애하는 애꾸를 향해 영령은 씨익 미소를 지었다. 그리고는 잡힌 손을 창졸간에 빼내더니 벼락처럼 애꾸의 뺨을 후려쳤다.

쫙―!

"으아아악!"

애꾸는 쌍코피를 흘리며 곤두박질쳤다. 단 한 방의 따귀에 애꾸는 복날 강아지처럼 흉하게 뻗어버렸다.

"아, 아니, 저년이?"

예상하지 못한 영령의 행동에 개눈깔이 크게 당황했다. 어느새 그의 입가에 흐르던 침은 멎었고, 외눈에선 분노의 독기가 흐르고 있었다.

"가, 감히 우리 형의 뺨을 후려쳐? 이, 이년! 아무리 예뻐도 도저히 용서할 수가 없다!"

개눈깔은 치를 떨며 흥분하더니 이내 병아리를 덮치는 독수리처럼 영령을 향해 몸을 날렸다. 영령은 피하지 않은 채 입가에 여유로운 미소를 머금고 있었다. 개눈깔의 신형이 자신의 얼굴 앞에 이르렀을 때 그녀의 우수는 허공을 갈랐다.

짜악!

군영은 또다시 벼락처럼 개눈깔의 뺨을 후려쳤다. 하지만 개눈깔은 애꾸처럼 나가떨어지지 않았다. 아니, 그럴 수가 없었다.

짜짜짜짝! 짜악!

미처 나가떨어지기도 전에 영령은 개눈깔의 뺨을 번갈아 후려쳤다. 개눈깔의 눈에 초점이 흐려지고, 다리가 풀리려는 순간 영령은 발로 그를 걷어찼다.

쿠당탕탕!

개눈깔은 애꾸와 달리 비명조차 지르지 못한 채 곤두박질치고 말았다.

"이, 이런 육실헐! 이제 보니 저년이 얄팍한 밑천 몇 가지가 있는 모양이군."

"그래 봤자 계집은 계집일 뿐이다! 박살을 내버릴 테다!"

칼자국과 점박이는 흥분하며 영령을 덮쳐 갔다. 어느새 그들의 손엔 커다란 감산도가 쥐어져 있었고, 감산도의 끝은 영령의 목과 가슴을 향하고 있었다.

영령의 눈빛이 싸늘하게 식었다. 그와 동시에 그녀의 신형이 번쩍였다.

뻐억!

먼저 달려드는 점박이의 얼굴에, 그것도 커다란 점 위로 정확하게 그녀의 주먹이 꽂혔다. 이어 그녀는 점박이의 등 뒤에서 날아드는 칼자국의 사타구니를 걷어찼다.

퍼억!

"우와악!"

창졸간에 기세등등하게 날뛰던 네 명의 사내가 모두 객점 바닥에 나뒹굴며 고통스러워하는 모습을 보였고, 식탁에 앉아 있던 사람들과 객점 주인은 일순간에 급변한 상황에 놀람을 금치 못하는 듯 입을 쩍 벌리고 있었다.

네 명의 사내는 나가떨어진 순서대로 몸을 일으켰다. 칼자국은 여전히 사타구니를 잡고 똥 마려운 강아지처럼 낑낑거리며 주변을 두리번거렸다.

'끄웅, 이대로 물러난다면 식사하던 저 인간들에 의해 망신살이 뻗치게 될 것이다.'

하지만 그렇다 해도 어쩔 수가 없었다. 이미 그들은 골병이 들었고, 얻어터진다는 것이 얼마나 소름 끼치는 일인지 너무도 확실하게 깨우쳤기 때문이다.

칼자국은 동료들을 향해 맥없이 말했다.

"끄웅! 모두 돌아가자."

칼자국 일행이 사라지자 객점 주인을 비롯한 사람들이 영령을 향해 다가왔다.

"호오, 젊은 아가씨가 혼자서 동정사룡(洞庭四龍)을 물리치다니… 정말 놀랍소이다."

"동정사룡? 사서(四鼠)가 아니라 사룡이란 말입니까? 저런 쓰레기들이?"

영령은 하는 짓에 비해 너무도 품위있는 외호에 어처구니가 없었다. 연애를 하다가 망신당한 대장장이 허씨가 대답했다.

"물론 하는 짓으로 보면 당연히 네 마리의 쥐새끼가 맞겠죠. 하지만 놈들이 그렇게 안 부르면 그것 갖고도 온갖 행패를 부리는데 어쩌겠습니까?"

"이곳에선 꽤나 악명이 높은 놈들인가 보군요."

"두말할 필요가 없죠. 이곳 사람들에겐 세상의 그 어떤 대마두(大魔頭)보다도 그놈들이 더 무서운 존재죠."

"게다가 얼마 전엔 노상에서 떡을 파는 노파의 떡을 집어먹고 속이 없었다며 노파의 정강이를 걷어찼던 일까지 있었습니다. 그로 인해 그 노파는 다리가 부러져 장사도 나오지 못하게 됐다니까."

다관을 한다는 여인까지 가세하며 동정사서의 악행에 치를 떨었다. 영령은 머리를 긁적거리며 아쉬운 표정을 지었다.

"쯧, 그런 줄 알았다면 저도 그놈들 다리몽둥이를 모두 부러뜨려 놨어야 했는데… 너무 곱게 보내준 것 같네요."

"하하, 그 정도만 해도 통쾌했소. 마치 십 년 묵은 체증이 내려간 것처럼 시원합니다."

"허허, 나도 정말 후련했소이다."

사람들은 모두가 흐뭇한 표정을 지으며 영령의 행동에 아낌없는 찬사를 보내주었다.

문득 철우가 객점 주인인 모중(毛中)을 향해 입을 열었다.

"오늘… 이곳에서 묵으려 하는데, 빈방이 있는지요?"

"예?"

모중은 눈을 휘둥그렇게 떴다.

"이곳에서 일박을 하시겠단 말입니까?"

"왜요? 빈방이 없습니까?"

"그 망할 놈들이 허구한 날 나타나서 장사를 망쳐 놓는데 어찌 빈방이 없겠습니까? 하지만 어서 이곳을 떠나도록 하세요. 그놈들이 곧 패거리를 이끌고 나타날 수도 있으니까요."

"장사를 망쳐 놓는다? 왜죠?"

철우는 천천히 다가오며 물었다.

"아까부터 궁금했습니다. 저 역시 그 녀석들이 보호비나 푼돈을 뜯기 위해 나타난 게 아니라 고의적으로 영업을 방해하고 있다는 인상을 받았죠. 그 이유를 알고 싶군요."

"별로 말씀드리고 싶지가 않군요. 말해봐야 무능한 제 자신이 또다시 한심스럽게 느껴질 테니까요."

모중은 어두운 표정으로 고개를 떨구었다. 그러자 돌팔이 의원이라던 고 노인이 착잡한 얼굴로 끼어들었다.

"내가 대신 얘기하지. 모두 무혈금충(無血金蟲), 그놈 때문이라네. 피도 눈물도 없는 돈 벌레 녀석이 모 형네 객점을 집어삼키려고 오 대째 내려오는 파릉객점의 영업을 방해하고 있는 것이라네."

고 노인의 얘기는 이랬다.

칠 년 전, 평화로운 악양의 저잣거리에 한 사내가 나타나서 장사하는 사람들을 상대로 돈놀이를 했다. 처음에는 그가 빌려주는 돈의 이자는 다른 돈놀이꾼들보다 훨씬 저렴했고, 자금력도 탄탄했기에 많은 사람들이 그에게 돈을 빌려 썼다. 그런 식으로 그는 영역을 확장하며, 경쟁력에서 뒤처지는 다른 돈놀이꾼들을 모두 저잣거리에서 떠날 수밖에 없도록 만들었다.

그렇게 독점이 형성되자 그는 본색을 드러냈다.

이자는 점차 높아지고, 연체를 했을 때는 신체 포기 각서까지 받을 정도로 악랄해졌다. 그의 본색을 알고 상인들은 속았다고 생각했지만, 이미 때는 늦었다.

돈을 빌리고 싶어도 빌려줄 사람이 그 외에는 없었기 때문이다. 그의 독점으로 인해 어쩔 수 없이 떠났던 돈놀이꾼이 소식을 듣고 다시 이곳에 나타나자 그는 데리고 있는 건달들을 풀어 상대를 앉은뱅이로 만들어 버렸다. 그런 일까지 생기자 돈놀이꾼들은 두려워서라도 더 이상 악양에 발을 디딜 수가 없었다.

엄청난 고율의 이자. 게다가 잘못하면 신체의 일부를 포기하든, 아니면 돈 대신 아내나 딸까지 넘겨줘야 하는 너무도 위험한 돈이라는 것을 알면서도 상인들은 어쩔 수 없이 그에게 돈을 빌렸다.

자금이 탄탄하지 못한 장사치들에겐 누구나 할 것 없이 그날 꼭 틀어막아야만 하는 돈이라는 게 있다. 신용을 잃으면 곤란한 것들이 너무도 많기에 어쩔 수 없이 돈놀이꾼들에게 돈을 빌리게 되는 것이다.

상인들을 상대로 피도 눈물도 없는 돈놀이로 엄청난 부를 축적한 무혈금충이 이번에는 직접 장사에 뛰어들 생각을 하게 되면서 문제가 생긴 것이다.

도박장.

그것도 어마어마한 대형 도박장을 이곳에 신설하기 위해 악양에서 가장 좋은 상권을 형성하고 있는 파릉객점 일대의 상가와 땅 주인들에게 웃돈을 주면서까지 모두 매입했다. 그런데 파릉객점의 모중만은 아무리 많은 돈을 줘도 오대째 내려온 객점을 절대 팔 수가 없다며 단호히 거절했다.

도박장을 신설하기 위해 이미 관아에는 뒤로 온갖 뇌물을 갖다 바쳤고, 땅까지 거의 모두 매입한 무혈금충의 입장에서 어찌 가만히 있겠는가? 하여 그는 자신이 데리고 있는 수많은 건달들을 풀어서 파릉객점에서 식사를 하는 사람들에겐 여지없이 해코지를 했다. 그런 이유로 악양제일의 객점인 파릉객점이 이와 같이 늘 파리가 날리는 처지가 된 것이었다.

"내참, 그 자식들이 그런 식으로 행패를 부린다면 관아에 신고하면 되잖아요?"

영령이 어처구니가 없다는 듯 음성을 토했다.

"물론 처음엔 단지 이곳에서 식사를 했다는 이유만으로 온갖 수모를 당하거나 얻어터진 사람들이 관아에 신고를 했지. 억울하다고, 무혈금충과 그 패거리들을 응징해 달라고."

고 노인이 씁쓸한 표정으로 대답하자 영령은 재촉하듯 말을 받았다.

"그런데 관아에서 무시하던가요?"

"후후, 말했잖나? 무혈금충이 때마다 관아에 뇌물을 갖다 바쳤노라고. 관아에서 목에 힘깨나 쓰는 놈치고 그자의 뇌물을 안 받아먹은 사람은 아무도 없을 게야. 그러니 신고해 봐야 무용지물이고, 오히려 건달들에게 더 큰 보복만 당하게 되니 어느 누가 무서워서 신고인들 할 수 있겠나?"

"치잇! 오나가나 썩은 관리 놈들이 더 문제라니까."

영령은 치미는 노기를 달래려는 듯 물 한 잔을 벌컥 들이켰다.

"……"

철우는 잠시 한 사람을 떠올렸다. 무혈흑충이란 인물이 악양제일의 거부로 성장하기까지의 과정이 자신이 알고 있는 어떤 인물과 너무도 유사했기 때문이다.

노적산.

하남성 최대의 표국인 금룡표국의 국주이자 부용의 부친인 인물.

그가 그랬다. 부친으로부터 처음 표국을 물려받았을 때, 다른 표국보다 운송료 가격을 낮추면서 경쟁력을 갖췄고, 관리들에게 뇌물을 바치며 영역을 확대해 나갔다. 그리하여 금룡표국은 낙양 전체를 장악한 독점 표국이 되었다.

무혈금충은 마치 문하생이나 제자처럼 노적산의 수법을 상당히 답습한 것 같은 느낌이 들었다.

"봉가라고, 이곳에서 육점(肉店)을 하는 다혈질인 젊은 친구가 한 명 있었네."

이번에는 대머리인 팽 노인이 한마디 거들었다.

"그는 악양의 토박이들이 외지에서 굴러온 무혈흑충에 의해 인심이 흉악해지는 것을 더 이상 묵과할 수 없다며, 자신의 자비를 털어 살수에게 청부를 한 일이 있었다네."

"……!"

살수라는 말이 나오자 영령은 본능적으로 움찔했다. 하지만 한 달 전이라면 자신의 흑혈천과는 무관한 일이다. 그때는 이미 흑혈천이라는 이름이 이 땅에서 사라졌을 때니까.

'강호에 살수가 어디 흑혈천만 있는 건 아니니까.'

그녀는 씁쓸한 미소를 지으며 반문했다.

"그래서 어떻게 됐나요?"

"오히려 당했네. 그놈의 근처에도 가보지 못하고."

"……?"

"놈은 밑에 깔린 돈이 숨을 못 쉴 정도로 엄청난 부를 축적하자 이미 강호의 일류무사들로 자신을 경호하게 만들었거든. 게다가 본인도 한때 표사를 할 정도로 상당한 무공을 보유하고 있다는 소문이 있더라고.

살수에게 청부를 하려면 지난날의 흑혈천처럼 비싼 대가를 치르더라도 확실한 살수들을 써야지, 괜히 어설프게 쓰면 봉가처럼 오히려 당하기가 십상이지."

"표사?"

철우는 검미를 꿈틀거리며 크게 반문했다. 그것은 자신도 모르게 본능적으로 터져 나온 음성이었다.

그도 한때는 표사였다. 그것도 낙양을 장악하고 있는 금룡표국 제칠조의 수석 표사.

"오라버니, 왜 갑자기?"

영령은 의아한 표정을 지었다. 그리고 다른 사람들도 마찬가지로 눈을 끔뻑거리며 철우를 쳐다보았다.

철우는 갑자기 내부에서 뭔가 확인하고픈 욕구가 치솟아올랐다.

"무혈금충이란 자가… 칠 년 전에 이곳에 나타난 뜨내기라고 하신 것 같은데……."

"그랬지. 그는 이곳이 고향이 아닌 타지 출신이라네. 고향이 어딘지는 모르지만."

"혹시 그의 이름이 어떻게 되는지 아십니까?"

"글쎄……."

팽 노인은 고개를 갸웃거렸다.

"이곳 사람들은 그냥 무혈금충이라고 부르는 게 습관들이 돼버려서……."

"그의 부하들이나 알까? 이름까지는……."

다른 사람들도 팽 노인과 마찬가지인 모양이었다. 그 순간 다른 사람과는 달리 객점 주인 모중이 연신 머리를 긁적이며 기억을 떠올리고 있었다.

"어허, 칠 년 전 이곳에 처음 나타났을 때… 뭐라고 분명히 자기 이름을 얘기한 것 같은데……."

"……."

"그때만 해도 그 친구가 그렇게 악당처럼 나오진 않았지. 여기서 식사를 하면서 나에게 별의별 얘기를 다할 정도였거든. 탕이 입에 너무 잘 맞는다며, 앞으로 자주 들르겠다고 정중하게 인사도 할 정도였지. 너무 예의가 바르고 싹싹하기에 그때 이름을 물어봤었는데… 뭐라고 했더라?"

"……."

"성이 반 씨인 것은… 확실한 것 같은데……."

"반세골이 아닙니까? 반세골?"

"아, 그래! 반세골이라고 했어! 맞다, 반세골!"

모중은 그제야 기억이 나는 듯 자신의 이마를 쳤다. 그리고는 의아한 얼굴로 철우를 향해 입을 열었다.

"한데… 어떻게 자네가 그자의 이름을……."

하지만 모중의 얘기는 더 이상 이어지지 못했다. 비단 모중뿐만 아니라 그 어떤 사람도 철우에게 더 이상 묻지 못했다.

깊게 눌러쓴 죽립 사이로 철우의 눈빛이 섬뜩하게 이글거리고 있었기 때문이다.

'후후, 반세골……. 네놈이 바로 이곳에 있었군.'

철우의 입가에 비릿한 냉소가 스쳤다.

반세골.

그는 금룡표국 제칠조의 서열 이위인 부수사(副首士)이자 철우로 하여금 독에 중독되도록 만든, 그리고 철우로 하여금 천 길 낭떠러지 밑으로 추락하게 만든 바로 그 이름이었다.

*　　　　　*　　　　　*

악양의 북대로를 따라 쭉 올라가다 보면 한 채의 웅장한 장원이 나타난다. 크기는 매우 거대해서 반경이 백 장을 넘었고, 높이도 삼 장에 육박했다. 언뜻 보기엔 역사와 전통이 깊은 강호의 명가(名家)나 은퇴한 고관대작의 사치스런 대저택처럼 보였으나, 기실 이곳이 세워진 지는 불과 일 년 정도밖에 되지 않았다.

천외궁(天外宮).

현관에는 이렇게 적혀 있었다. 하지만 이 년에 걸쳐 그곳을 공사했던 인부들은 서슴없이 아방궁(阿房宮)이라고 했다.

단단하고 아름답기는 하나 비싸기로 유명한 자단목(紫檀木)과 곤옥석(崑玉石)으로 틀을 잡고, 수정(水晶)으로 정원 곳곳에 등(燈)을 걸고, 묘안석(猫眼石)과 같은 귀한 보석으로 실내를 화려하게 치장했다 하여 그렇게 불렀고, 또 다른 인부들은 이곳은 일반 장원이 아닌 예술이라고도 했다.

대청.

역시 소문처럼 화려했다. 족히 삼십 마리 이상의 호랑이의 희생이 있어야 가능한 엄청난 호피가 바닥에 깔려 있었고, 천장은 수정 등이 촘촘히 박혀 있어 실내임에도 불구하고 늘 은은한 빛을 발하고 있었다.

상석에는 열두 폭짜리 금박 병풍이 있었고, 그 앞에는 천향단목(天香檀木)으로 만들어진 태사의에 금빛 곤룡포를 입은 사내가 다리를 꼬고 오만한 모습으로 앉아 있었다.

사내의 나이는 대략 사십에 가까워 보였다.

온갖 화려함으로 전신을 치장했음에도 불구하고 워낙 긴 말상의 얼굴 때문인지 전혀 부귀한 태가 나질 않았다.

무혈금충 반세골.

그랬다. 곤룡포에 말상의 머리통을 하고 있는 이 사내는 악양으로 흘러들어 온 후 불과 칠 년 만에 엄청난 부를 이룩한 바로 반세골이었다.

지금 그의 앞에는 네 명의 건장한 청년이 바닥에 머리를 처박고 있었다. 반세골은 자신의 앞에 있는 주홍빛이 은은한 옥탁(玉卓) 위로 마시고 있던 찻잔을 내려놓았다. 그는 뭔가 심히 못마땅한 듯 쭉 찢어진 눈과 종잇장처럼 얇은 입술을 씰룩거리며 사내들을 응시했다.

"파릉객점 모씨에게 항복을 받아내기는커녕… 오늘은 그곳에서 식사를 하던 손님에게 얻어터지고 왔다 이 말이냐?"

"주군, 죄, 죄송합니다."

엎드려 있는 네 명의 건달 중 애꾸가 고개를 들며 침통한 표정으로 입을 열었다.

"오늘은 모씨에게 확답을 받아내기 위해 보다 강도 높게 협박을 했는데… 느닷없이 엄청난 고수가 끼어드는 바람에……."

"엄청난 고수?"

"예, 어마어마한 거구에 공전절후의 무공을 지닌 초절정고수였습니다. 저희들이 주군의 명예를 생각해서라도 필사즉생(必死則生)의 마음으로 덤벼들었으나… 크흑, 아쉽게도 역부족이었습니다."

빠악!

애꾸의 말이 끊어지기가 무섭게 찻잔이 그의 이마로 날아들며 박살이 났다. 애꾸의 이마에선 피가 흐르기 시작했다.

"끄으윽… 주군……?"

애꾸는 어째서 자신에게 찻잔을 집어 던진 것인지 영문을 알 수 없다는 듯 반세골을 바라보았다.

"계집에게 얻어맞고 돌아와 놓고, 뭐, 엄청난 거구의 초절정고수? 에라, 이 한심한 놈들아!"

"허걱! 주, 주군께서… 그걸 어, 어떻게…?"

"네놈의 뺨에 선명하게 남아 있는 손자국은 누가 봐도 분명한 계집의 것이다, 이 망할 놈아! 그러게 내가 말했지! 거들먹거리는 것도 좋지만, 평소에 무공 연마를 열심히 하라고! 내 말을 들었으면 계집에게 얻어맞는 일은 없었을 것 아니냐!"

"크흑! 용서하십쇼, 주군. 저희도 나름대로 명예와 체면이 있는지라 계집에게 얻어맞았다고는 차마 보고드릴 수가 없었습니다."

애꾸는 바닥에 머리를 세차게 찧으며 거짓에 대한 용서를 빌었다.

"주군, 저희들에게 만회할 수 있는 기회를 주십쇼."

"어떻게 말이냐?"

"지금 즉시 야휘단(夜揮團)을 이끌고 가서 그 계집을 요절내 버리고 싶습니다. 윤허해 주십쇼."

야휘단이란, 반세골이 키우는 개인 사병들이었다. 암기와 독공을 집중적으로 연마했고, 반세골을 위해 기꺼이 목숨을 던질 수 있도록 철저하게 훈련된 이십대 초반의 인물들이었다.

반세골은 문득 좌측에 서 있는 두 명의 사내를 향해 고개를 돌렸다. 밀랍처럼 창백한 안색을 한 채 가슴에 검을 품고 있는 사내와 청동으로 빚은 철제 인간처럼 강인해 보이는 사내였다. 모두 삼십대 중반으로 보였다.

"자네들 생각은 어떤가?"

밀랍 같은 사내가 대답했다.

"계집에게 보복을 하기 위해 야휘단까지 출동시킨다는 것은 천외궁의 수치입니다."

곁에 있는 철제 인간과 같은 사내도 한마디 거들었다.

"저 역시 달사와 동감입니다. 객점에서 식사를 하던 그 계집이 아직까지 그곳에 있다는 보장도 없는데, 굳이 그럴 필요까지는 없다고 생각합니다."

"달사(獺邪)와 적사(狄邪), 그대들 말이 맞다. 악양제일의 거부인 내가 그만한 일에 병력을 푼다면 체통없는 일이 될 것이다."

반세골은 고개를 끄덕였다.

달사와 적사.

이들은 반세골이 자신의 신변을 위해 막대한 황금을 쥐어주며 영입한 호위 무사들이었다. 그들의 사문이 어딘지, 어떤 무공을 사용하는지는 밝혀지지 않았으나 한 가지만은 확실했다.

한때 금룡표국 제칠조의 부수사였던 반세골보다도 몇 단계 높은 수준의 무공을 보유하고 있다는 것. 그것을 알기에 반세골은 엄청난 황금을 건네주며 그들을 기꺼이 영입했던 것이다.

반세골은 천천히 자리에서 일어났다.

"사서(四鼠)야."

사서, 이곳에서도 그들은 사룡이 되지 못하고 사서로 불리고 있었다.

"내일은 무슨 수를 써서라도 파룽객점 모씨에게 항복을 받아내야만 한다. 만약 항복을 못 받아내면 그땐 내가 직접 네놈들의 무능을 처벌할 것이다. 알겠느냐?"

반세골은 몸을 돌리며 걸어나갔고, 네 명의 건달은 다시 한 번 바닥에 머리를 찧으며 대답했다.

"옙, 명심하겠습니다!"

화려한 침실이었다.

화선등(花扇燈)이 환하게 방을 밝히고 있었고, 깨끗하고 넓은 침상에는 반세골이 벌거벗은 상태로 엎드려서 여인의 안마를 받고 있었다.

반세골은 젊은 여인의 안마를 받으며 지난 일을 생각했다.

그는 아비가 누군지도 모르는 늙은 창기(娼妓)의 아들로 태어났다. 반세골이란 이름도 어떻게 지어졌는지 모른다. 어렸을 때부터 그렇게 불려서 그런 줄 알고 있을 뿐이었다.

사고가 시작되고, 그의 눈에 비춰진 세상은 그저 돈 몇 푼에 웃음과 몸을 파는 모친의 모습뿐이었다. 어미는 늘 술에 취해 있었고, 그녀의 옷은 늘 풀어헤쳐져 있었다. 그리고 어떤 사내로부터 맞아 죽던 그날도 어미의 모습은 벌거벗은 상태였다. 어미의 죽음을 목격했던 당시 그의 나이는 열다섯 살이었다. 그리고 그때의 일은 그의 인생을 바꿔 놓았다.

어미는 그 사내와 정식으로 함께 살고 싶어 했는데, 그 사내는 단지 어미를 쾌락의 도구 이상으로 생각지 않았다. 늙은 창기에게 빌붙어서 돈이나 뜯어내는 기생충 같은 인간이었다.

게다가 그렇게 얻은 돈으로 노름을 하든가, 아니면 젊은 여인과 유흥을 하는 데 사용했다. 그 사실을 알게 된 어미는 눈이 뒤집혀 악정을 떨었다. 그러면서 그동안 자신이 준 돈을 모두 내놓으라며 할퀴고 꼬집었다. 사내는 어미의 악정에 흥분했고, 결국 몽둥이로 그녀를 때려죽였다.

어미가 눈앞에서 죽는 모습을 목격한 반세골의 눈은 뒤집혔고, 씩씩거리며 방 안에서 걸어나오는 사내를 칼로 기습했다.

열다섯 살에 처음으로 행한 살인이었다. 어린 반세골은 자신의 앞에서 눈알을 까뒤집으며 죽어가는 사내를 보자 두려움에 빠졌고, 결국 어미를 땅에 묻지도 못한 채 서둘러 도망쳐야만 했다.

객지를 떠돌던 중 운 좋게도 하남성의 무림 명가인 석가보의 제자로 들어가게 되었다. 그곳에서 그는 또래보다 훨씬 열심히 무공을 익히고 연마했으나 석가보를 계승할 만한 무재로는 인정받지 못했다. 그는 자신의 한계를 알고 차라리 많은 돈이나 벌겠다는 생각으로 금룡표국 표사가 되었다.

표국에서만큼은 확실하게 인정을 받고 보다 높은 출세도 하고 싶었으나 그것마저도 여의치가 못했다. 하여 표국을 떠나려고 할 때 그에게 너무도 매력적인 유혹이 찾아왔다.

그는 거침없이 유혹이 내미는 손을 잡았고, 그로 인해 표사 생활 십년치 녹봉에 해당하는 거금을 받아낼 수 있었다.

어차피 기댈 곳 하나 없는 창기의 자식이었고, 아무리 열심히 노력했지만 결국 무공으로도 인정받지 못한 몸. 이렇게 삼류처럼 살다 가기에는 자신의 삶이 너무 서글프다는 생각이 들었다.

하여 그 거금을 받아 들고 반세골은 미련없이 표국을 떠났다. 단 한 번뿐인 인생. 자신도 뭔가 하나는 확실히 노리며 살겠노라고, 그 돈을 불쏘시개로 삼아 자신도 표국의 국주처럼 밑에 깔린 황금이 숨을 못 쉴 정도로 돈을 벌어보겠노라고 틈이 날 때마다 어금니를 짓씹으며 다짐했다.

지난 칠 년 동안 참으로 지독하게 돈을 모았다. 그리고 노적산 국주처럼 큰 부자가 되기 위하여 자신이 보고 익힌 것들을 모두 펼쳤다.

'흐흐, 십 년 동안 표사 생활을 하면서 국주에게 배운 게 있다면, 그것은 바로 사업 방식이었지. 같은 업종끼리 공존하면서 서로 함께 돈을 번다는 생각 따위는 버려야 한다는 것을, 어느 업종이든 일단 뛰어들었으면 경쟁 상대를 무조건 잡아먹어야만 한다는 것을, 그리고 어찌 되든 간에 관리들과 각별한 관계를 맺어야만 하고, 기회가 생길 때마다 뇌물을 먹여야 한다는 것을……. 어차피 줄 뇌물이라면 상대가 감격할 정도로 그렇게 먹여야 한다는 것을…….'

반세골의 표정은 흐뭇했다. 그것은 원하는 것을 얻은 자의 미소였다.

"으음……."

문득 여인의 손길이 은밀한 곳을 자극하자 그의 입에선 나직한 신음이 흘러나왔다.

"벗어라."

반세골의 명령에 여인은 두말없이 걸치고 있던 옷을 벗기 시작했다.

사르륵… 사르륵…….

여인의 옷을 벗는 속도는 믿을 수 없을 정도로 빨랐다. 마치 그녀는 반세골의 벗으라는 한마디를 위해 살아온 여인 같았다.

나신은 눈처럼 깨끗했다. 건드리면 흰 분가루가 묻어날 듯 뽀얀 목덜미 아래 봉곳 솟아오른 젖가슴은 손을 대면 그대로 터져 버릴 듯 풍염했다.

하지만 긴장한 탓인가?

젖가슴 위의 연분홍 빛 유두는 파르르 떨고 있었고, 한 줌밖에 안 되는 허리로부터 엉덩이를 타고 내려오는 호선은 이를 데 없이 선정적이며 뇌쇄적이었다.

반세골은 씨익 미소를 짓고는 차갑게 소리쳤다.

"입어라!"

뜻밖이었다. 탐욕스럽게 젊은 여인의 나신을 훑어보던 그의 표정을 생각한다면 전혀 있을 수 없는 명령이었다.

하지만 여인은 그의 음성이 떨어지는 순간 이미 자신의 옷을 집어 들었고, 벗을 때와 마찬가지로 눈 깜짝할 사이에 옷을 입었다.

"벗어라."

마치 변견 훈련시키듯 그는 조금 전에 했던 명령을 되풀이했다. 여인은 그 어떤 불만의 표정 없이 그의 지시대로 다시 알몸이 되었다.

반세골은 침상에 걸터앉고는 느닷없이 한쪽 다리를 내밀었다.

"핥아라."

이번 명령은 좀 달랐다. 하지만 보다 잔인했다. 그는 자신의 굳은살로 뭉쳐 있는 발을 핥으라고 한 것이다.

여인은 말의 여운이 사라지기도 전에 이미 앵두 같은 입술을 냄새나는 발에 갖다 댔다. 그리고 한 올의 망설임도 없이 발을 핥기 시작했다.

누가 봐도 젊고 아름다운, 그리고 풍만하고 교태로운 젊은 미녀가 자신의 발을 양손으로 부여안고 개처럼 핥는 모습을 보며 반세골은 앙천광소를 토했다.

"으하하하하핫!"

'바로 이것이 돈의 힘이다. 돈만 있으면 이렇게 아름다운 여인을 노예로 만들 수가 있고, 내가 백 년 동안 갈고닦아도 될 수 없는 절정고수를 나의 발 아래에 둘 수가 있다. 아비도 모르는 늙은 창기의 자식으로 태어나 세상의 온갖 괄시와 모욕에 순응하며 살았던 나의 과거가 너무도 억울해서라도 이제부턴 나보다 약하고 못난 놈들을 모두 나의 노예로 만들어 나가겠다. 그리고 철저하게 그들의 위에서 군림하겠다.'

털퍽!

반세골은 여인을 거칠게 침상 위로 던졌다. 그리고 그녀의 나신 위로 올라갔다. 거친 숨소리와 함께 침상에선 뜨거운 운우(雲雨)의 폭풍이 휘몰아쳤다.

그리고, 반세골과 여인은 본능에 충실한 동물로 변해가고 있었다.

第十四章

하루살이는 밤과 새벽을 모른다

벌컥!

철우는 술잔을 들이켰다. 어느새 술병은 바닥을 보이고 있었으나 전혀 취기가 오르지 않았다.

"……."

영령의 시선은 꽤 오랜 시간 동안 철우의 얼굴에 고정되어 있었다. 평소답지 않은 철우의 모습, 그리고 무혈금충이란 자의 이름을 확인했을 때 딱딱하게 굳어버린 그의 얼굴을 그녀는 생생히 기억했다.

영령은 잠을 청하려다가 계속 그와 같은 철우의 얼굴이 자꾸 떠올랐다. 하여 그의 방으로 건너왔다. 예상처럼 철우는 무거운 표정으로 혼자서 술잔을 기울이고 있었다.

하나의 술병이 완벽하게 바닥을 드러내고, 철우는 또 다른 술병을 집으려는 순간에야 굳게 닫혀 있던 그녀의 입술이 열렸다.

"오라버니의 표정을 보니 내일 호북으로 가는 배를 타는 일은 없을 것 같네요."

"……."

"객점 주인 아저씨를 도와줄 건가요?"

철우는 새로운 술병을 잡고 다시 한 잔의 술을 따랐다. 그리고 입 안으로 털어 넣듯 술을 마신 후 천천히 음성을 발했다.

"내가 항주의 대왕루라는 기루에서 잠시 총관 노릇을 한 적이 있다는 거 알고 있지?"

"예, 그리고 오래전엔 표사였다는 말씀도 하셨어요."

"한때 표사로도 일했지. 왜 그만뒀는지 그것도 얘기했던가?"

"데리고 있던 부하들이 배신했다면서요?"

"그래, 그때 나를 배신한 놈이 바로 이곳에 있다."

철우의 입에서 차가운 음성이 흘러나오자 영령은 움찔했다. 그녀는 눈을 동그랗게 뜨며 철우를 응시했다.

"서, 설마… 아까 거론되었던……?"

"그래, 바로 그놈이다."

쿵!

영령의 얼굴이 딱딱하게 굳었다. 철우는 벌컥 한 잔의 술을 들이키고는 차갑게 음성을 토했다.

"이제 그놈에게 그대로 돌려줄 것이다. 내가 겪은 만큼 내 인생이 뒤틀린 만큼."

푸스슥!

그와 동시에 그의 손 안에 쥐어져 있는 빈 잔이 가루가 돼버렸다.

*　　　　*　　　　*

우다당탕!

"어이쿠!"

포목점을 하는 팽 노인을 비롯한 네 명의 인물이 객점 바닥을 굴렀다. 모두 어제 오후에 파룽객점에서 식사를 하던 바로 그 사람들이었다.

자칭 동정사룡이라는 네 명의 건달은 대로와 시전에서 장사를 하는 그들을 잡아끌며 객점으로 데려오더니 곧바로 그들을 내동댕이친 것이다.

"어제 그 계집, 너희들이 우리들 일부러 물먹이려고 초대한 무림 고수 년이지?"

"우린 당신네들을 마치 아버지나 삼촌을 생각하듯 그렇게 대했는데 니들은 우릴 망신시키려고 무림 고수를 불러? 그러고도 네놈들이 인간이냐?"

"나이를 처먹었으면 나잇값들을 해야 할 것 아냐? 그딴 식으로 졸렬한 짓을 하는데 악양의 젊은이들이 도대체 뭘 보고 배우겠냐? 그래, 안 그래?"

퍽! 퍽!

건달들은 쓰러져 있는 그들을 발로 짓밟으며 광란을 했다. 그러자 객점 주인인 모중이 회계대에서 뛰쳐나오며 소리쳤다.

"이놈들아! 왜 무고한 사람들에게 행패냐?"

"행패?"

칼자국이 코를 후비며 고개를 갸웃거렸다. 그리고는 코에서 나온 왕

건이를 모중의 얼굴에 붙이며 말을 이었다.

"모씨, 지금 그걸 몰라서 지껄이는 거야? 우리가 이러는 게 싫으면어서 객점 팔고 딴 데로 가면 되잖아?"

"세상은 넓고 할 일은 많은데 왜 군이 이곳에서 객점을 고집하냐고!"

애꾸도 덩달아서 한쪽 눈에 더덕더덕 붙어 있는 눈곱을 모중의 눈썹에 문지르며 비아냥거렸다. 모중은 아들보다도 어린 건달들의 행동에 혀를 깨물고 싶은 모욕을 느꼈다.

하지만 그게 끝이 아니었다. 그들은 마치 작정을 한 듯 평소보다 더욱 심하게 행패를 부렸다.

"여기가 그때 그년이 앉았던 자리지? 니들이 그 계집을 불러서 우릴 망신시켰으니 맞아도 싸겠지?"

개눈깔이 의자를 번쩍 쳐들더니 팽 노인 일행을 향해 집어 던졌다.

콰쾅!

"우와!"

"이것은 그년이 식사를 하던 탁자였고!"

와지작!

점막이는 씩씩거리며 탁자를 박살 내버렸다.

창졸간에 객점은 그야말로 난장판에 무법천지가 되었다.

그 순간,

빠악!

어디선가 벼락같이 두 개의 술병이 날아들더니 점박이와 개눈깔의 머리통을 가격했다.

"우와왁!"

점박이와 개눈깔은 피를 흘리며 뒤로 자빠졌다. 그와 동시에 이층에 있는 객실 계단에서 영령이 천천히 모습을 드러냈다.

".쓰레기 같은 놈들, 어제 그 정도로 정신을 못 차리고 또 나타났단 말이지?"

그녀의 모습에 건달들을 기겁했다. 당연히 떠난 줄 알았던 그녀가 다시 나타났다는 건 확률적으로 뜻밖이었으나, 그들은 나름대로 대비가 되어 있었다.

"끄응, 정말 배짱이 두둑한 년이군. 어제 우리에게 그런 짓을 해놓고도 당당하게 이곳에 머물러 있다니……."

"하지만 우리도 어제와는 다르다는 것을 보여주마."

애꾸는 깨진 머리통에서 흐르는 피를 미처 닦지도 않은 채 다급하게 객점 문을 열며 호각을 불었다.

삐이익! 삑!

마치 지척에서 대기하고 있듯 다섯 명의 사내가 신속하게 안으로 들어섰다.

이제 갓 이십이나 되었을까? 나타난 사내들은 동정사룡이라는 건달들보다도 훨씬 어려 보였다. 하지만 그들은 모두 검은 무복을 입고 있었고, 보는 것만으로도 등골에 소름이 돋는 도축용 삭도(削刀)를 허리에 비껴 두른 채 험악한 인상으로 영령을 노려보았다. 나이는 어렸으나 눈에 보이는 외형적인 기세만큼은 험악하고 살벌했다.

"네년이냐?"

다섯 명의 중앙에 우뚝 선 들창코의 청년이 차갑게 음성을 내뱉었다.

"네… 년?"

영령은 어이가 없었다. 그녀가 누구인가? 한때 강호를 공포에 떨게 했던 흑혈천 천주의 일점 혈육이 아니던가? 그녀의 눈에는 외형적인 험악함으로 자신을 기죽이려 하는 그들의 인위적인 모습에 너무도 가소로웠다.

"기회를 주겠다. 우리 형제에게 저지른 잘못을 뉘우치고 싶다면, 지금 즉시 너의 팔 하나를 잘라라."

"기회는 단 한 번뿐이다. 우리는 결코 인내심이 깊은 사람들이 아니다."

"허엉~ 뭘 어떻게 하라고?"

영령은 어찌나 황당했는지 하마터면 기함이 막힐 뻔했다. 그녀는 더이상은 차마 못 들어주겠다는 듯 뒤로 고개를 돌렸다. 그곳엔 죽립을 쓴 철우가 서 있었다.

"오라버니 때문에 내가 이런 수모(?)를 당하네요."

예정대로 떠났으면 이런 일은 없었을 거라는 가벼운 힐난이 섞인 말투였다. 철우는 가볍게 미소를 지었다.

"나더러 양보하라는 뜻인가?"

"당연하죠. 제가 어린애들에게 이런 망신을 당했다는 것을 아버지가 알면 저승에서 통곡하실 테니까요."

"그러지. 대신 이왕 혼을 낼 것이라면 확실하게 손을 봐주는 게 좋을 게야. 근본 뿌리까지 썩은 녀석들 같으니까."

"예, 저도 그럴 생각예요."

영령은 빙긋 미소를 짓고는 곧바로 몸을 날렸다. 마치 한 마리의 새처럼 그녀는 청년들의 앞에 우뚝 섰다.

"아깝고 억울해서 내 손으로는 직접 내 팔을 자를 수 없으니까 어디 네놈들이 한번 잘라봐라."

영령은 자신의 오른팔을 옆으로 올리며 비아냥거렸다. 들창코는 예의 묵직한 저음으로 또다시 차갑게 말을 내뱉었다.

"관을 봐야만 정신을 차릴 년이군."

"그렇게 이년 저년 하고 싶으면 집에 가서 네 엄마에게나 해라, 이 버르장머리없는 새끼야!"

"뭐가 어째?"

"왜? 네 엄마에게는 그런 소리 못하냐? 그럼 이 자식아, 넌 나한테도 하면 안 돼. 내가 일찍 결혼했으면 너만한 아들이 있을 테니까."

"이, 이런, 씨앙! 대, 대체 며, 몇 살이나… 처먹었다고… 그런… 소, 소리를… 지, 지껄이는… 거냐?"

들창코의 얼굴이 시뻘겋게 달아올랐다. 흥분하자 묵직했던 저음은 사라지며 말을 심하게 더듬거렸다. 역시 영령의 생각처럼 들창코의 차가운 저음은 가식적이었고, 인위적인 것이었다.

"스물일곱이다, 이 자식아!"

"쌍! 나, 나는 스물… 이다……. 스물일곱에… 스무 살짜리… 아들이 어떻게… 있냐? 일곱 살에… 아이를 낳는… 여자도… 있냐……?"

"일곱 살엔 아이를 못 낳나?"

영령은 고개를 갸웃거리더니 이내 또다시 차가운 조소를 흘리며 빈정거렸다.

"이 떨떨한 놈아, 직접 낳아야만 새끼냐? 양자도 있잖아? 내가 결혼해서 양자를 뒀으면 너만한 자식이 있다는 거다. 물론 쥐약 탄 죽엽청을 먹지 않는 한 너같이 정신 나간 자식을 양자로 두는 일은 없겠지만."

"빠, 빠드득! 이, 이년이… 정말……?"

들창코는 이를 짓깨물며 씩씩거렸다. 그리고 마침내 폭발했다.

"으아아아! 네년의 발랑 까진 주둥이부터 도려낸 후 뼈는 뼈대로, 살은 살대로 추려내겠다!"

미친 듯한 광소와 함께 들창코의 도축용 삭도가 허공으로 번뜩였다. 그러나 도광이 채 피어나기도 전에 영령의 손끝에서 일어난 백광이 먼저 허공을 갈랐다.

써걱!

소름 끼치는 절삭음이 허공을 울렸다. 거의 동시에 피보라가 일어나고 영령의 손끝에서 쏟아져 나온 백광은 들창코의 몸을 스치며 천장으로 날아갔다. 일순간에 모든 동작들이 거짓말처럼 순간적으로 정지하였을 때 들창코의 어깨에서는 피분수가 솟구쳤다.

툭!

그리고 바닥에 들창코의 팔뚝 하나가 통째로 떨어지고 말았다.

"으아아아!"

들창코는 왼손으로 어깨를 감아쥔 채 처절한 비명을 토하며 뒤로 비틀거리며 물러났다. 함께 나타난 패거리들과 자칭 동정사룡은 갑작스런 변화에 크게 당황했다.

백선(白扇).

어느새 영령의 섬섬옥수에는 아무런 무늬도 없는 흰 부채가 쥐어져 있었고, 그녀는 들창코가 공세를 펼치기 바로 직전에 백선으로 들창코의 오른팔을 베어버린 것이었다.

"으으… 네, 네년이… 감히… 내 팔을……."

들창코는 고통을 삼키며 영령을 쏘아보았다. 그의 눈은 분노로 이글거리고 있었다.

"내가 분명히… 엄마 같은 분에게 그런 쌍스러운 소리를 지껄이지 말라고 했을 텐데?"

영령은 오히려 그를 향해 싱긋 미소를 지으며 자신의 얼굴에 부채질을 하고 있었다. 가슴이 떨려올 정도로 진한 미소였다.

"아무튼 요즘 애들은 너무 어른들 말을 안 들어서 걱정이라니까."

그녀는 가볍게 고개를 저으며 가볍게 백선을 움직였다.

촤라락!

예리한 파공음과 함께 그녀의 우수에 쥐어진 백선이 섬영(閃影)을 일으키며 들창코의 머리를 훑었다. 실로 눈부시도록 깨끗하고 쾌속한 손속이었다.

"……!"

일순 들창코의 얼굴에서 표정이 사라졌다. 그와 함께 그의 육중한 동체가 연체동물처럼 맥없이 그 자리에서 허물어져 버렸다.

털퍽! 뎅그르르!

육신이 바닥과 닿을 때 반듯하게 잘려 나간 들창코의 머리가 동체를 떠나 굴러다녔다. 여전히 눈을 멀뚱하게 뜬 상태로.

"으으……."

동정사룡은 기겁했다. 들창코의 머리가 자신들의 발 아래쪽으로 굴러올 땐 누구라고 할 것 없이 모두가 오줌을 지렸다.

동정사룡은 그동안 악양의 저잣거리에서 수많은 싸움 구경을 하고, 직접 수많은 싸움을 하면서 적어도 나름대로 안목을 갖고 있다고 자부해 왔다. 게다가 어제는 직접 얻어터지기까지 하질 않았던가?

맞으면서 느끼고 판단했다. 천외궁에서 무공을 연마하고 있는 신풍조(新風組)의 다섯 명이 출동한다면 혹여 영령을 다시 만난다 할지라도 충분히 박살 낼 수 있을 것이라고.

하지만 그들은 그게 너무도 잘못된 오판이라는 것을 이제야 비로소 깨달았다.

'이럴 수가! 이렇게 엄청난 고수였을 줄이야!'

'어제… 우리를 봐준 거였어. 그것도 모르고……'

동정사룡은 더 많은 인원을, 더 강한 무사들을 이끌고 나오지 못한 것을 뼈저리게 후회했다. 하지만 그들의 후회와는 달리 판세는 이상하게 진행되고 있었다. 뜻밖에도 신풍조의 나머지 네 청년은 전혀 두려움이 없는 모습이었던 것이다.

"이년, 이제 보니 제법 믿는 구석이 있었군."

들창코가 사라지자 메주와 같은 정사각형의 두상을 한 청년이 눈을 부릅뜨며 입을 열었다.

"꿍! 네놈도… 년이냐?"

영령은 기가 막혔다. 웬만한 사람들이라면 눈앞에 펼쳐진 상황을 보고 정신을 차렸을 텐데, 어처구니없게도 이들은 그렇질 못했다.

'에휴, 시범적으로 한 놈만 손을 보면 알아서 정신 차릴 거라고 생각했더니만……'

영령은 여전히 세상 물정을 모르는 철부지들로 인해 짜증이 물밀듯이 밀려왔다. 하지만 메주는 그녀가 무슨 생각을 하든 관심이 없었다. 그의 얼굴은 시종일관 비장했다.

"방심하다가 당한 우리 동료의 빚을 갚아주겠다."

"뭐? 방심?"

"우리에게 무공을 전수시켜 주신 교관님께서 말씀하셨다. 우리가 당장 강호에 출동하면 어느 누구도 막을 수 없을 것이라고."

"그 교관이라는 자식 이름이 뭐냐? 너희들보다는 당장 그놈의 머리통부터 해부해 볼 테니까."

"건방진 소리! 계집에게 함부로 밝힐 만큼 교관님의 존함은 하찮은 게 아니다!"

메주는 단호하게 소리쳤다. 영령은 얼굴은 휴지처럼 한없이 구겨졌다

'끙, 그래. 계속 짖어라. 어차피 곧 뒈질 놈들인데 무슨 얘긴들 못하겠느냐? 하지만 말 같지도 않은 소리를 들어주려니 그래도 기분은 더럽다.'

메주의 비장한 음성은 계속 이어졌다.

"우리의 합공인 신풍무적진(新風無敵陣)은 말 그대로 무적이라고!"

"그러냐? 이름은 멋있구나!"

"비록 동료 한 명이 빠지긴 했지만, 그로 인해 평소 훈련할 때보다는 약간 위력이 감소할 테지만, 그래도 천하무적의 합공술인만큼 네년 하나쯤은 얼마든지 박살 내버릴 수 있다!"

"또… 년? 끙! 이젠 이골이 생겨서 그런지 흥분할 기운조차도 없다."

메주가 도축용 삭도를 들자 나머지 세 명도 일제히 뽑아 들었다.

"자, 그럼 지금부터 시작하겠다!"

자신만만하면서도 살기에 흠뻑 젖은 음성이었다. 하지만 영령의 얼굴은 여전히 짜증스러웠다.

"무공은 천하무적이라는 것들이 왜 이렇게 말이 많으냐? 싸우기 전에 입으로 양기를 내뱉으라고 그것도 잘나신 교관 나으리가 교육시켜

준 거냐?"

"우리의 동료를 앗아가더니 네년이 이젠 우리의 교관님까지 모욕하려느냐? 정말 더 이상은 참을 수가 없다!"

"얘들아, 시작하겠다며? 시작하겠다고 했으면 어서 시작하라고! 아니면 내가 먼저 손을 쓸까?"

"아니다! 선공은 우리의 몫이다! 선풍무적진은 먼저 선공을 펼쳐야만 더 큰 위력을 발하는 법이니까!"

말과 함께 메주가 드디어 행동을 개시했다. 그리고 그 뒤를 따라 나머지 세 명이 일사불란한 동작으로 몸을 움직였다.

어느새 그들은 네 방향으로 영령의 주위를 둘러싸고, 주절거리며 온갖 얘기를 지껄일 때와는 확연히 달랐다. 그들은 각자 허공으로 몸을 도약시키며 독수리처럼 빠르고 광포하게 돌진해 왔다.

피류류룻!

무수한 도기가 찬란히 흩뿌려지며 영령을 덮쳐들었다. 도기는 마치 허공에 그물처럼 물샐 틈 없는 천라지망을 형성한 채 영령을 위에서 덮쳐 왔다.

네 명이 동시에 펼치는 합공에 의해 꼼짝없이 도기의 그물에 뒤덮이려는 순간, 영령은 등이 지면에 닿을 정도로 반듯이 눕는가 싶더니 그 상태로 자신의 머리 쪽에 있는 상대의 하단으로 백선을 번뜩였다.

서걱!

"으아아아!"

사내의 두 다리가 잘려 나갔다. 그와 동시에 천라지망은 와해되었다. 영령은 다리 잘린 사내로 인해 생겨난 빈 공간으로 빠져나오며 신형을 바로 잡았다. 그리고 이내 빛살과 같은 속도로 나머지 세 명을 향해 짓쳐들었다.

"으으… 저 정도로 어마어마한 고수였다니……. 도, 도저히 상대가 안 된다."

애꾸는 혈전이 계속 진행되고는 있지만, 더 이상 볼 필요가 없다는 듯 동료들의 옆구리를 찔렀다. 그리고 손짓했다. 괜히 우두커니 서 있다가 봉변당하느니 기회가 있을 때 도망치자는 신호였다.

격전을 벌이고 있는 영령이 전혀 눈치챌 수 없도록 그들은 문이 있는 곳으로 슬금슬금 옆걸음질을 쳤다. 그리고 마침내 문에 다 왔다고 느꼈을 때 이때부턴 미친 듯이 달려야 한다는 생각으로 문을 향해 벼락처럼 몸을 돌렸다. 하지만 그들은 계산대로 행동을 하지 못했다.

"허걱!"

네 명이 동시에 눈알이 떨어질 것처럼 부릅뜨며 헛바람을 토했다. 언제 나타났는지 그들의 앞에 건장한 체구의 죽립인이 우뚝 서 있는 것이었다. 영령과 함께 있던 바로 그 건장한 체구의 사내가.

"이러면 너무 의리가 없지. 너희들이 끌고 온 일행은 싸우고 있는데 말이야."

"으으……."

동정사룡은 연신 식은땀을 흘렸다. 이 난관을 어떻게 극복해야 할지 도저히 해답을 찾을 수 없는 모양이었다.

그 순간,

파파파파파파!

영령의 손에서 무궁한 백광이 구름처럼 일어남과 동시에 여기저기서 처절하기 이를 데 없는 절규가 밀물처럼 쏟아져 나왔다.

"으아아악!"

동정사룡의 마음이 더욱 급해졌다. 굳이 보지 않아도 충분히 느낄 수 있는 상황이었기 때문이다.

"비, 비켜, 이 자식아!"

그들은 영령이 오기 전에 도망쳐야 한다는 절박한 표정으로 철우를 밀쳐 냈다. 영령과 함께 어울려 있는 모습으로 철우에게도 가공할 무공이 있을 거라고 생각했지만 영령의 경우처럼 직접 본 것은 아니다. 예상은 단지 예상일 뿐이며, 혹시 자신들의 오판일 수도 있다는 생각으로 네 명은 일제히 돌진했다.

"억!"

"아이구야!"

쿠당! 콰당탕!

동정사룡은 신음을 토하며 모두 뒤로 자빠지고 말았다. 미친 듯이 달리다가 마치 거대한 나무에 부딪쳤을 때와 같은 그런 충격을 느끼며.

'끄웅, 혹시나 했더니 역시 엄청난 고수였군.'

'그나저나 이 난국을 어찌 해결해야만 한담?'

애꾸를 비롯한 네 명의 사내는 바닥에 엉덩이를 붙인 상태로 열심히 머리를 굴렸고, 마침내 영령과 철우를 향해 비굴한 미소를 흘렸다.

"헤헤, 누님."

"헤헤헷, 형님……."

*   *   *

반세골은 거대한 태사의에 앉아 있었다. 습관처럼 다리를 꼰 거만한 자세로 차를 마신 후 옥탁에 찻잔을 내려놓으며 입을 열었다.

"그놈들이 잘하고 있을까?"

"오늘까지 해결 못하면 연못의 잉어 밥으로 만들어 버리겠다고 엄포를 놨으니 사서도 여느 때와는 각오가 다를 겁니다."

그의 앞에 서 있는 오십대 초반의 사내가 지극히 공손한 모습으로 대답했다.

독두만박(禿頭萬博) 단왜(丹歪).

빛나는 대머리에 오 척 단신, 그리고 얼굴은 마마 자국으로 심하게 얽어져 있는 너무도 볼품없는 외모였지만, 반세골에게는 더없이 훌륭한 특급 참모였다.

그는 보기와는 달리 머리가 비상했다. 반세골이 빠른 시간 안에 이와 같은 엄청난 부를 축적하기까지는 그의 혁혁한 공이 있었다. 단왜의 전공은 장물아비였다. 장물아비라고 해서 좀도둑이 훔친 물건을 사고 파는 좀팽이가 아니라 고리대금을 하며 제때 이자나 원금을 갚지 못한 상대의 집이나 전답, 혹은 상점이나 물건을 통째로 갈취하여 다른 사람들에게 사고 파는 기업형 장물아비인 것이다.

반세골을 제외한다면 천외궁에서 머리를 써서 먹고사는 유일한 인물이었고, 현재 총관 역할을 하고 있었다.

"그리고 오늘은 신풍조까지 따라간 만큼 어제와 같은 실수는 없으리라 생각합니다."

"사서, 그 녀석들이 워낙 어렸을 때부터 행패를 잘 부린 덕에 악명이 높긴 하지만 내가 보기엔 아직도 하는 짓이 영 미덥지가 않아. 그깟 일 하나 깨끗하게 처리 못하고 질질 끌고 있다니……."

반세골은 심히 못마땅하다는 듯 인상을 찌푸렸다.

"빌어먹을! 하루라도 빨리 공사를 시작해야 하건만, 벌써 한 달이나

시간이 지연되고 있으니 그놈 때문에 도대체 이게 얼마나 손해야?'

칠 년이란 짧은 기간 동안 이토록 엄청난 부를 축적했음에도 불구하고 반세골의 물욕은 끝이 없었다.

고리대금으로 워낙 악명을 떨치는 바람에 예전과 달리 그에게 돈을 빌리려는 사람이 많이 줄어들었다. 하여 그는 관아의 관리들을 상대로 이권 사업에도 매달려 봤지만, 돈놀이가 주는 매력을 쉽게 포기할 수는 없었다. 도박장을 운영하려고 하는 것도 침체된 돈놀이를 다시 활성화시키기 위함이었다.

도박이란 본시 따기보다는 잃을 확률이 높은 놀이다. 돈을 잃으면 누구나 눈이 뒤집힌다. 눈이 뒤집힌 사람은 아무리 고리라 하더라도 빌릴 수 있으면 무조건 빌리게 된다.

거액의 돈을 잃고 당장 돈이 필요한 노름꾼들을 위해 그들의 뒷조사를 한 후 그들이 소유한 집이나 상점, 전답 등 재정적 뒷받침의 한도액까지를 고액의 이자 돈으로 빌려주고 문서를 담보로 잡으면 그걸로 끝날 테니까.

도박장 운영으로 돈을 벌고, 그 안에서 직접 돈놀이를 하며 그보다 더 큰돈은 벌 수 있으니 그야말로 이번 사업은 도랑 치고 가재 잡는 격이다. 근데 파릉객점 주인으로 인해 도랑도 못 치고 가재도 못 잡고 있으니 반세골의 심기가 어찌 편할 수 있겠는가? 탐욕스런 그의 입장에서는 당연히 욕이 나올 만했다.

그때였다.

"구, 궁주님!"

이십대 초반의 젊은 사내가 황급히 대청 안으로 뛰어들었다. 그는 정원 청소를 담당하고 있는 오삼(吳三)이었다.

"이놈아, 무슨 일인데 이리 호들갑이냐?"

반세골을 대신하여 단왜가 야단쳤다. 하지만 그럼에도 불구하고 오삼은 여전히 흥분된 모습으로 더듬거렸다.

"사, 사서가 돌아왔습니다! 그, 근데……."

"근데 뭐가 어쨌다는 거냐? 나가서 그놈들에게 당장 들어와서 경과 보고를 올리라고 전해라."

"그, 그럴 만한 입장이… 아닙니다."

"아니라니? 어째서?"

"소처럼… 수레를 끌고 돌아왔거든요. 어찌나 얻어터졌는지… 모두 한결같이… 얼굴이 퉁퉁 부운 몰골로 말입니다. 수레에는 일남일녀가 타고 있는데… 아마도 사서를 두들겨 팬 사람들인 것 같습니다."

"뭐?"

단왜와 반세골의 눈이 동시에 크게 확대되었다.

넓은 정원의 한복판에 수레가 멈춰 서 있었다.

동정사룡은 모두가 맨발이었고, 그들의 목에는 개목걸이와 같은 긴 줄이 달려 있었으며, 젊은 여인과 죽립을 쓴 사내가 두 개씩 줄을 나눠 잡은 상태로 천연덕스럽게 수레 위에 앉아 있었다.

당연히 그들은 영령과 철우였다.

이미 정원에는 천외궁 내에 있는 많은 식구들이 나와서 동정사룡이 소로 전락한 모습을 황당한 표정으로 바라보고 있었다.

"어떻게 된 거냐?"

밀랍 같은 사내가 차가운 표정으로 동정사룡을 바라보았다. 달사였다. 얼마나 뺨을 얻어터졌는지 동정사룡 모두가 한결같이 푸르죽죽한 안색에 한없이 부풀어 오른 얼굴들이었다.

"크윽! 죄, 죄송합니다. 흐흐흑!"

그중에서 애꾸가 하나뿐인 눈으로 눈물을 글썽거리며 대꾸하려고 했으나 목이 메여 더 이상 음성이 새어 나오지 못했다. 복날 개처럼 얻어터지고, 게다가 수레를 끄는 소의 신세로 전락한 게 너무도 서글펐던 모양이다.

"이놈아, 제대로 대답하지 못하겠느냐?"

이번에는 철제 인간과 같은 사내, 적사가 크게 노성을 질렀다.

"보, 보시다시피… 커헉!"

애꾸는 그의 호통에 급히 눈물을 훔치며 대답을 하려 했으나 이번에도 그의 음성은 거기까지가 한계였다. 목에 걸려 있는 줄이 느닷없이 팽팽하게 조여들었다. 철우가 목줄을 당겼던 것이다.

"나머지 얘기는 내가 대신 해줄 테니까, 어서 잘난 궁주나 나오라고 해라."

"놈! 감히 여기가 어딘 줄 알고 함부로 주둥이를 놀리는 게냐? 들어올 땐 멋대로 들어왔지만, 나갈 땐 결코 온전히 나가지 못할 것이다!"

적사가 살기등등한 표정으로 철우를 쏘아보았다. 당장이라도 철우를 향해 짓쳐들 기세였다. 하지만 철우는 관심이 없었다. 그의 시선은 이미 어느 한곳을 향해 고정되어 있었던 것이다.

철우의 시선이 머문 곳에서 화려한 곤룡포의 사내가 부하들과 함께 천천히 모습을 드러내고 있었다.

"허헛, 특별한 손님이로군."

반세골은 팔짱을 낀 여유있는 모습으로 입을 열었다.

"그동안 본 궁에 방문한 하객들이 적지 않았지만, 수레를 몰고 나타난 인물은 그대들이 처음이구먼."

"……."

"어제도 우리 아이들이 여자에게 따귀를 얻어맞고 사타구니를 걷어
차였다는데, 바로 그대인가?"

반세골의 시선이 영령에게로 향했다. 영령은 길게 하품을 하며 빈정
거렸다.

"아함! 정말 더럽게 긴 말상이군. 길어도 너무 길어. 지루해서 도저
히 얼굴을 못 볼 정도로."

"……!"

여유있게 미소를 짓던 반세골의 얼굴이 일순간에 급변했다. 발끝에
서 머리끝까지 돈으로 치장을 하면서도 못내 아쉬웠던 게 있다면, 그것
은 바로 긴 얼굴이었다. 그것만큼은 도저히 어쩔 수가 없었기에 유일
한 한으로 남아 있었는데, 그것을 일고의 망설임도 없이 내뱉어 버린
것이다. 그것도 젊은 여인이.

"빠드득! 얼굴은 예쁜 계집이 주둥이는 말포(抹布:걸레)로군."

"쯧쯧, 이렇게 큰 저택의 주인이 그깟 소리에 이까지 짓씹어가며 흥
분을 하다니, 생각보다도 훨씬 좀스러운 자식이군."

"계집! 계속 입을 함부로 놀린다면 그 주둥아리를 찢어버리겠다!"

반세골의 긴 얼굴은 모욕과 분노로 시뻘겋게 달아올랐다. 하지만 영
령은 그의 분노가 오히려 가소롭다는 투로 대꾸했다.

"흥분하지 마라. 마음 같아선 너의 긴 얼굴을 여러 사람들이 편하게
볼 수 있도록 반쪽으로 이등분해 버리고 싶지만, 안타깝게도 내 몫이
아니라서 나도 참고 있는 거니까."

"내 얼굴 갖고 주둥이 놀리지 말라고 했거늘! 여봐라! 저 계집을 당

장 요절을 내버려라!"

반세골은 더 이상 분노를 참을 수 없다는 듯 부하들을 향해 큰 소리로 명령을 내렸다. 수레를 에워싸고 있는 부하들이 일제히 자신의 병기를 뽑아 들고 거리를 좁히기 시작했다.

그때였다. 죽립인의 입이 처음으로 열렸다.

"돈을 벌더니 사고방식도 바뀐 모양이구나. 미인이라면 부모를 죽인 철천지원수라 해도 용서할 수 있다고 지껄이던 인간이 그깟 일에 흥분을 하다니……."

"……!"

반세골은 흠칫했다. 죽립인의 말은 언젠가 자신의 입으로 했던 얘기이다. 그것도 낙양 금룡표국에서 일하던 시절에.

그러고 보니 비록 죽립에 가려져 얼굴은 알 수가 없지만, 그의 분위기는 아주 오래전 자신이 알고 있는 어떤 사내와 매우 흡사하게 느껴졌다.

"자네가 그렇게 얘기했던 대상이 낙양루의 기녀인 금련(琴憐)이었을 게야. 맞지?"

"누, 누구냐, 네, 네놈은?"

반세골은 당황했다. 눈에 익숙한 체형과 귀에 익숙한 음성, 그리고 함께 생활했던 사람만 알 수 있는 자신의 과거.

"남자 관계가 복잡한 금련을 자네 혼자 애간장 태우며 좋아하게 되자 동료 표사들이 포기하라고 했을 때 자네는 분명 그와 같은 말을 했어. 예쁘면 모든 게 용서가 된다고. 그런데 그깟 일로 세상에 드문 이런 미녀의 입을 찢겠다니, 정말 변해도 너무 변했구먼. 성질도 더러워지고."

"서, 설마……?"

반세골의 눈은 더욱 크게 흔들렸다. 안면 근육은 경련을 일으켰고, 기운 빠진 다리는 절로 후들거렸다. 하지만 그는 완강하게 고개를 저었다.

'아, 아냐. 그놈은 죽었다. 절벽에서 떨어진 후 운 좋게 살아났지만 얼마 전에 담 대인과 함께 자폭했다며 천하를 뒤흔들어놓지 않았던가?'

그랬다. 철우는 담중산과 함께 죽은 것으로 알려져 있었다. 반세골은 자신이 알고 있는 철우에 대한 기억 대신 무작정 소문에 의지하고 싶었다.

철우는 몸을 일으킨 후 천천히 수레에서 걸어나왔다. 그리고 반세골의 오 장 앞에서 걸음을 멈췄다.

반세골은 절로 식은땀이 흘렀다. 등판은 이미 땀으로 흠뻑 젖었고, 다리는 더욱 세차게 후들거렸다. 문득 죽립인의 입꼬리가 말려 올라가는 것이 시야에 들어왔다.

"제칠조 부수사 반세골……."

쿵!

심장이 격동 쳤다.

"왜 그런 짓을 했나?"

쿵! 쿵! 쿵!

"자네의 독단으로 그런 짓을 하지는 못했을 터, 국주가 사주한 것인가?"

"으… 으……."

반세골은 신음을 흘렸다. 그리고 아무리 소문에 의지하려 해도 그럴 수 없다는 게 판명된 이상 이제는 자신을 지키는 일에 전념해야만 했다.

철우가 금룡표국에서 가장 무공이 강한 최고의 표사였다는 건 절망적인 일이지만, 이곳은 천외궁이며 자신에게는 수많은 부하들이 있다는 건 분명한 희망이었다.

"무엇을 하느냐? 저놈을 쳐랏—!"

반세골의 명령은 마치 절규처럼 울려 퍼졌다.

젊은 사내 두 명이 철우에게로 기세등등하게 다가갔다. 그러자 반세골의 절규가 재차 이어졌다.

"개별로 덤벼선 안 돼! 놈은 엄청난 고수다! 모두 일제히 덤벼! 아니, 야휘단이 먼저 합공을 펼치고 모두, 아무튼 모두 한꺼번에 덤벼들어라! 달사와 적사는 일단 나를 엄호하고!"

반세골은 어찌나 급했는지 작전까지 직접 지시를 내렸다.

백의 무복을 입은 열 명의 젊은 사내가 등장했다.

第十五章

네 재산은 모두 나의 것이다

야휘단!

반세골은 무공 상인이라 불리는 기인 무매자(武買者)로부터 황금 오백 냥이라는 거금을 주며 이백 년 전 멸문한 신마문(新魔門)의 신마연환도법이라는 비급을 구입하였다. 젊고, 무공에 대한 각별한 자질이 있는 이들을 선출하여 그것을 익히도록 하였다. 훗날 자신의 친위 세력으로 사용하기 위해 그는 청년들에게 물심양면으로 전폭 지원하였고, 그들은 반세골의 기대에 따라 빠른 성장을 보였다. 반세골이 야심 차게 키운 젊은 무사들이 바로 야휘단이었다.

스스슥.

그들은 보법을 펼치며 진형을 갖춰 나가고 있었다.

'......'

반세골은 숨을 죽이며 야휘단의 움직임을 지켜보고 있었다.

아무리 철우가 금룡표국 최강의 표사였다지만, 야휘단이 합공을 펼친다면 충분히 해볼 만한 승부라고 그는 생각했다.

신마문이 비록 이백 년 전에 무당을 비롯한 호북성 정파 무림연합군에 의해 멸문당했지만, 당시의 무림인들은 도법의 천하 최강인 하북팽가보다도 신마문의 도법이 더욱 극맹하고 패도적이라고 하였다.

'충분히 승산이 있다. 비록 신마연환도법을 아직 완벽하게 대성한 것은 아닐지라도. 열 명이 동시에 펼치는 합공이라면 소림이나 무당의 장문인들도 십 초 이내로 쓰러지고 말 테니까.'

도박장과 고리대금으로 보다 많은 재력을 확보한 후 야휘단을 앞세워 호남 무림을 석권하고 싶은 야심찬 꿈까지 꾸고 있었던 반세골이다. 그만큼 이들에 대한 그의 기대는 절대적이었다.

"타아앗!"

주군의 절대적 기대를 받고 있는 야휘단이 마침내 행동을 개시했다. 열 곳에서 동시에 열 명이 철우를 향해 천라지망을 펼치며 덮쳐들었다.

쐐쐐쐐쐐쐐!

고막을 쥐어뜯는 듯한 파공음와 극랄한 살기가 철우의 신경을 파고들었다. 철우는 죽립의 챙을 슬쩍 위로 올렸다. 그것이 바로 신호였다.

돌연 그의 신형이 자리를 박차고 허공을 가르는가 싶더니 이미 야휘단이 쏟아내는 강맹한 도기에 맞부딪쳐 나가고 있었다.

하북팽가의 도법보다도 패도적이라는 신마문의 도법이 이백 년 만에 세상에 모습을 드러냈고, 철우 역시 강호 재출도 이후 처음으로 펼치는 무정천풍검법이었다.

카카카칵! 카앙!

검기와 도광이 부딪치며 수많은 불꽃들이 사방으로 난무했다.

열 명의 야휘단은 생각보다 강했다. 그리고 평소 얼마나 무서운 수련을 쌓았는지 여실히 짐작할 수 있을 만큼 정신이 없을 정도로 조직적이었다. 십 방(十方)에서 번갈아가면서 펼치는 진세는 너무도 현란했고, 빈틈을 찾기가 쉽지 않았다. 하지만 상대는 철우였다. 고루격공도 맥대법으로 공전절후한 공력을 보유하게 된 철우였던 것이다.

파츠츠츳!

마치 비단 폭이 잘라지는 듯한 음향이 터지며 철우의 검이 막강한 도기를 뚫고 앞으로 폭사되었다. 검기가 도막을 뚫자 열 명의 야휘단원 중 좌측방에 있는 세 명의 인물이 일제히 도를 휘두르며 허공으로 도약했다.

그러나 세 명 중 한 명은 미처 피할 수 없었다. 검기는 그들이 피해 몸을 솟구칠 때 그중의 한 명을 집요하게 쫓았던 것이다.

써거걱!

섬뜩한 파육음과 함께 선렬한 혈홍색 피보라가 허공에 뿌려졌다. 일검에 의해 두 다리가 잘려 나간 것이다.

"으아악!"

털퍽!

처절한 단말마의 비명과 함께 사내의 두 다리와 몸뚱어리가 바닥에 떨어졌다.

"……!"

반세골의 얼굴이 딱딱하게 굳었다. 하나 그보다 더 크게 당황하는 것은 그의 곁에 있는 달사와 적사였다.

'무정천풍검법?'

철우의 움직임을 좇던 그들은 눈은 시간이 지나면서 극도의 흥분으로 크게 흔들리고 있었다.

하지만 적사와 달사의 눈빛과는 달리 야휘단은 동료 한 명이 목숨을 잃었음에도 불구하고 쉽게 흔들리지 않았다.

쉬익! 쉭!

하나가 죽은 직후 남은 아홉 명은 십방대진의 생문(生門)과 사문(死門)을 정확히 교차시키며 죽은 동료의 빈 공간을 없애 버렸다.

진의 영역은 본래보다 간결해졌다. 야휘단은 연수(連手)에 능했다. 철저하게 그렇게 훈련을 받았다.

열 명이 펼치는 십방진(十方陣)이 무너져 아홉 명이 되면 구궁진(九宮陣)으로 전환시켰고, 여덟이 되면 팔괘진(八卦陣), 일곱이면 칠성진(七星陣), 여섯이면 육합진(六合陣), 다섯이 되면 오행진(五行陣)으로 움직이고, 넷이 되면 사상진(四象陣), 셋이면 삼재진(三才陣), 둘만 남으면 양의진(兩儀陣)을 전환하여 최후까지 싸우도록 훈련받던 것이다.

'너무 아까운 일이군. 이렇듯 잘 훈련된 젊은 무사들이 겨우 반세골 같은 놈의 친위대라니……'

철우는 씁쓸한 생각이 들었다. 하지만 이들은 동료들이 죽으면 신속히 진세를 전환하여 죽을 때까지 싸우게끔 사육된 인생들이다. 손속에 자비를 베풀어 봐야 쓸모없는 일이었다.

야휘단은 공격은 한 사람이 빠졌음에도 불구하고 여전히 강맹했다. 하지만 시간이 지날수록 아홉 명이서 뿜어대는 도광은 철우의 검에서 뿜어져 나오는 거무튀튀한 묵광에 잠식되고 있었다.

파파파파파!

더욱 광포해진 검은 도기가 하얀 도광을 뚫을 때마다 사내들의 팔다리와 몸통, 그리고 박살난 도편(刀片)과 시뻘건 피 화살이 허공을 일시에 메우기 시작했다.

철우가 펼쳐 내는 가공스런 검기가 이르는 곳마다 사내들의 신형은 부서진 장난감처럼 허공으로 날아오르고 있었고, 처절한 단말마의 비명이 울려 퍼졌다.

"으아아악!"

아무리 고강한 도법을 연마했다 할지라도 야휘단은 철우의 상대가 될 수 없었다. 예전의 철우라면 좋은 승부가 될 법도 했지만, 지금은 결단코 아니다.

'얘들아, 치열하게 연마한 것은 기특하다만 니들이 까불 상대가 아니야. 달마 대사나 삼봉 진인이 살아 돌아온다고 해도 오라버니에게는 안 될 테니까. 들인 밑천이 얼만데⋯⋯.'

영령은 느긋하게 수레에 앉아서 구경하다가 문득 자신이 쥐고 있는 줄을 잡아당겼다. 어느새 철우의 것까지도 그녀의 손에 쥐어져 있었다.

"꺼억!"

넋을 잃은 표정으로 혈전을 구경하던 동정사룡은 눈을 크게 뜨며 헛바람을 토했다. 목이 뒤로 젖혀지면서 그들의 몸뚱어리가 영령의 앞으로 끌려왔다. 그들은 목을 조이고 있는 줄로 인해 숨을 헐떡거렸다.

"끅! 왜 갑자기⋯⋯?"

"아까 객점에서의 일이 생각나서 그런다."

"객점의⋯ 일이라뇨?"

"이 자식들아! 내가 어린애들과 싸우고 있을 때 네놈들이 객점 문 앞에 서 있는 오라버니를 밀치고 도망가려고 수작 부렸던 일을 벌써 잊었냐?"

동정사룡은 할 말이 없었다. 저와 같이 엄청난 고수를 별게 아닐 수도 있다는 착각을 했으니까.

"부탁하는데, 앞으로는 싱싱한 생선처럼 눈 똑바로 뜨고 세상을 살아라, 이 한심한 인생들아."

빠빡! 빡! 빡!

영령은 딱하다는 표정을 지으며 그들의 머리통을 한 대씩 쥐어박았다. 요란한 소리만큼이나 고통스러웠으나 어느 누구도 감히 인상을 찌푸리지 못했다. 어색하게 입꼬리를 올리며 억지 미소를 보였다.

"누님의 그 말씀, 죽는 날까지 영원히 명심하겠습니다."

너무도 자연스럽게 누님이란 호칭을 쓰면서.

그 순간,

"으아아악!"

폐부를 쥐어뜯는 듯한 처절한 비명을 토하며 마침내 마지막 사내의 신형이 바닥을 뒹굴었다.

시산혈해(屍山血海).

창졸간에 꽤나 공을 들인 정원의 잔디는 피와 시체로 덮여 버렸다.

'......'

반세골의 눈은 찢어질 것처럼 크게 확대되고, 식은땀이 주체할 수 없을 정도로 흘러나왔다. 다리는 전보다 더욱 심하게 후들거렸다.

'으으, 놈! 칠 년 전 그때보다도 강해졌다. 훨씬!'

대경실색하는 반세골과는 달리 그의 곁에 서 있는 두 명의 사내는 상당한 긴장과 야릇한 흥분을 동시에 느낀 듯한 표정이었다.

달사와 적사.

아무리 반세골의 그늘 아래에서 안주하고 있지만 그들 역시 태생은 무림인이었고, 무공이 강한 자들과는 겨뤄보고 싶은 호승심이 있었다. 하지만 그들에게는 철우와 겨뤄야 할 또 다른 이유가 있었다.

"이제 비로소 밥값을 제대로 치를 기회가 생겼군요."

그들은 반세골의 지시가 떨어지기도 전에 철우의 앞으로 다가갔다. 물론 이제 믿을 구석이라곤 그들밖에 없는 반세골도 당연히 그들에게 나가서 싸우라고 했을 테지만.

"무정천풍검법을 사용하다니, 철수황의 전인인가?"

달사는 다짜고짜 그것부터 물었다. 굳이 묻지 않아도 충분히 짐작할 수 있었지만 그래도 직접 확인하고 싶었다.

그러나 뜻밖에도 그에 대한 대답은 등 뒤에서 터져 나왔다.

"맞아, 그놈의 아비가 철수황이다."

반세골의 음성이었다. 철우와 반세골은 한때 금룡표국에 몸담았던 사이다. 철우가 철수황의 아들이라는 것은 그들이 굳이 같은 조의 수석 표사와 부수사가 아니더라도 당시 표국에서 일하는 웬만한 사람들은 모두가 아는 사실이었다.

"후후, 철수황의 전인인 그 아들을 이렇게 만나게 되다니……."

"크크큭, 결코 하늘이 무심한 것만은 아니군."

달사와 적사는 동시에 키득거렸다.

달사와 적사.

그들은 중원의 변방이자 오지인 신강(新疆)의 탑리목분지 출신들이었다.

이십여 년 전, 어떤 두 노인을 만나지 않았다면 그들 역시 각자의 부모들처럼 그 척박한 땅에서 화전민으로서 살아갔을 것이다.

혈불(血佛)과 독목수라(獨目修羅).

바로 이들이었다.

이들은 이십여 년 전까지만 해도 산동성과 요령성을 위진시키던 사파의 거두들이었다. 그러던 이들이 자신의 주 무대인 산동과 요령을 버리고 대륙의 반대쪽이자 저주받은 오지라 불리는 탑리목분지로 갔을 땐 그만한 사연이 있었다.

바로 무정검 철수황 때문이었다.

철수황은 단 한 번도 패배를 용납지 않았던 그들의 팔과 다리 한쪽씩을 앗아갔다. 패배의 치욕은 불구가 된 육신의 고통보다도 더욱 감당하기가 어려웠다. 평소 혈불과 독목수라를 하늘처럼 생각하던 까마득한 후배와 애송이들까지도 자신들을 무시하는 것처럼 느껴졌다.

하여 자신들을 아무도 알아볼 수 없는 곳으로 도망치듯 떠났다. 그곳이 바로 탑리목분지였다.

혈불과 독목수라는 복수를 다짐하며 더욱 무공에 전념하고자 했으나 한쪽 팔과 한쪽 다리가 없다는 신체적 결함을 도저히 극복할 수가 없었다. 하여 자신들을 대신할 제자를 찾았고, 그들이 선택한 제자가 바로 달사와 적사였다.

달사와 적사는 혈불과 독목수라의 독문 절기뿐만 아니라 철수황의 무정천풍검법에 대항할 수 있는 새로운 무공까지 전수받았다. 그리고 이십오 년이라는 세월 끝에 강호로 당당하게 출도했다.

하지만 그들은 혈불과 독목수라의 한을 풀어주지 못했다. 아니, 들어줄 수가 없었다. 철무량은 이미 고인이 되었기 때문이다.

목표를 잃은 그들은 너무도 허망했다. 그렇다고 그들 스스로가 강호의 초절정고수라 믿고 있는 입장에서 타 문파에 들어갈 수도 없는 일이었다. 그것은 곧 자신들의 무공보다 그 문파의 무공이 더 강하다는 것을 인정하는 의미가 되기 때문이다.

강호 출도 후 일 년 동안 그들이 한 일이라곤 고작 삼류 수준의 무림인들과 몇 차례 비무를 한 게 고작이었다. 거물들과는 단 한 번도 겨뤄 보지 못한 채.

짜증스런 현실에 차라리 비적단을 만들 생각까지 하고 있을 때 반세골을 만나 오늘까지 오게 된 것이었다.

"어쨌든 우리 앞에 나타나 줘서 대단히 고맙다."

달사는 품속에서 뭔가를 꺼냈다. 그것은 혈불의 독문 병기로 사용하던 백팔 개의 염주로 이루어진 보리혈마주(菩提血魔珠)였다. 그는 염주를 만지작거리며 흐뭇한 미소를 지었다.

"비록 철수황은 아니지만 그 전인에게라도 복수를 한다면 저승에 계신 사부들께서도 어느 정도는 한이 풀리실 게야."

"핫하! 암, 당연하지!"

적사 역시 호탕하게 웃으며 등 뒤에 메어져 있는 커다란 도끼를 불끈 쳐들었다.

수라마부(修羅魔斧), 이 핏빛 도끼 역시 독무수라의 독문 병기였다.

"사부에 대한 마음이 깊은 친구들이로군."

처음으로 철우의 입이 열렸다.

"그 정도로 사부를 생각한다면, 저승에 따라가도 굳이 아쉬울 건 없을 게야."

"후훗! 글쎄… 그런 일은 결단코 없을 걸세. 우린 이미 무정천풍검법의 변화를 완벽하게 파악하고 있으니까."

달사는 득의만면하게 미소를 지었다. 동시에 그의 손에서는 염주가 화로에 올려져 있는 쇠 구슬처럼 시뻘겋게 달아오르고 있었다.

"자, 그럼 시작해 볼까?"

피이이잇!

백팔 개의 염주가 한꺼번에 철우를 향해 맹렬하게 덮쳐들었다. 철우는 급히 몸을 허공으로 숏구쳤다. 염주는 철우가 서 있던 곳을 스치고 지나가 갑자기 허공에서 멈추는가 싶더니 이내 방향을 틀며 도약한 철우를 향해 재차 쏘아들었다.

놀라운 조화였다. 이미 쏘아 보낸 염주가 허공에서 멈췄다가 목표를 향해 방향을 트는 모습은 그야말로 경이적인 신기였다.

백팔 개의 몰려드는 염주 알을 보며 철우는 벌 떼를 연상했다. 피한다고 해서 벌들이 물러가는 게 아닌 것처럼 염주 알 역시 달사의 조종을 받으며 집요하게 철우를 쫓아다닐 게 자명했기 때문이다. 철우는 검파를 거꾸로 잡고 마치 팔랑개비를 돌리듯 검을 돌리기 시작했다.

위이이잉! 깡! 깡!

염주 알은 팔랑개비처럼 돌아가는 검신에 부딪치며 튕겨 나갔다. 튕겨 나간 염주는 허공에서 합해지며 달사에게로 되돌아갔다. 그러자 이번에는 적사가 몸을 움직였다.

"하아아앗!"

건물이 흔들거릴 정도로 엄청난 기합 소리였다.

쐐애애애애!

가공할 위세와 속도. 일단 스치기만 해도 몸이 양단될 것이다.

하지만 이번에는 피하지 않았다. 검파를 여전히 거꾸로 잡은 상태로 오히려 맞부딪쳐 갔다.

콰콰콰쾅!

허공의 벽을 깨부수는 듯한 강기와 까마귀 떼처럼 하늘을 덮어씌우는 천변만화(千變萬化)의 절초들. 천 마리의 독사 대가리처럼 혀를 날름거리는 검극과 뇌전처럼 대기를 가르는 부강(斧罡)들……

그리고 또다시 달사의 손을 떠나 장막처럼 허공을 뒤덮어 버리며 철우를 향해 쏟아지는 염주 알.

적사와 달사의 공세는 미친 듯이 광포했으며, 끝도 한도 없었다. 철우는 무정천풍검법의 제삼식인 무정만겁과 제오식인 무정암극을 연속해서 펼치며 그들의 공세를 차단했다.

'정말 놀라운 합공이다.'

철우는 이제까지 수많은 전투를 치러봤지만 이들처럼 완벽한 합격술을 보이는 절정고수들을 본 적이 없었다. 예전에 담중산의 저택에서 천지쌍마를 상대로 싸우긴 했지만, 그땐 그들의 합공을 받은 게 아닌 개별적인 승부였다. 그렇기에 승리가 가능했지만 이들은 말 그대로 완벽한 합공이었다, 도저히 빈틈이 없는.

사방 전후 어딜 쳐다보아도 온통 벌 떼처럼 쏘아오는 염주의 물결이었고, 그 사이로 도끼에서 격출되는 백광이 가공할 기세를 번뜩였다.

철우는 몸을 움츠리는가 싶더니 이내 용수철에 튕겨 오르듯 도약했다. 그와 동시에 무정천풍검법의 제구식인 무정천궁으로 초식을 변화하며 그들의 입체적인 공세에 대항해 나갔다. 순간 적사의 입가에 가느다란 미소가 걸렸다.

"철수황과 겨뤘던 비무를 돌이켜 봤더니 우리에게도 한 번의 기회는 있었다. 우리의 쌍심합격술(雙心合擊術)이 상승 일로에 있을 때였지. 그러니까 보

리혈마주로 놈의 퇴로를 차단하고 독목수라가 수라난도라는 부식(斧式)으로
정수리를 향해 파고들 때 녀석은 갑자기 몸을 솟구치며 초식을 변환하더군.
바로 그때 녀석은 내 앞에서 등을 훤히 드러냈던 절호의 기회였는데 애석하게
도 그 기회를 잡지 못했다."

"보리혈마주를 사부님께서 미처 회수하지 못했기 때문에 그가 초식을 변환
하며 그런 허점도 보일 수 있었던 게 아닌지요?"

"그래서 하는 말이다. 놈에게 복수하기 위해선 보리혈마주를 자유롭게 운
영하는 것 이외에도 비장의 한 수가 있어야만 한다."

"비장의 한 수라뇨?"

철우가 독목수라를 향해 맞부딪쳐 나가는 순간 달사는 우수를 질풍
처럼 휘둘렀다.

쾌애애애!

그의 소매에서 괴이한 모양의 붉은 금속 조각이 엄청난 속도로 철우
의 뒤통수를 노리며 짓쳐들었다. 그것은 암기 중에서도 가장 사용하기
가 어렵고, 위력이 파괴적이라는 혈적자(血摘刺)였다.

너무도 빨랐다.

도저히 피해낼 시간적 여유가 없었다.

달사는 물론 구경하는 모든 사람들까지 빛과 같은 속도로 쏘아드는
혈적자가 철우의 뒤통수에 꽂혔다고 생각했다. 하지만 그것은 모두의
착각이었다. 철우는 마치 연기처럼 사라져 혈적자는 사라진 그 공간을
통과했던 것이다.

"헉?"

달사는 눈을 휘둥그렇게 뜨며 대경했다. 자신에게 갑자기 증발한 것

과 같은 착시 현상을 일으킨 철우의 신형은 마치 지면에 납작 붙은 듯이 저공 운행을 하고 있었던 것이다.

미종비천술.

무림 역사상 가장 현묘한 경공이라는 바로 그 절세의 기학이 그의 눈앞에서 펼쳐진 것이다.

철우의 신형이 물찬 제비처럼 바닥에서 숫구쳤다. 검기도 따라서 거꾸로 숫아올랐다.

써거걱!

섬뜩한 파육음과 함께 달사의 다리 하나가 그의 육체를 떠났다.

"으아아악!"

처절한 비명을 토하며 중심을 잃고 쓰러졌다.

적사의 눈에서 불꽃이 튀었다. 그는 비명과 같은 사자후를 토하며 미친 듯이 철우를 향해 돌진했다.

독목수라의 최후의 절초인 수라필사부.

자신의 팔을 내주더라도 상대에게 필히 치명상을 입힌다는 양패구상(兩敗具傷)의 절초가 철우를 향해 휘몰아쳤다.

콰아아아아!

피할 공간이 없다. 상대의 공격을 분쇄하기 위해 맞공세를 펼쳐야만 한다. 그때 적사의 팔이 잘려 나가겠지만 상대는 심장엔 도끼가 박혀 있게 될 것이다.

"……?"

적사의 눈이 크게 불거졌다. 피할 공간을 주지 않고 휘몰아쳤건만 철우는 마치 투명 계단을 밟듯 허공을 걸어 오르며 적사의 공격을 여유있게 피해내고 있는 것이었다.

'마, 말도 안 돼.'

그는 이렇게 외치고 싶었다. 하지만 외침보다 그의 입에서 비명이 더 먼저 터져 나왔다.

서거걱!

"으아아아악!"

거의 눈에 보이지도 않을 정도로 빠른 묵광이 번뜩이는 것과 동시에 수라마부를 쥐고 있던 그의 우수가 바닥으로 떨어진 것이다.

달사와 적사.

사부인 혈불과 독목수라가 철수황에게 다리와 팔을 잃었던 것처럼 그들도 똑같은 신세가 되고 말았다. 철수황의 아들인 철우에 의해서.

"마, 말도 안 돼!"

적사가 외치고자 했던 그 말은 반세골의 입을 통해 흘러나왔다.

'어, 어떻게 놈이 무림 최고의 경공인 미종비천술을 시전할 수 있단 말인가? 어, 어떻게……?'

반세골 역시 하남성의 무림 명가인 석가보 출신의 무림인이다. 아무리 시전할 수는 없어도 그것이 어떤 무공이라는 것쯤은 판별할 수 있는 안목이 있고, 주워들은 풍월도 있었다.

미종비천술은 엄청나게 심후한 공력이 있어야만 운용이 가능한 경공이었기에 석가보주를 비롯한 수많은 절정고수들이 묘법을 알면서도 차마 시전할 수 없다고 했다.

그런데, 그런데 다른 사람도 아닌 철우가 그것을 시전했다. 그것도 자신의 눈앞에서.

'으으……'

이미 달사의 다리 하나가 잘려 나갈 때 슬금슬금 뒷걸음을 치던 반세골. 혹시하며 기대했던 적사마저 팔을 잃자 그는 더 이상 뒤도 돌아보지 않고 무작정 도망치기 시작했다.

순간 철우는 지면을 박차고 신형을 날리려 했다. 어떻게 찾은 반세골인가? 여기서 그를 놓친다는 건 결코 있을 수 없는 일이다. 하지만 그는 이내 동작을 멈췄다. 대신 입가에 가벼운 미소를 머금었다.

반세골은 미친 듯이 질주했다. 빨리 본청 안으로 들어가기만 했다. 그때까지만 추격을 허락하지 않으면 자신만이 알고 있는 비상 통로로 충분히 도망칠 수 있었기 때문이다.

하지만 그나마도 그의 생각처럼 만만한 일은 아니었다.

"에이! 어딜!"

빈정거리는 음성이 반세골의 고막을 울렸다. 그와 동시에 허공에서 새털처럼 가볍게 착지하며 그의 앞을 가로막는 훼방꾼이 있었다.

영령이었다.

그녀는 이미 반세골이 뒷걸음질 치고 있을 때부터 몸을 날릴 준비를 하고 있었고, 그가 본격적으로 도망칠 때 그녀 역시 수레를 박차고 도약했다. 이미 그녀가 몸을 움직였기에 철우는 굳이 반세골을 뒤쫓지 않았던 것이다.

"얼굴이 말상이라서 그런가? 경신술 하나는 쓸 만하구먼. 확실히 잘 뛰어, 말처럼."

영령은 씨익 미소를 지으며 비아냥거렸다. 하지만 반세골은 다급했다.

"이년아! 넌 꺼져!"

"얼래? 이 말대가리 자식까지 욕을 지껄이네?"

영령은 도끼눈을 뜨며 인상을 썼다.

"한심한 놈아, 넌 지금 나한테 잘 보여야 할 입장이라고. 그러면 내가 비켜줄 수도 있는데 그런 식으로 욕을 지껄이면 내가 순순히 비켜주겠니? 이 쓸모없이 머리통만 긴 새끼야."

"망할 년! 네년의 주둥이를 박살 내버리마!"

반세골은 노성을 지르며 영령을 향해 벼락처럼 일권을 내뻗었다.

콰우우웅!

뇌정권(雷霆拳).

석가보의 절학인 이 권법은 소림의 백보신권과 더불어 천하에 산재한 모든 권법 중에서 상위를 차지하는 무공이었다. 백보신권이 말 그대로 백 보 밖의 물체를 부순다는 뜻에서 비롯된 것처럼 이 뇌정권도 뇌정이 울리는 것과 같은 음향과 함께 상대에게 치명타를 안겨주는 권법이었다.

마치 거대한 암반도 박살 낼 것 같은 엄청난 권풍이 영령을 향해 날아들었다. 이 권풍에 스치기만 해도 갈빗대 몇 대는 족히 나갈 것 같았다.

"흥! 겨우 이까짓 재주로 감히 내 입을 박살 내겠다고?"

영령은 코방귀를 치며 머리에 꽂혀 있던 비녀를 뽑았다. 그리고는 주저없이 그것을 뿌렸다.

쉬이익!

비녀는 마치 먹이를 노리는 뱀처럼 반세골을 향해 날아갔고, 힘차게 뻗어오는 뇌정권의 경력 사이로 파고들었다. 언뜻 보기엔 별것 아닌 동작이었으나 반세골은 느낄 수 있었다. 활처럼 날아드는 비녀에 실린 힘을.

그것은 마치 호수에 돌을 던졌을 때와도 같았다.

처음엔 작지만 갈수록 커다란 파문을 그리며 퍼져 나가는 것처럼 자신이 펼친 뇌정권의 힘을 분쇄했다.

그리고 마침내 시위를 떠난 화살이 과녁에 꽂히듯 뇌정권을 격출한 그 중심에 꽂혀 버렸다.

"으아악!"

반세골은 마치 전류에 감전된 사람처럼 자신의 손을 허공으로 쳐들며 비명을 질렀다. 예상처럼 비녀는 그의 우수를 관통했다.

"어머? 그렇게 아프니? 그러니까 애초에 말을 잘했어야지. 그랬다면 나도 이렇게까지 하진 않았을 게 아니니?"

영령은 그의 앞으로 다가오더니, 마치 진심으로 걱정하는 사람처럼 물었다.

"네가 고통스러워하는 걸 보니 괜히 내 마음도 아프구나. 난 말을 좋아하거든. 고기 중에서도 조랑말 고기를 가장 좋아하고."

"끄으… 이 죽일 년! 그 주둥아리를……."

반세골은 인상을 일그러뜨리며 성치 못한 오른손 대신 왼손을 뻗었다. 그의 좌수는 마치 갈고리와 같은 모습으로 영령의 입을 향해 달려들었다.

"어머! 지금 뭐 하자는 거니? 기껏 걱정해 줬더니만……."

영령은 화들짝 놀라며 신속히 몸을 활처럼 젖혔다. 하지만 젖혀진 속도보다 빠르게 다시 솟아올랐다.

"아무리 생각해 봐도 말대가리 넌 도저히 상종 못할 새끼로구나."

그리고 또다시 비아냥거리는 음성과 함께 무엇인가가 반세골의 콧잔등에 꽂혔다. 영령의 주먹이었다.

뻐억!

"끅!"

반세골은 외마디 비명을 토했다.

갑자기 세상이 하얗게 탈색되며 빙글빙글 돌았다. 다리가 풀리며 전신의 기란 기는 모두 다 빠져나가는 것 같더니, 결국은 썩은 통나무처럼 맥없이 쓰러지고 말았다.

털썩!

"끙… 끄으응……."

반세골은 그로부터 정확히 두 시진 후 똥 마려운 강아지와 같은 신음 소리를 흘리며 천천히 고개를 들었다.

처음엔 눈에 보이는 사물들이 모두 흐릿하며 두세 개로 겹쳐 보였다. 하지만 그 증상은 곧 사라졌다. 하지만 의식이 돌아오자 그는 등 뒤로 손이 묶인 상태로 자신이 무릎 꿇려져 있다는 사실을 알게 되었다.

'어, 여기는?'

주위를 훑어보던 반세골의 눈이 크게 불거졌다. 호피 바닥, 금박 병풍, 옥탁……. 너무도 눈에 친숙한 공간인 대청이었던 것이다.

그 공간의 중심인 상석엔 지옥에서라도 만나고 싶지 않은 사내가 떡하니 앉아 있었다. 철우였다. 그는 실내에서도 여전히 죽립을 쓰고 있었다.

"왜 그랬나?"

철우의 음성은 마치 지옥의 유부(幽府)에서 흘러나오는 것처럼 소름 끼치도록 차가웠다. 뜨겁게 흥분했을 때보다는 차갑게 식어 있을 때가 더 두려운 법이다. 반세골과 같은 입장에서는 더 더욱 그랬다.

"그, 그건……."

철우가 선문처럼 물었음에도 불구하고 그는 무슨 의미인지 충분히 알고 있었다. 하긴, 당하는 쪽이나 그렇게 만든 쪽이나 어찌 그것을 모를 수가 있겠는가? 각자의 운명을 바꾸게 만든 그러한 사건이었으니까.

"수, 수사(首土)님……."

반세골은 더듬거리며 입을 열었다.

"이미… 칠 년 전의 일입니다……. 세월은 덧없이 흘렀고… 세상은 변했습니다……."

"……."

"다시 되돌릴 수 없는 지난 일로 가슴에 한을 품고 살아가기보다는… 차라리 모두 잊고 새로운 삶을 찾으시는 게 옳은 일이 될 겁니다."

"내게 훈계라도 하겠다는 게냐?"

철우의 눈빛이 더욱 차갑게 식었다. 반세골의 이마엔 식은땀이 맺혔다.

'지레 겁을 먹고 물러서면 개죽음뿐이다. 호랑이에게 물려가도 정신만 차리면 살 수 있다고 하지 않던가?'

그는 입술을 살짝 깨물며 이럴 때일수록 정신을 바짝 차려야 한다고 다시 한 번 더 다짐했다.

"그게 아니라 제안을 하는 겁니다."

"제안?"

"수사께서 옛일을 머리에서 지우시겠다면 저의 전 재산 중 반을 드리겠습니다."

"……!"

"비록 노적산 국주만큼은 못 될지라도 악양에서 제일가는 부호 소리를 듣고 있습니다. 재산의 반을 얻으신다면 저처럼 수많은 하인들을 부릴 수 있고, 젊고 늘씬한 여인들을 소실로 맞아들이실 수 있을 겁니다."

"……."

"그깟 돌이킬 수 없는 과거에 연연해 봐야 달라질 게 뭐가 있겠습니까? 차라리 과거를 지우고 삶의 질을 화려하게 꿈처럼 높이는 것이 올바른 처신이라고 생각합니다."

철우가 아무런 대답도 하지 않고 조용히 듣고 있자 반세골은 극도의 긴장과 두려움에서 점차 벗어나기 시작했다.

'흐흐… 그럼 너도 인간인데 물욕이 없다면 말이 안 되지. 근데 이거 내가 너무 많이 주겠다고 한 건 아닐까? 대충 황금 천 냥 정도만 줘도 충분히 먹혔을 것 같은데…….'

자신의 제안을 절대 거절하지 못할 것이라고 판단한 반세골은 이미 철우의 대꾸와는 상관없이 다음 수순까지 치밀하게 머리를 굴리고 있었다.

'그래도 상관없지. 암, 대충 건네주고 그게 반이라면 제깟 놈이 그냥 믿어야지 뭘 어쩌겠어? 현재 내 재산이 정확히 얼마인지는 나도 잘 모르는 판인데……. 흐흐.'

반세골의 입가에 미소가 퍼져 나오는 순간 철우는 태사의에서 천천히 몸을 일으켰다.

"재산의 반을 주겠다고 했나?"

"그렇습니다."

"후훗, 그거… 대단히 매력적인 제안이군. 그런 거금이 생긴다면 나 같은 놈도 커다란 저택에 멋진 여인들을 끼고 화려하게 살 수 있을 테니까."

구미가 당기기라도 하듯 철우의 죽립이 가볍게 끄덕거렸다.

'자식, 꽤나 좋은 모양이군. 하긴… 돈만 있으면 강아지도 멍 첨지 소리를 들을 수 있는데 당연히 좋겠지.'

반세골은 철우가 이미 자신의 제안을 받아들였다고 확신했다. 그러나 그는 곧 자신이 대단한 착각을 하고 있었다는 것을 깨달아야만 했다.

"하지만 이런 상황에서도 끝까지 머리를 굴리며 나를 시험하고 있다는 게 너무 쾌씸하군."

철우는 차갑게 말을 뱉으며 반세골의 얼굴을 걷어찼다.

뻐억!

"으악!"

느닷없이 발길질을 당한 반세골은 비명을 지르며 정신없이 곤두박질쳤다.

"끄으으!"

반세골은 울컥 피를 토했다. 검붉은 핏덩이 속엔 부러진 이 세 개가 있었다.

철우는 더욱 싸늘하게 식은 눈으로 반세골을 직시했다.

"다시 묻겠다. 왜 그랬나?"

"그… 그건……."

반세골은 등골 시린 두려움을 느꼈다. 하지만 예상과 달리 그의 입술은 쉽게 벌어지지 않았다.

철우의 발이 또다시 번쩍였다. 이번에는 옆구리였다.

퍼억!

"꺼어억!"

반세골은 극심한 통증을 느끼며 머리를 바닥에 처박았다. 갈빗대가 부러진 듯 숨을 쉬기가 힘들었고, 몸을 제대로 움직일 수도 없었다.

반세골은 바닥에 머리를 묻고 연신 숨을 허덕거렸다. 그러면서 생각했다. 아무리 무덤까지 갖고 가기로 약속을 했다지만, 여기서 한 번만 더 철우의 발이 날아온다면 생명을 장담할 수가 없을 것이라고.

더 이상 버티다가 개죽음당하지 말고 어서 이실직고를 해야겠다고 결심하는 순간 갑자기 팔뚝이 따끔했다. 반세골은 고개를 쳐들었다. 자신의 팔뚝에 시꺼먼 바늘이 꽂혀져 있는 모습이 시야에 들어왔다.

"그것은 흑침사(黑針絲)다."

철우의 무심한 음성이 그의 고막을 파고드는 순간 반세골은 심장이 떨어지는 것 같은 공포에 사로잡혔다.

흑침사.

그것은 묘강의 흑전갈에서 축출한 기름을 먹인 바늘로, 그것은 무림 인들 사이에선 최고의 고문 도구로 알려졌다. 흑침사의 바늘 구멍에 실을 연결하여 상대의 혈관에 꽂게 되면 바늘은 그때부터 혈관 속을 제멋대로 돌아다니게 된다. 이어 바늘이 다른 쪽 혈관으로 빠져나오면 상대의 몸속엔 실이 관통되어 있는 상태가 된다. 바늘이 들어간 곳과 나온 곳을 양손으로 나눠 잡고, 그것을 톱질하듯 움직이면 아무리 벙어리라 할지라도 알고 있는 모든 사실을 털어놓을 수밖에 없다고 했다.

그렇듯 무림제일의 악명 높은 고문 도구인 흑침사가 반세골의 혈관에 꽂히자마자 제멋대로 움직이기 시작했다.

"으으… 수사! 어, 어서 바늘을 뽑아내십쇼! 모, 모두 다 말해드리겠습니다! 그러니 제발……!"

반세골은 하얗게 질린 얼굴로 애원했다. 하지만 철우는 냉소를 치며 고개를 저었다.

"몇 대 더 두들겨 패면 네놈은 이실직고를 하게 되겠지만, 그래선 내가 너무 아쉬울 것 같아서 안 되겠다. 언젠가 네놈을 만나면 필히 사용하려고 흑침사까지 준비해 뒀으면서 말이야."

"으으… 수사, 제, 제발… 이러지 마십쇼. 그냥 다 말씀드릴 테니…제…제발……."

"아냐. 하고 싶은 얘기는 조금만 참았다가 이따가 말해. 따로 기회를 줄 테니까."

입장이 바뀌었다.

조금 전까지만 해도 죽어도 절대 말하지 않을 것 같았던 반세골은 무조건 얘기하겠다 사정을 했고, 철우는 굳이 당장 듣지 않아도 괜찮다는 식으로 느긋함을 보였다.

마침내 반세골의 체내 혈관을 휘젓고 돌아다니던 흑침사가 반세골의 목젖이 있는 곳에서 튕겨져 나왔다. 철우는 반세골의 왼쪽 팔뚝으로 들어간 실과 목에서 나온 실을 각기 다른 손으로 나누어 잡았다.

스윽!

철우는 톱질을 하듯 실을 오른쪽에서 왼쪽으로 당겨보았다.

"으아아아악!"

반세골은 두 눈을 까뒤집으며 폐부를 쥐어짜는 듯한 비명을 토했다. 단언컨대 살아오면서 이와 같이 끔찍한 고통은 없었고, 이후로도 있을 수 없을 것이다.

단 한 번 실을 슬쩍 잡아당겼을 뿐인데 반세골은 전신을 푸들푸들 떨며 진저리를 치고 있었다. 고통의 잔영이 아직도 남아 있는 듯.

철우는 빙긋 미소를 지었다. 기실 그는 이미 알고 있었다. 자신이 한 대만 더 갈겼어도 반세골의 입은 쉽게 열렸으리라는 것을. 하지만 그렇게 단순하게 반세골을 응징하기에는 그의 한이 너무 깊었다. 하여 흑첨사를 뽑아 든 것이다.

스윽!

이번엔 조금 전과 반대 방향으로 실을 움직였다.

"으악! 으아아아악!"

반세골의 비명은 더욱 처절하고 깊었다.

철우는 눈물과 콧물을 흘리며 사시나무처럼 떨고 있는 반세골을 향해 무심한 음성을 던졌다.

"왜 그랬나?"

"으으… 구, 국주님의… 지시였습니다……."

실의 움직임은 멈췄으나 반세골은 여전히 미친 듯이 떨었고, 그로 인해 그의 음성은 심하게 흔들렸다.

"……."

하지만 그와는 반대로 철우의 얼굴은 딱딱하게 굳어 있었다.

반세골은 철우가 또 실을 잡아당기기 전에 마저 말을 해야 고통이 덜할 것이라 생각했다.

"국주님께서… 표행 중에 무조건 수사를… 없애라고 하셨습니다. 그렇게만 하면… 황금 오백 냥을 주시겠다며……."

"이유는?"

"저희 같은 표사에게… 그 이유까지 말씀하시진 않았지만… 표행 후 나중에 돌아와 보니… 충분히 알 것 같았습니다. 바로… 부용 아가 씨를… 결혼시키기 위한… 것이라는걸."

반세골의 얘기는 다음과 같았다.

노적산은 사위에 대한 욕심이 강했고, 딸의 결혼까지도 사업의 연장 이라고 생각했다. 그런 그에게 일가친척 하나 없는 철우는 애당초 눈 밖의 대상이었다. 부용은 철우와의 결혼을 원했으나 그는 귓전으로도 듣질 않고, 계속 자신의 사업이 확장하는 데 도움이 될 만한 명문가를 기웃거렸다. 하지만 생각처럼 쉽게 인연이 닿질 않았다.

그러던 중 상당히 괜찮은 사윗감을 발견하게 되었다. 수 년 전 대과 에 장원급제를 하고 승정원(承政院)에서 나랏일을 하고 있는 인물이었 다. 평소 황도에 금룡표국의 지부를 설립하고 싶은 게 꿈이었던 노적 산은 사위를 통해 그 꿈을 실현하고 싶었고, 그래서 적극적으로 결혼을 추진했다.

다행히 그쪽도 부용을 마음에 들어하고 있는 만큼 부용만 승낙하면 모든 일이 일사천리로 진행되는 상황까지 왔는데도 그녀는 계속 철우 를 향한 일편단심이었다.

하여 수를 낸 것이 바로 철우를 제거하는 일이었고, 그 일을 반세골 에게 일임했던 것이다.

"그런 식으로… 수사께서 죽었다는 소식이 전해지자 부용 아가씨는 더 이상 버티지 못했죠. 어쩔 수 없이 국주가 정해준 그 사내와 혼례를 치르게 되었죠. 국주는 얼마나 급했는지… 번갯불에 콩을 굽듯 그렇게 딸을 결혼시켰다니까요."

"……"

철우의 표정은 계속 돌처럼 굳어갔다.

그 역시 노적산을 한 번쯤은 의심해 보았다. 하지만 그는 철우가 표행 길을 떠나는 전날 밤에 찾아와서 이렇게 얘기한 적이 있었다.

표행이 끝나고 돌아오면 부용과 혼례를 치르게 해주겠노라고.

자신의 입으로 분명히 그렇게까지 얘기한 사람이 설마 그와 같은 짓을 저질렀겠는가?

게다가 철우가 일 년 만에 돌아왔을 때 그는 왜 이제야 돌아왔느냐며 매우 안타까워했던 모습이 아직도 철우의 기억에 생생하게 남아 있다.

하오배도 아닌 금룡표국이라는 성공 신화를 이룩한 거인이 그와 같은 짓을, 그리고 그와 같은 딴소리를 능청스럽게 지껄일 수 있다는 게 철우의 상식으로는 여전히 이해할 수가 없었다.

"한데… 그토록 고르고 골랐던 사위가 편법이나 불의와는 타협하지 않는 그런 인물이라서… 사위를 통해 사업을 보다 크게 확장하러 했던 국주의 꿈은 물거품이 되고 말았다는 얘기가 들리더군요."

"……."

그것은 철우도 이미 알고 있는 일이었다.

노적산이 철우를 제거하면서까지 선택한 능진걸은 아무리 장인이 청탁을 할지라도 결코 받아들이지 않는 소신과 신념으로 뭉친 사내라는 것을.

"국주는… 제게… 수고했다며 제칠조의 수석 표사를 맡으라고 하였지만… 난 거절하고 돈을 원했죠. 사냥이 끝났는데 굳이 사냥개가 남아 있어 봐야 뭐 하겠습니까?"

"토사구팽당하기 전에 미리 선수를 쳤다는 얘긴가?"

"물론이죠. 그 다음 순서는… 국주의 비리를 알고 있는 내가 될 테니까요. 괜히 뜨겁게 끓고 있는 들통 속에 처박히기 전에… 알아서 그곳을 떠났던 거죠."

"그 대가로 받은 돈은?"

"황금 오백 냥을 주더군요. 그 비밀은 무덤에 들어갈 때까지 영원히 지키는 게 좋을 거라는 엄포를 놓으시면서."

"황금 오백 냥이라……? 그러니까 그 돈을 밑천으로 이곳에서 이와 같은 성공을 이룩한 것이었군."

성공이라는 단어가 나오자 반세룡은 자신의 팔과 목에 실이 걸려 있다는 사실도 잊은 채 뿌듯한 표정을 지었다.

"그렇지요. 아마도… 다른 인간들 같았으면 그 돈으로 주색잡기로 탕진했겠지만… 전 그렇게 살지 않았습니다. 그 돈을 불쏘시개로 삼아서… 나도 노적산 국주처럼 성공하겠노라고 맹세를 했고, 온갖 고생을 마다하지 않으며… 지독하게 살았으니까요."

"후후, 어쨌든 수고했네."

묵묵히 얘기를 듣던 철우의 입가에 처음으로 미소가 번졌다.

"내 목숨 값으로 시작한 것인만큼 자네의 재산을 굳이 반으로 나눌 필요도 없구먼."

"……?"

반세골은 눈을 크게 떴다. 미소 짓는 철우의 표정이 차갑게 식어 있는 것보다도 더욱 불안하고 불길하게 느껴졌다.

"수, 수사님, 그, 그건 당치 않으신 말씀입니다. 아까도 얘기했듯이… 다른 사람들 같았으면 주색잡기로 이미 그 돈을 모두 날렸을 거라니까요."

"다른 사람은 필요없다. 여기서 중요한 것은 어쨌든 자네 재산은 곧 나의 재산이라는 것뿐이니까."

"마, 말도 안 돼. 세상에 그런 억지가 어딨……."

반세골은 그런 억지가 어딨냐며 따지고 싶었다. 하지만 그는 그럴 수 없었다. 그가 억울함을 하소연하는 순간 철우의 시선은 뒤로 돌려졌고, 그곳엔 반세골이 애지중지하던 장식용 비도(飛刀)들이 진열되어 있었다.

쒜애애액!

발출한 사람도 없는데 비도 하나가 무서운 속도로 날아들더니 무자비하게 반세골의 벌려진 입에 처박혔다.

퍼억!

질퍽한 핏물.

반세골의 고개가 천천히 밑으로 꺾여졌다. 그 순간에도 그의 눈은 철우를 향했고, 이렇게 외치고 있었다.

─내가 수많은 악양 사람들에게 욕을 처먹어가면서 칠 년 동안 모은 돈이 모두 네 돈이라고? 날강도 같은 새끼!

털퍽!

그는 그렇게 원망하며 바닥에 머리를 박았다. 너무 억울해서 눈도 못 감은 채…….

철우는 그의 시신을 내려보며 씁쓸한 표정을 지었다.

"억울할 것 없다. 그래도 돈을 불려놓은 게 기특해서 네놈의 마지막은 이기어검으로 장식해 줬으니까."

이기어검.

마음으로 검을 움직이게 한다는 최극강의 무공 경지.

칼밥을 먹고사는 무림인들이 늘 하는 얘기가 있다.

이기어검을 한 번만이라도 구경할 수 있다면 죽어도 좋다고.

하지만 반세골은 강호인이 아니었나 보다. 여전히 부릅뜨 있는 그의 눈은 원통함으로 가득 차 있었으니까.

덜컹.

대청 문이 열리며 영령이 들어섰다. 그녀는 철우가 이곳에서 반세골과 한 맺힌 혈채를 해결하는 동안, 이곳 천외궁에 있는 하인들과 무사들을 모두 감금시키는 역할을 했다.

조용히 마무리를 지어야 할 시기에 괜히 관아나 포두들을 불러 신고하는 일이 없도록 미연에 방지한 것이다.

"이제 다 끝났나 보네?"

그녀는 장내의 상황을 훑어보더니 약간 아쉬워하는 표정을 지었다.

"이 자식, 너무 곱게 보낸 것 같은데? 왜 그랬어요? 머리에서 발끝까지 아작 내버려도 시원치 않을 놈일 텐데……."

"기특한 짓을 해서."

"……?"

뜬금없는 얘기에 영령은 고개를 갸웃거렸다.

"영령아, 만약… 우리에게 엄청난 돈이 생긴다면 제일 먼저 뭘 하고 싶냐?"

"오라버니, 낮술 했어요?"

영령은 계속 뚱딴지같은 소리만 하는 철우를 못마땅하다는 표정으로 쳐다보았다.

"낮술이라? 큭큭, 그러고 보니 정말 오늘은 미치도록 취하고 싶군."

철우는 나지막하게 키득거리더니 이내 쩌렁한 광소성을 토했다.

"그래, 이 세상 누구 못잖은 부자가 됐으니 오늘 우리 한번 실컷 퍼 마셔 보자꾸나! 푸하하하하―!'

'부자?'

영령은 고개를 갸웃거리더니 비도에 처박힌 반세골의 모습을 쳐다 보았다.

'저 자식을 곱게 죽여주는 조건으로 유산 상속을 받았나? 그렇지 않 고서야 돈이 생길 턱이 없을 텐데……?'

나름대로 아무리 생각해 봤지만 그것밖에는 떠오르는 게 없었다.

'음, 밑져야 본전인데 옷이나 한 벌 해달라고 해볼까?'

고작 그것뿐이었다.

어차피 그녀는 별로 믿고 싶지도 않았으니까.

第十六章

살판난 남장 여자

과연 천하제일의 호수였다.

장강의 물이 모두 모여 있기라도 하듯 사방 팔백 리의 동정호는 가도 가도 끝이 없는 하나의 바다였다.

쏴아아아!

한 척의 커다란 범선이 동정호의 푸른 물살을 헤치며 나아가고 있다. 범선에는 하늘을 찌를 듯이 높고 넓게 퍼져 있는 세 개의 돛이 있었고, 돛마다 아름다운 대형 산수화가 그려져 있었다.

또한 선두와 선미에는 오색 유등이 달려 있었다. 밤이었다면 수면에 반사되며 흔들리는 화려한 오색 등불을 볼 수 있었겠지만 안타깝게도 지금은 낮이었다.

물살을 가르는 범선의 선두에 한 사내가 호수를 향해 우뚝 서 있었다. 훤칠한 키와 넓은 등판, 그리고 얼굴을 가리고 있는 죽립과 바람결에 펄럭이는 낡은 장삼에선 어딘가 모를 쓸쓸함이 느껴지는 그런 사내였다.

철우, 바로 그였다.

악양에서 시간이 많이 늦춰졌다.

물론 그 어디에 간들 기다려 주는 사람이 있는 건 아니지만 이렇게까지 오래도록 그곳에서 머물러 있게 될 줄은 아무리 생각해도 뜻밖이었다.

한 달 이상 그곳에 머물러 있어야 했던 이유는 반세골의 재산 때문이었다. 반세골에겐 많은 여자가 있었지만 정식 부인은 없었다. 그리고 그는 자식도 두질 않았다. 그의 수족 같은 총관 단왜의 말에 의할 것 같으면, 자식 욕심은 많았지만 신체적인 문제가 있는 것 같다고 했다.

재산은 엄청났다. 일단 그가 보유하고 있는 황금만 해도 무려 만 냥이 넘었고, 그 외에 그가 세를 받고 있는 상점들과 상인들에게 깔아놓은 돈, 그리고 전답과 토지 등 천외궁의 식구들까지도 그의 재산이 그토록 어마어마할 줄은 미처 모를 정도였다.

막상 반세골이 죽고 나니 그 많은 재산이 허공에 떴다. 철우는 '모든 재산은 자신의 것'이라고 반세골에게 공언했듯이 서슴없이 재산을 처분했다.

우선 천외궁에서 일하던 많은 식솔들이 독립할 수 있도록 토지와 전답의 대부분은 그들 몫으로 돌려주었고, 반세골이 상인들에게 깔아놓은 돈은 갚지 않아도 된다고 통고하는 등 그는 총관 단왜를 통해 그 많은 재산을 분배했다.

그리고 그것들이 모두 차질없이 진행될 수 있도록 달사와 적사, 그리고 총관인 단왜에게 부탁했다.

"수고하셨습니다, 단 총관님."

철우는 단왜에게 술을 한잔 따라주며 그간의 수고를 치하했다. 기실 그가 아니었다면 반세골의 재산이 얼마인지, 어떻게 형성되어 있는지 알 수조차 없는 상황이었는데 다행스럽게도 단왜는 지시대로 잘 따라주었다.

하지만 엄격하게 말하자면, 단왜도 처음엔 허공에 뜬 임자없는 재산을 갖고 장난을 치려고 했다. 자신이 직접 스물두 군데의 상점을 돌아다니면서 셋돈을 받아내는 역할을 했음에도 불구하고 반세골이 보유하고 있는 상점의 수는 세 곳밖에 없다고 보고했던 것이다.

그랬다가 재수없게도 옷을 사기 위해 시전을 돌아다니던 영령에게 보고하지 않은 상점에서 돈을 받고 있는 모습을 직통으로 걸렸다. 이후 단왜는 그녀에게 복날 개처럼 얻어터졌고, 두 번 다시 사기 치다가 걸리면 그땐 진짜 죽을지도 모른다는 공포에 사로잡히게 되었다. 따지고 보면 단왜의 충실함은 자발적이 아닌 영령의 힘이었던 것이다.

"정말 이해 못할 친구군. 마음만 독하게 먹으면 모두 자네의 재산이 될 수도 있었을 텐데……."

문득 달사가 이해할 수 없다는 표정으로 철우를 응시했다.

비록 한때는 서로의 심장에 비수를 겨누었던 적이었으나 싸움은 이제 끝났고, 몸도 불구가 되었다. 사부인 혈불과 독목수라는 제자들에게 복수를 지시할 정도로 원한을 잊지 못했지만, 그들은 굳이 그러고 싶지 않았다. 아니, 좀 더 자세히 얘기하자면 그런 의욕이 전혀 생기질 않았다.

물론 처음 팔과 다리가 잘렸을 땐 그들도 마찬가지였다. 그러나 엄청난 무공에도 불구하고 지나치게 겸손하고, 타인에 대한 배려심이 깊은 철우의 모습을 한 달 가까이 지켜보면서 복수심보다는 묘한 정을 느끼게 되었다. 그래서 그들은 철우가 내미는 손을 잡으며 미소를 지을 수 있었던 것이다.

"눈앞에 황금이 가득하건만 어떻게 인간이 그처럼 물욕이 없을 수가 있는지 신기할 뿐이네."

적사 역시도 철우의 행동을 쉽게 이해할 수 없다는 표정으로 묻고 있었다. 철우는 술잔을 들이킨 후 잔을 내려놓으며 미소를 지었다.

"후훗… 그런 게 있으면 맘껏 떠돌아다닐 수가 없잖아."

"그럼 앞으로도 계속 떠돌이 생활을 할 생각이란 말인가? 그럴 거라면 차라리 이곳에 남게. 그래서 남은 세월 술이 생각나면 함께 술을 마시고 얘기도 나누면서 그렇게 사세."

달사는 떠나려는 철우를 그렇게 만류했다.

"미안하네. 나 역시 좋은 벗들과 함께 즐겁게 웃으며 살아가고 싶네만, 아직은 그럴 수가 없는 입장이라네. 이해해 주게."

"그럴 수 없다는 것은 해야 할 일이 남았다는 얘긴가?"

이번에는 적사가 물었다.

철우는 대답 대신 고개를 끄덕였다.

"하면 자네의 그 일이 다 끝나면 이곳으로 돌아올 수 있겠나?"

"자네들이 계속 이곳에 남아 있을 거라면."

"하하! 좋아, 기다리겠네. 자네가 돌아올 그날까지."

적사는 웃으며 손을 내밀었고, 철우는 그 손을 잡았다. 그 위에 달사의 손이 얹어졌다. 그리고 세 사내는 크게 웃었다.

눈이 내린다.

올해의 첫눈이었고, 여느 겨울보다 비교적 이른 첫눈이었다. 철우는 배 위에서 첫눈을 맞이했고, 내리는 눈발 사이로 지난밤 이별주를 나누던 그들의 모습을 떠올리고 있었다.

"젠장! 지겨워 죽겠네."

문득 범선의 객실에서 한 청년이 투덜거리며 걸어나왔다.

"한잠 자고 일어났는데도 아직도 육지가 보이질 않다니… 도대체 뭍에는 언제 도착할 거야?"

검은 무복의 청년.

눈처럼 흰 피부에 정갈한 이목구비와 호리호리한 체형. 사내라고 하기엔 무척 아름다운 미청년이었다. 짙은 눈썹과 구레나룻만 아니었다면 누구나 당연히 여자라고 생각했을 정도로.

그는 철우의 옆으로 다가가며 입을 열었다.

"오라버니도 얼마나 남았는지 모르나요?"

오라버니?

이게 무슨 얘긴가? 설마 구레나룻의 이 청년이 정말 여인이란 말인가?

그랬다. 흑의 무복의 미청년은 다름 아닌 바로 영령이었다.

비록 남장을 하고 있었지만 그녀는 누가 보아도 도저히 구별할 수 없을 만큼 확실한 남자의 모습을 하고 있었다. 일단 그녀의 키가 여느 남자들 못잖게 훤칠했고, 짙은 눈썹과 구레나룻은 그녀가 여자라는 생각을 전혀 할 수 없도록 만들게 했다.

이 이유는 양성용안공(兩性用顔功) 때문에 가능할 수 있었다. 양성용안공은 남자가 여자로 변신하고, 여자가 남자로 변신하는 데 용이하게 만드는 역용술로서 살수 집단 흑혈천의 비기였다. 이 역용술은 얼굴의 모공을 열거나 닫는 방법으로 남성이 여성으로 변신할 때는 얼굴의 모공을 줄이고, 여성이 남성으로 변신할 때는 모공을 늘이는 방식으로 아무리 안력이 높은 고수라 할지라도 속을 수밖에 없도록 만드는, 그야말로 놀라운 수법이었다. 하여 살수들이 남장이나 여장으로 상대를 속이는 게 가능했고, 그로 인해 청부에 대한 성공률을 한층 높일 수 있었다.

하지만 이 양성용안공은 결코 만능은 아니었다. 이목구비를 변하게 하거나 키를 늘리거나 줄이는 것은 불가능했고, 그냥 얼굴의 모공을 늘이거나 줄이는 것으로 사람들의 안목을 속이는 게 가능한 정도의 역용술일 뿐이었다.

무의식적으로 철우를 오라버니라고 부른 영령은 인상을 찌푸리며 자신의 입을 때렸다.

"이런 젠장, 입에 붙었군. 오라버니라고 할 거면 뭐 하러 남장을 했누?"

"그러기에 남장은 왜 해가지고 스스로를 피곤하게 만드는 거냐?"

철우는 고개를 돌리며 어처구니없다는 표정을 지었다.

"별의별 이상한 놈들이 찝쩍거리고 수작을 부리는데 그냥 있을 수는 없잖아요?"

"그래서 기껏 생각한 게 남장이냐?"

"당연하죠. 남장을 하니까 그 이후 오라버니도 보셨다시피 나에게 수작 부리는 그 어떤 놈도 없었잖아요. 이년, 저년 하는 자식들도 없고."

영령은 그런 일들이 넌덜머리가 나서 아예 남장을 하고 다니기로 작정했던 것이다.

"오라버니, 아니지. 철우 형."

"형?"

"그렇게 부르기로 했잖아요? 남장을 하고도 오라버니라고 부르면 남들이 미친놈으로 볼 테니까."

이것 역시 영령 스스로가 제안하고 철우가 뭐라고 대답도 하기 전에 스스로 결정 내린 일이었다. 그녀의 말대로 남장을 했으니 호칭도 변해야 한다는 것을 이해는 하지만, 정작 오라버니 대신 형이라는 호칭을 들으니 입맛이 써도 너무나 썼다.

"남들이 있을 때만 그렇게 부르기로 했잖아?"

철우가 떨떠름한 얼굴로 쳐다보았으나 그녀는 대수롭지 않게 대답했다.

"없을 때 충분히 연습해 두어야지 실수를 안 하는 법입니다. 아시겠습니까, 철우 형?"

"끙……."

"근데… 철우 형, 여기서 혼자 무슨 생각을 하고 있었습니까? 혹시 돈을 이리저리 다 분배하고 나니까 아깝다는 생각을 한 건 아닌지……."

"영령아, 부탁이 있는데 하나 들어줄래?"

"헛허, 살다 보니 형이 나한테 아쉬운 소리를 할 때도 다 있군요."

'헛허?'

남장을 했다고 웃음소리까지 자연스럽게 바꾼 영령의 모습에 철우는 더욱 어이가 없었다.

"그래, 부탁이란 게 뭡니까, 철우 형?"

"그냥 오라버니라고 부를 수 없으면 차라리 호칭을 생략해라. 너한 테 형이라는 소리는 차마 못 듣겠다."

"에이, 그래도 연배가 훨씬 위인데 어찌 생략합니까? 나, 그렇게 막 자란 놈 아닙니다? 헛허."

'놈?'

철우의 눈은 더욱 크게 불거졌다. 그러더니 이내 고개를 설레설레 저었다.

'끙, 신이 왜 콧구멍을 굳이 두 개로 만들어주었는지 이제야 알 것 같군. 이럴 때 기막혀 죽지 말라는 뜻이었어.'

"어? 왜 그러십니까? 혹시 배 멀미를……?'

영령이 의아한 표정으로 쳐다보자 철우는 손을 저으며 등을 돌렸 다.

"너랑 계속 얘기하다가는 아마 물속에 뛰어들고 싶은 충동을 느낄 것 같아 안 되겠다. 그만 객실로 들어가야겠다."

"어, 뭐야? 철우 형! 같이 갑시다!"

영령이 철우의 뒤를 따라가는 순간 객실에서 두 명의 여인이 나오고 있었다. 그중 젊은 여인은 모든 이들의 시선을 끌 만큼 대단히 화려했 고 아름다웠다.

일단 백의 궁장과 그 위에 걸친 순백의 모피부터가 고급스럽고 화려 했다. 나이는 이십대 초반으로 보였는데, 그녀가 또래의 다른 여인들 과 확연히 다른 것은 균형 잡힌 아름다운 교구에서 발산하고 있는 싱 싱함이었다. 은빛 물살을 차고 오르는 은어라 할까, 아니면 힘차게 비 상하는 백조라고 할까?

그녀에게선 청춘의 영기를 느끼게 하는 신선함과 발랄함이 넘쳐흐르고 있었다. 그리고 그 생명력은 나긋나긋하고 연약해 보이면서도 무한한 탄력을 내재하고 있는 듯한 그녀의 몸매에서 더욱 두드러지게 빛을 발하고 있었다.

마치 초원을 달리는 암사슴과도 같이.

"……!"

해맑은 아름다운 속에 청초한 생명의 숨결을 느끼게 하는, 그래서 더 관능적으로 느껴지는 절세 미소녀는 마치 무엇에 홀린 듯한 시선으로 철우의 뒤를 따르고 있는 영령의 얼굴을 망연히 바라보았다. 영령이 그녀의 곁을 스치고 내실로 들어가자 영령이 움직이는 동선을 따라 그녀의 고개도 움직였다.

"왜 그러세요, 군주(郡主)님? 아는 사람인가요?"

옆에서 시중을 드는 사십대 초반의 시녀가 의아한 표정을 지었다. 그렇게 말을 해놓고도 자신의 말에는 상당한 모순이 있다는 것을 시녀는 인식하지 못했다. 백의 궁장 여인의 어린 시절부터 지금까지 줄곧 자신이 곁에 붙어서 시중을 들어놓고 어찌 그녀에게 자신이 모르는 사람이 있겠는가?

"……."

하지만 궁장 여인은 여전히 아무런 말이 없었다. 영령이 사라진 공간을 계속 넋 놓고 바라보고 있을 뿐이었다. 한참 동안 그렇듯 홀린 사람처럼 넋을 놓고 있던 그녀의 앵두 같은 입술이 열렸다.

"냉모(冷母), 방금 들어간 사람 봤니?"

"누구요? 죽립인 말인가요, 아니면……?"

"그 사람 말고 흑의 무복의 사내 말이야."

"예, 언뜻 봤어요. 근데 왜……?"

"너무 아름답지?"

"예?"

"냉모, 난 이제야 비로소 처음 알았단다. 이 세상에 그렇게 아름다운 사내도 있다는 사실을……."

궁장 여인은 자신의 머리 위로 눈이 덮이고 있다는 사실도 잊은 듯 두 눈을 사르르 감으며 마치 꿈결처럼 뇌까리고 있었다.

그녀로서는 스물두 해를 살아오면서 처음으로 느껴보는 설레임이었다.

＊　　　＊　　　＊

능진걸은 궤안(几案) 위에 올려져 있는 서류 더미를 검토하고 있었다. 그의 궤안 위에는 늘 서류 더미가 산더미처럼 쌓여 있다. 그럴 수밖에 없었다. 열심히 일하는 사람일수록 더 일이 많은 법이니까.

능진걸이 전임들처럼 시간이나 때우고 웬만한 일들은 대충 넘어가는 성격이었다면 이토록 많은 서류가 그의 궤안 위에 올려져 있지 않았을 것이다. 대부분의 전임들은 자신의 부하들이 서류를 갖고 오는 것처럼 귀찮아했고, 설령 대단히 중요한 사안이라 할지라도 대충 처리하는 방법들을 터득하고 있었기 때문이다.

"휴, 더 추워지기 전에 장수촌(長壽村) 노인들께 쌀과 땔감을 보내드려야 할 텐데……."

그는 문득 무거운 표정으로 긴 한숨을 내쉬었다.

장수촌은 말 그대로 장수하는 노인들이 많다고 해서 지어진 부락 이름이었다. 서류를 검토하다 보니 그 노인들을 지원할 물자가 부족한 실정임을 알게 되었다. 이미 창고에는 모든 물자가 거의 바닥이라는 것을…….

금릉의 만중왕에게 지원 요청을 하면 신속히 보내줄 것이다. 하지만 내키지가 않았다. 만중왕은 철저히 계산에 따라 움직이는 사람이다. 하나를 내주면, 그만한 값을 해주길 원하는 만중왕의 생활 방식이 그는 부담스러웠다.

하지만 그에게 요청을 하지 않고선 뚜렷한 방법이 떠오르질 않았다. 그렇다고 장수촌 노인들을 모른 척할 수도 없고…….

이마에 손을 얹고 쉽게 떠오르지 않는 방법을 강구하고 있을 때였다.

덜컹!

"서, 성주님, 이, 이리 나와보십쇼."

그의 부관 전칠이었다.

예절 바르기로 소문난 전칠이건만 어쩌나 급했는지 예고도 없이 다급하게 문을 젖히고 들어섰다.

"아, 아니?"

능진걸은 눈을 크게 부릅떴다. 항주 관아의 넓은 마당은 수레로 가득 차 있었고, 표사들이 수많은 표화물을 내려놓고 있었다.

능진걸은 당혹스런 음성을 토했다.

"뭐요, 이것은?"

능진걸이 나타나자 한 사내가 그의 앞으로 나서며 정중히 포권했다. 사십대 후반에 각진 얼굴이 인상적인 인물이었다.

"성주님이십니까? 전 호북의 악양성에 있는 동정표국의 수석 표사인 추도명(秋道明)입니다."

"대체 무슨 일이오? 악양에서 이곳까지 표물이 온다는 보고를 받은 바가 없거늘……."

"이것을 받아보시지요."

추도명은 품속에서 굳게 봉인되어 있는 서찰을 내밀었다.

항주 성주 친전.

갑자기 하늘에서 돈벼락이 떨어졌는데, 이것을 달리 처분할 방법이 떠오르지 않는구려. 해서 뭔가 의미있는 일에 쓰고 싶은데 솔직히 이 땅의 관리들을 내가 별로 신뢰하는 편이 아니라서 어쩔 수 없이 당신에게 보낸 것이오. 황금 오천 냥, 은자 만 오천 냥, 그리고 쌀과 소금 등을 보내니 필요한 백성들에게 나눠 주시면 감사하겠소.

……중략(中略)…….

내가 누군지 궁금할 수도 있을 것이오. 하지만 그건 알아봐야 전혀 의미가 없는 일이니 혹시라도 나에 대해서 알고자 하는 수고 따위는 하지 않았으면 하오.

……중략(中略)…….

나라님도 구제할 수 없다는 게 가난이오만, 그래도 어렵고 힘든 사람들에게 조금이라도 도움이 되었으면 하오. 부디 좋은 일에 사용해 주시오. 귀찮게 해서 미안하오.

서찰은 그렇게 끝이 났다.

"화, 황금 오천에 은자 만 오천 냥이라니……?"

능진걸은 보내온 재화의 규모에 더욱 놀랐고, 서찰을 보낸 사내의 당부가 있었음에도 불구하고 그의 정체가 더욱 궁금할 수밖에 없었다.

"대, 대체 이자가 누구요?"

"죄송합니다만 그것은 밝힐 수가 없습니다."

추도명이 난처한 신색을 지었다. 능진걸은 얼굴을 붉혔다.

"무슨 소리요? 하면 나더러 누가 보냈는지, 어떤 화물인지 출처가 불분명한 그런 표물을 군소리없이 받으라는 얘기요?"

"의뢰인이 원치 않는다면 밝히지 않는다는 것이 표국의 불문율입니다. 성주님께서 혹여 문제있는 표물은 아닌가 하는 부분에서 걱정하실 수도 있겠지만, 동정표국과 저의 명예를 걸고 약속하겠습니다. 절대 그런 건 걱정하지 않으셔도 됩니다."

"……."

능진걸은 더 이상 묻지 않았다. 이름을 밝히지 않고 기부를 하는 경우가 굳이 처음 있는 일을 아니었다. 하지만 그래도 이번 경우는 너무도 물량이 거대했고, 그래서 받기가 조심스러울 수밖에 없었다.

'대체 누군가? 어떤 자가 이런 일을……?'

수많은 사람들을 머리 속에 그려보았지만 아무리 생각해도 그럴 만한 사람은 떠오르지 않았다.

*   *   *

형주(荊州).

호북성 남단에 위치한 그리 크지 않은 현(縣)이이었으나 호북의 성도(省都)인 무창과 하남성으로 넘어가는 쭉 뻗은 관도가 교차되는 교통의 요충지로서 이동하는 사람들로 항시 붐비는 곳이었다.

형주객잔.

교차되는 관도 위에 위치한 아담한 객잔이었다. 점심때라 그런 탓인지 빈 탁자가 보이지 않을 정도로 손님이 가득했다.

한쪽 구석에서 죽립을 쓴 사내와 흑의 무복을 한 청년이 식사를 하고 있었다. 철우와 영령이었다.

"젠장, 더 이상은 도저히 못 먹겠다."

영령은 수저를 내려놓으며 투덜거렸다.

"왜?"

철우는 소면을 먹다 말고 고개를 들었다. 영령은 못마땅한 표정으로 철우를 응시했다.

"왜긴 뭐가 왜예요? 목에 넘어가지 않으니까 못 먹겠다는 거지."

"이 집 음식이 입에 안 맞나 보군. 난 괜찮은데……."

"우리, 남도 아니고 오누이 사인데 좀 솔직해지면 안 될까요?"

영령은 자못 진지한 표정을 지었으나 철우는 계속 국수를 먹으며 건성으로 대답했다.

"뭘?"

"그 말대가리의 엄청난 재산을 처분하면서 진짜 뒤로 한 푼도 안 챙겼단 말입니까?"

"뭔가 했더니만 또 그 얘기냐?"

"잊어버리고 있다가도 밥을 먹을 때만 되면 짜증이 나니까 하는 얘기죠."

"뭐가 짜증이 난다는 게냐? 끼니를 거른 적이 있는 것도 아닌데……."

"치잇! 매번 가장 싼 소면이나 먹는데 그럼 속이 편할 것 같나요? 저도 비싸고 맛있는 음식을 먹을 줄 안다고요!"

영령의 불만은 반세골의 엄청난 재산을 처분하면서 자신의 주머니엔 단 한 푼도 챙기지 않았다는 바로 그것이었다.

철우는 영령이 연신 투덜거리든 말든 국물까지 깨끗이 들이마시고는 천천히 그릇을 내려놓았다.

"끄윽! 자알~ 먹었다. 그동안 여러 객점에서 소면을 먹었지만 난 이 집 소면이 가장 괜찮은 것 같구나."

"흥! 철우 형이야 체질이라서 그런지 모르겠지만, 난 지금 영양실조로 쓰러지기 직전이라고요! 그러니 더도 말고 덜도 말고 장육이랑 웅족탕 하나씩만 시키죠? 일주일 동안 남의 살을 안 먹었더니만 머리가 어질어질하고, 꿈에선 돌아가신 아버지가 자꾸 오라고 손짓을 하고, 정말 미칠 지경이라고요!"

영령은 꽤나 육식을 좋아하는 여인이었다. 그런 영령이 일주일 동안 소면만 먹었으니 엄살도 무리는 아니었다. 철우는 난처한 표정을 지었다.

"이거 어쩌지? 도저히 그럴 만한 주머니 사정이 아닌데……."

"철우 형, 내가 뭐라고 안 할 테니까 뒤로 챙긴 것 좀 제발 이 기회에 쓰십쇼."

"네 옷 사줬잖아? 뒤로 챙긴 것은 오직 그것뿐이라고. 이렇게 먹고 싶은 게 많았다면 그때 좀 많이 챙기라고 하지 않고."

"치잇! 내가 하고 싶은 얘기가 바로 그 얘깁니다. 왜 그때 겨우 옷 한 벌만 사달라고 했는지 내 입을 찢어버리고 싶은 심정이라고요."

영령이 자신의 양 볼을 잡아당기며 심각하게 자학(?)을 하자 철우는 더 이상 못 보겠다는 듯 손을 내밀며 그녀의 행동을 제지했다.

"알았다. 장육과 웅족탕은 형편상 좀 그렇고, 대신 만두를 시켜줄 테니까 이제 좀 그만 해라."

"뭐라고요? 겨우 만두?"

"왜? 싫어? 싫으면 관두고."

철우가 일어나려 하자 영령은 허둥거리며 그를 제지시켰다.

"됐어요. 그거라도 시켜줘요. 영양실조 걸린 인간이 뭔들 못 먹겠습니까. 에휴!"

잠시 후 만두가 나왔다. 영령은 어른 주먹만한 고기 만두 열 개를 게 눈 감추듯 해치웠다.

"끄윽, 억지로 먹었네."

길게 트림을 하면서도 여전히 못마땅한 표정이었다. 철우는 어이가 없었다.

"먹어보란 소리 한마디 없이 혼자 순식간에 해치워놓고서 뭐, 억지로 먹었다고?"

"진짜로 먹고 싶은 건 따로 있었는데 그럼 제대로 먹었겠습니까?"

"끄응, 알았다. 내 생각이 짧았다는 거 인정할 테니 이제 그만 일어나자."

철우가 일어서려 하자 영령은 다시 한 번 그를 제지하였다.

"왜, 또?"

"어디로 갈지 행선지부터 정하자고요. 날씨도 차가운데 괜히 밖에서 갈팡지팡하지 말고."

"……?"

그녀의 얘기에 철우가 눈을 휘둥그렇게 떴다.

"무슨 얘기야? 무창을 중심으로 놓고 일을 벌여 나가기로 계획했잖아?"

"원래는 그랬지만 상황이 바뀌었잖아요?"

"상황이라니?"

"아무리 우리 아버지와의 약속이 중요하다지만, 지금 철우 형의 상태로 무창에 있는 수많은 일류고수와 비무를 해나갈 수 있겠어요? 난 그러기 힘들 거라고 보는데. 아닌가요?"

"······."

영령의 얘기에 철우는 대답하지 못했다.

사실 이들이 천하 무림의 중심이라 할 수 있는 호북성에, 그리고 무창에 온 이유는 이곳에서 이름을 얻기 위함이었다.

무림맹이 무창에 있고, 무당파와 형산파, 제갈세가를 비롯한 수많은 무림 거대 명파가 있는 곳이 호북성이다. 철우가 이곳에서 수많은 강자들을 쓰러뜨린다면 그의 명성은 한없이 치솟게 될 것이다. 그리고 그 명성을 발판으로 문파를 차리겠다고 마음먹으면 자금을 지원해 줄 사람들이 널렸을 것이며, 수많은 사람들이 그의 무술을 배우기 위해 자연스럽게 모여들 것이다.

하지만 그러기에는 마음이 편치가 않다. 시도 때도 없이 불끈불끈 치솟는 분노를 감내하기가 힘든 실정이었다.

호북과 무창에서 제대로 명성을 얻으려면 최소 반년은 걸릴 것이다. 그것도 명성을 얻기까지의 시간만 최소 반년이다.

처음부터 무당파의 운학 진인(雲鶴眞人)이나 형산파의 천룡신검(天龍神劍)과 같은 최극강의 절대고수가 그의 도전을 받아줄 리는 만무하기 때문이다. 차근차근 명성을 얻고, 그 명성을 퍼져 나가게 함으로써 결국 호북의 모든 고수들이 철우의 비무 신청을 받아주지 않을 수 없도록 만들게 하기까지 그만큼의 과정과 시간이 필요한 것이다.

"그런데 그 망할 놈의 말대가리를 만나서 모든 사정을 다 알게 되었는데 그럴 수는 없잖아요? 비무 통해 명성을 얻고, 그로 인해 문파까지 세우려면 시간이 일 년 이상 걸릴 수도 있는데 말예요."

"그럼 나더러 어쩌라는 얘기냐?'

"옆으로 가지 말고 위로 올라갑시다."

영령은 엄지손가락을 북쪽 방향으로 까딱거리며 미소를 지었다.

"먼저 낙양의 금룡표국에 가서 해결할 일부터 하자고요. 아시겠죠?"

철우는 당혹했다. 영령이 무엇을 얘기하는지 그가 어찌 모르겠는가?

"하지만……."

"미안해할 것 없어요. 우리가 어디 남입니까? 남이 아니잖아요, 안 그래요?'

영령은 가볍게 미소 지었다. 그러나 철우의 얼굴은 결코 밝지가 못했다.

"금룡표국의 노적산 국주를 상대하는 일은 반세골 때와는 달라. 노적산은 하남성 제일의 유명 인사이자 수백여 명의 고수와 수십 명의 절정고수가 그의 그늘 아래 모여 있다. 게다가 소림을 비롯한 하남성 내의 무림 명파들이 금룡표국과 손이 닿아 있는 실정이고."

"그래서요?'

"그에게 복수를 한다는 일은 계란으로 바위를 치는 것처럼 무모하기 짝이 없는 일이다."

"그러니까 문파를 세우기 전에 복수를 하다가 객사할 수도 있다는 얘긴가요?'

영령의 반문에 철우는 고개를 끄덕였다.

"자칫하면 난 천주와의 약속을 지킬 수 없게 될지도 몰라."

"설마 그런 일이야 생기겠어요? 우리 아버지가 철우 형에게 들인 밑천이 얼만데…….”

영령은 대수롭지 않게 대꾸했다.

“그리고 적수공권으로 무림의 중심인 무창에다가 일문을 세운다는
것은 어디 또 만만한 일이겠어요? 그렇게 간단한 일이었다면, 우리 아
버지가 죽는 순간까지 한으로 남는 그런 일은 없었을 테고요.”

“…….”

“고루격공도맥대법을 우습게 생각하지 마세요. 이젠 어느 누구도 철
우 형의 털끝 하나 건드릴 수 없는 공전절후한 공력의 소유자가 되었
어요. 지난번 적사와 달사와의 대결을 통해 이미 자신의 공력이 어떤
지 충분히 느끼셨을 텐데 왜 이렇게 약한 모습을 보이실까?”

영령은 빙긋 미소를 지었다.

공전절후의 공력.

세상은 넓고 알려지지 않은 고수도 많은 법이거늘, 영령은 천하제일
의 공력도 아닌, 앞에도 없고 후에도 없을 공전절후한 공력이라고 자신
있게 칭하고 있다. 그만큼 고루격공도맥대법을 통해 완성된 철우의 공
력에 그녀는 당사자보다도 더 큰 신뢰를 갖고 있었다.

“쯧, 내가 사내로만 태어났어도 그 대법의 주인은 내가 되었을 텐
데…….”

영령은 그게 못내 아쉽다는 듯 입술을 삐쭉거렸다.

그것은 사실이었다. 고루격공도맥대법은 극음지체인 고루마인들
을 통해 펼치는 술법이었던 탓에 애당초 여인은 대법의 대상이 될
수가 없었다. 때문에 백골문의 일맥으로 대법을 시전할 수 있는 유
일한 인물이던 사도혼이 가장 안타까워했던 부분이 바로 그것이었
다.

"아무튼 전 이미 결론 내렸으니까 더 이상 그 문제로 이절 삼절 하는 일 없이 이걸로 끝내자고요."

영령은 손을 저으며 일어났다. 걸어나가기 위해 몸을 돌린 영령의 눈이 문득 크게 확대되었다.

"얼씨구? 저것들이 지금 뭐 하는 거야?"

식사를 하고 있는 두 여인을 놓고 세 명의 젊은 사내가 한창 수작을 부리는 모습이 그녀의 시야에 들어온 것이다.

"히야? 도대체 뭘 믿고 이렇게 예쁜 거냐?"

"낄낄, 그야 당연히 날 위해가 아닐까?"

"이런, 피부도 어쩜 이렇게 뽀얗고, 어린아이 살결 같으냐? 이쁜아, 이 젊은 오라비가 한번 만져 봐도 되겠지?"

사내들은 모두 삼십대 초반으로 보였고, 허리춤에 큼직한 막도나 감산도 등을 차고 있었다. 태양혈이 불끈 솟아오른 것으로 보아 첫눈에도 꽤 오랜 수련을 거친 무림인들이란 것을 느낄 수 있는 그런 사내들이었다.

사내들은 두 명의 여인 중 삼십대 여인은 거들떠보지도 않은 채 백의 궁장 여인에게만 집중적으로 치근덕거렸다. 객점 안엔 사람들이 많았으나 어느 누구도 나서지 않았다. 혹시라도 봉변당하는 일이 생기지 않도록 고개를 푹, 숙였다.

"저 망할 놈의 자식들이 또 나타났군. 에휴, 내가 십 년만 젊었어도 저 망할 놈들을 박살 내버릴 텐데……."

"십 년만 젊어서 될까? 형주삼귀(荊州三鬼)는 이곳에서 가장 성질이 높은 무림인들인데……."

형주삼귀.

일명 형주의 무법자로 불리는 인물들로, 형주 내에서 가장 활발하게 악당 짓을 일삼는 세 명의 의형제였다. 유비, 관우, 장비가 도원(桃園)에서 의형제를 맺은 것과는 달리 그들은 기루에서 기녀를 끼고 질펀하게 놀다가 기루결의를 맺은 걸로 알려졌다.

괜찮은 여자만 보면 발정 난 수캐로 변신하는 공통점을 가진 이들은 임산부 윤간에서부터 수행하는 비구니 겁탈, 심지어는 시간(屍姦)까지 할 정도로 그동안 형주에서 벌인 이들의 성추행은 무려 수십 건이었다.

그럼에도 이들이 이렇게 굳건하게 존재할 수 있는 것은 형주에선 적수가 없을 정도로 무공이 강했기 때문이다. 하여 포졸들도 이들을 상대하려다가 괜히 자신들만 다치는 게 두려워 아무리 신고가 들어와도 웬만하면 대충 넘어가는 실정이었다.

그렇지 않아도 늘 발정 날 준비가 되어 있는 형주삼귀의 앞에 눈이 번쩍 뜨일 만한 젊은 미녀가 식사를 하고 있었으니, 이들이 침을 흘리며 껄떡대고 있는 건 너무도 당연한 일이었다.

"이 사람아, 내가 얘기 안 했나? 나이를 먹으면서 무공을 전부 까먹었다고. 무공만 까먹지 않았어도 저 수캐들을 모두 확실하게 뭉개 버리는 건데……."

"나이 때문에 무공을 까먹었다고?"

"응, 그렇다네. 에휴, 이래서 나이를 먹으면 죽어야 한다니까."

'내참, 오십 평생을 살면서 나이 때문에 무공을 까먹었다는 인간이 있다는 건 처음 들어보는군.'

사람들이 작은 소리로 수군거리자 세 명의 사내 중 막내인 들창코가 고개를 돌리며 험악하게 소리를 질렀다.

"뭐야, 이 새끼들아! 우리가 이러는 게 기분 나쁘냐? 그럼 계집애처럼 종알대지 말고 당당하게 지껄여 보라고!"

"……."

단 한 번의 노성에 모든 사람들의 고개가 일제히 밑으로 떨어졌다. 행여 눈이라도 마주쳤다가는 어떤 봉변을 당할지 뻔했기 때문이다.

"새끼들, 기회를 주면 찍소리도 못 지껄이는 것들이 꼭 뒤에서 종알거린다니까."

"쯧쯧, 한심한 자식들. 사내놈들 하는 짓들이 저 모양이니 이곳 형주가 다른 지역에 비해서 아직도 발전을 못하는 거라고."

둘째인 털보가 들창코의 말을 받으며 혀를 찼다. 그러다가 문득 털보의 눈이 크게 떠졌다. 모두가 식탁에 고개를 처박고 있는 가운데 영령만 우뚝 서 있는 모습을 본 것이다.

"새꺄, 넌 왜 눈 내리깔지 않고 멀뚱히 서 있는 거야? 뒈지고 싶어?"

"원숭아, 그거… 지금 나한테 지껄인 소리냐?"

영령이 어이없다는 표정으로 반문하자 털보는 눈을 크게 끔뻑거렸다.

"워, 원숭아?"

털보는 기가 막힌 듯 입을 쩍 벌리더니 고개를 돌렸다.

"허허헛, 형님. 저 계집애처럼 희멀건 자식이 나더러 원숭이랍니다. 간덩이가 배 밖으로 나온 것 같은데 아무래도 손 좀 봐줘야겠죠?"

"간이 나온 게 아니라 아직 우리의 위명을 몰라서 그러는 것 같구나."

첫째인 염소수염은 자신의 수염을 만지작거리며 입을 열었다.

"그런가요?"

다시 털보는 영령을 향해 고개를 돌렸다.

"그러고 보니 네가 뜨내기라서 우리 삼형제에 대해 잘 몰라서 그렇게 까부는 것 같은데, 어이, 주인장! 네가 대신 설명 좀 해줘라!"

털보가 회계대 앞에 앉아 있는 사십대의 객잔 주인을 향해 턱짓을 했다. 이들의 불같은 성질을 누구보다도 잘 알고 있는 객잔 주인은 더듬거리며 설명을 하기 시작했다.

"그, 그러니까 이, 이분들은……."

"됐수다. 난 저 세 마리의 수캐가 어떤 종류의 똥개들인지 별로 알고 싶지도 않으니까 그만 뚝 하쇼."

"뭐? 수캐?"

"또, 똥개?"

"저 육실헐 놈이?"

자신들의 위명을 믿고 시종 여유를 부리던 삼 인조의 얼굴이 동시에 시뻘겋게 타올랐다.

"네, 네놈이 정말 죽고 싶어서 환장한 모양이구나!"

털보가 보기만 해도 섬뜩한 감산도를 번쩍 쳐들었다. 당장이라도 영령의 목을 날릴 듯한 기세였다.

"기껏 오랜만에 만두 몇 개를 먹었더니만, 젠장! 엉뚱한 일로 소화하게 생겼네."

영령은 투덜거리자 철우는 그녀의 팔목을 잡고 나직하게 입을 열었다.

"굳이 네가 끼어들지 않아도 될 일이다."

영령은 의아한 표정을 지었다.

"그 무슨 형답지 않은 소립니까? 싸가지없는 놈들은 절대 용서하지 않으시는 분께서……."

"네가 아니라도 해결할 사람이 있다."

"……?"

영령은 눈을 끔뻑 뜨며 주변을 둘러보았다. 아무리 봐도 그녀의 눈에는 지금의 상황을 정리할 인물이 전혀 보이질 않았다.

"철우 형, 그게 누군지는 몰라도 저 자식들이 내 앞에서 칼을 들고 설치고 있다는 자체만으로 일단 내가 용납이 안 됩니다. 내가 여기서 그냥 꼬리를 내린다면 저승에 있는 우리 아버지가 뭐라고 하겠습니까? 가문의 망신이라며 통곡할 겁니다. 분명히."

영령은 그의 손을 물리치며 빙긋 미소를 지었다. 그리고 천천히 앞으로 나서며 객잔 출입구 밖을 향해 손가락을 까딱거렸다.

"발정 난 똥개들아, 이곳은 장소가 협소하니까 밖으로 나가자."

"너 이놈의 새끼, 정말 계속해서 똥개라고 지껄일 거냐?"

"아참! 네놈은 원숭이지?"

"뭐?"

"이놈들아, 그게 듣기 싫으면 실력으로 보여주면 되잖아? 계집애처럼 주둥이로 지껄이지 말고! 아참, 저렇게 털 많은 짐승이 만약 계집애라고 생각하니 너무나 끔찍하구나!"

"으으……!"

"좌우지간 내가 먼저 나가 있을 테니까 괜히 객잔 시끄럽게 하지 말고 후딱 따라나와라."

영령은 객잔 문을 열고 사라져 버렸다.

"후욱! 후우욱!"

털보의 콧구멍에선 연신 뜨거운 김이 마치 연기처럼 뿜어져 나왔다. 의형제를 맺은 후 군림 형주 십 년 만에 처음으로 당하는 모욕이었다.

"이, 이런 육실헐 놈! 나불거리는 주둥이부터 찢어 죽여 버릴 테다!"

그의 얼굴이 심하게 경련을 일으켰다. 그리고 마침내 털보는 괴성을 지르며 문밖으로 달려나갔다.

"우아아아아아—!"

털보가 밖으로 사라지자 염소수염은 아무 일도 없었던 것처럼 다시 궁장 여인을 향해 침을 흘리기 시작했다.

"흐흐, 내가 있잖아, 요즘 해구신을 하루에 세 번씩 먹고 있는 중이거든. 근데 말이야, 그것을 써먹을 데가 없어서 미치겠더라고. 이쁜이, 네가 직접 한번 확인해 볼래?"

그는 느닷없이 궁장 여인의 손을 잡았다. 그리고 정말 자신의 상태를 확인시켜 주려는 듯 그 손을 사타구니 쪽으로 가져갔다.

그 순간,

"으아아악!"

쫘당탕탕!

돼지 멱을 따는 것과 같은 비명과 함께 문을 부수며 밖으로 돌진한 털보는 밖으로 나갈 때보다 더 빠른 속도로 객잔 안으로 곤두박질쳤다.

"끄어어어……!"

어찌나 험하게 얻어터졌는지 털보는 사타구니를 붙잡고 게거품을 흘렸다. 눈알은 하얗게 까뒤집은 채.

"아, 아니?"

염소수염은 눈을 휘둥그렇게 뜨며 하던 동작을 멈췄다.

"둘째야, 뭐야? 왜 그래?"

그는 황당한 얼굴로 물었지만 털보는 여전히 게거품을 흘리며 제대로 말조차 하지 못했다.

"꺼거… 끄어어……."

"임마! 그게 뭔 소리야? 제대로 얘기를 해야 콩인지 팥인지 알 거 아냐?"

"꺼꺼… 끄끄… 꺼어어……."

털보는 너무도 고통스러워 말조차 할 수 없는 자신이 답답한 듯 입구 쪽을 향해 손가락질을 했다. 그 손가락을 따라 염소수염과 들창코의 시선이 옮겨졌다. 그러자 때를 같이하여 영령이 모습을 나타냈다.

"뭐 해, 이 자식들아? 동료가 당했으면 대신 복수를 해야 할 것 아냐? 네놈들은 그 정도 의리도 없냐?"

"……?"

염소수염과 들창코의 눈이 당장이라도 밖으로 튀어나올 것처럼 크게 불거졌다.

"뭐, 뭐야? 그럼 저 자식에게 당한 거란 말이냐?"

그들은 털보가 쫓아 나갔음에도 불구하고 차마 영령에게 당했으리라고는 꿈에도 생각지 못한 모양이었다.

"꺼꺼……."

털보가 고개를 끄덕였다. 염소수염은 문득 불안한 표정을 지었다.

"이제 보니 밖에 저 자식이 데리고 온 패거리들이 있는 모양이구나?"

"끄이… 끄이……."

털보가 고개를 저었다. 염소수염은 믿을 수 없다는 듯 눈을 크게 끔뻑거렸다.

"뭐야? 그럼 저 비리비리한 놈에게 네가 당했단 말이냐?"

"이런 젠장! 그놈들, 참 말 많네. 복수 안 할 거야?"

털보가 뭐라고 대꾸도 하기 전에 영령이 버럭 노성을 질렀다.

"보기와는 달리 밑천이 든든한 놈인가 보구나."

"든든할 건 없지만 적어도 너희 같은 쓰레기들을 청소할 정도는 되지."

"둘째를 꺾었다고 아주 맘놓고 주둥이를 나불거리는구나."

염소수염은 부글부글 치솟는 분노를 억지로 삼키며 말을 이었다.

"알았다. 얼마나 대단한 밑천을 갖고 까부는지 어디 한번 확인해 보자꾸나."

그 말을 끝으로 염소수염과 들창코의 신형이 밖으로 향했다.

세상에서 가장 재밌는 게 싸움 구경이 아니던가?

객잔 앞 공터에는 구경꾼들이 모여들었다.

객잔에서 식사를 하던 사람들도 어느새 다 뛰쳐나왔고, 길을 지나던 행인들 역시 형주에서 일어난 모처럼의 싸움을 그냥 지나칠 리가 없었다.

영령을 사이에 두고 염소수염과 들창코가 위치를 잡았다.

염소수염은 머리카락이 하늘로 곤두설 정도로 흥분을 삭이지 못하고 있었다. 형주삼귀가 비록 중원에서는 별로 알아주는 이름이 아니지만, 적어도 형주에서만큼은 절대적인 이름이 아니던가? 그런 절대적인 명예를 새파란 애송이가 많은 형주 사람들 앞에서 한없이 흠집을 내고 있으니 어찌 그 흥분이 쉽게 수그러들 수 있겠는가?

"어서 무기를 뽑아라!"

"무기를 왜 뽑아야 하는데? 벌레 두 마리를 잡는 일인데 굳이 그럴 필요가 있을까?"

"윽! 버, 벌레?"

"아끼는 쓰레기라더니, 이 망할 새끼가 입에서 나오는 대로 지껄이는군."

염소수염과 들창코의 얼굴이 동시에 일그러지는가 싶더니, 조금 더 성질이 급한 들창코가 더 이상은 참을 수 없다는 듯 큼직한 도끼를 뽑아 들었다.

"시건방진 놈의 새끼! 머리통을 박살 내버리고 말 테다!"

벼락과 같은 외침과 함께 들창코는 맹렬한 기세로 돌진했다. 그의 도끼가 영령의 머리를 향해 짓쳐드는 순간,

"아참! 들창코야, 잠깐만!"

영령은 느닷없이 손을 내밀며 소리를 질렀다. 너무도 급작스럽고 공력까지 실린 쩌렁한 음성이었던 탓에 들창코는 자신도 모르게 움찔하며 동작을 멈칫하고 말았다.

"꺼헉!"

들창코는 눈을 부릅뜨며 헛바람을 삼켰다. 그의 얼굴은 일순간에 창백하게 변했고, 하늘을 향해 열려 있는 두 개의 콧구멍에선 검붉은 피가 뿜어져 나왔다. 갑작스럽게 공력을 거둬들이는 바람에 경력이 뒤틀리고 만 것이다.

'끄으으, 빌어먹을! 갑작스럽게 동작을 멈췄더니만 기혈이 역류하는군.'

들창코는 신속히 가슴을 움켜쥐었다. 크게 호흡을 들이마셨다가 내뿜기를 반복하며 그는 역류하는 진기를 간신히 진정시켰다.

"무, 무슨 일이냐? 설마 이제 와서 잘못을 용서해 달라는 것은 아니

겠지?"

"멍청한 놈! 잘못은 너희들이 먼저 저질렀는데 내가 뭣 하러 그런 짓을 하겠냐?"

"그, 그게 아니라면 왜 갑자기 멈추라고 소리를 지른 거냐?"

"너희들이 뭔가 대단히 착각하고 있는 것 같아서 그것을 좀 일러주려고 그랬다."

"그, 그게 뭐냐?"

"하나씩 상대하기 귀찮으니까 둘이 한꺼번에 덤벼라."

"뭐, 뭐가 어째?"

다시 한 번 들창코의 뻥 뚫린 쌍 굴에서 코피가 뿜어져 나왔다. 하나씩 상대하기 귀찮다는 이유로 그런 다급한 순간에 소리를 질렀다는 자체가 기가 막히다 못해 졸도하고 싶은 지경이었다.

"빠드드득! 이놈, 진짜 머리통을 박살 내지 않으면 내가 사람의 자식이 아니다! 으아아아아!"

그는 선불 맞은 멧돼지처럼 씩씩거리며 다시 맹렬한 기세로 돌진하기 시작했다.

"아이, 진짜! 두 명이서 한꺼번에 덤비라고 했는데도 이놈이 정말 사람 짜증나게 만드네?"

영령은 못마땅한 듯 눈살을 잔뜩 찌푸리며 들창코의 도끼를 가볍게 피했다. 그와 동시에 벼락같이 손을 뻗었다.

우직!

마치 호박이 쪼개지는 듯한 음향이 들렸다.

"꺼억!"

동시에 들창코의 입에서 가래 끓는 듯한 신음이 흘러나왔다. 영령의 주먹이 들창코의 면상에 꽂히는 순간 그의 머리 속은 하얗게 비어버렸다.

짜짜짜짝!

뒤이어 고통조차 느낄 새도 없이 영령의 양손이 들창코의 싸대기를 번갈아가며 후려쳤다. 영령의 손에 의해 들창코의 고개는 좌우로 정신없이 오가고 있었다.

'그, 그만! 그만 때려! 제발!'

들창코는 이렇게 외치고 싶었다. 하지만 안타깝게도 그의 절규는 입밖으로 나오지 못했다. 아니, 좀 더 정확하게 얘기하자면 나올 시간적 여유가 없었다. 좌우로 번갈아가며 후려치는 영령의 손은 들창코가 비명을 내지르는 것조차 허락하질 않았다.

염소수염의 눈에 핏발이 솟았다. 눈앞에서 자신의 아우가 비명조차 지르지 못할 정도로 일방적으로 얻어터지는 꼴을 봐야만 하는 그의 심정이 오죽하겠는가?

"이, 이런 육실헐! 동작 그만!"

그의 입에선 분노가 엉키고 엉켜 결국엔 뭉그러진 듯한 그런 음성이 새어 나왔다.

짜짜짜짝!

하지만 그가 멈추란다고 해서 멈출 영령은 결코 아니었다. 오히려 재미를 붙인 듯 더욱 열심히 싸대기질을 해대고 있었다.

"으아아아! 이 새끼야! 그만 하라니까!"

염소수염은 쥐약 먹은 염소처럼 기형도를 뽑아 들고 광란하기 시작했다. 그러자 들창코를 향한 영령의 손짓도 그걸로 끝이 났다. 따귀 대신 마지막 한 방으로 들창코의 사타구니를 걷어 갈겼다.

뻑!

"우와아악!"

그제야 비로소 들창코는 편하게 비명을 지르며 곤두박질을 쳤다. 그역시 털보가 그랬던 것처럼 사타구니를 움켜쥔 채 게거품을 흘리게 됐지만 더 이상 맞지 않아도 된다는 이유 때문인지 더없이 편한 표정이었다.

쐐애애액!

염소수염은 역시 셋 중에서 가장 윗사람다웠다. 대기를 가르는 기형도의 공성은 예리하고도 깔끔했다. 하지만 그것뿐, 정작 중요한 비명 소리가 없었다. 분명 그의 기형도는 영령의 목을 노렸건만.

콰쩍!

비명 대신 염소수염은 자신의 얼굴에서 터지는 육중한 타격 소리를 들었다. 그리고 두 눈에서는 무수히 많은 불꽃들이 번쩍 뛰는 것을 보았다. 왜 이런 현상이 일어났을까? 그는 본능적으로 깨달았다. 방금 전에 눈앞에서 있었던 일들이 자신에게도 일어나고 있다는 것을.

"음매애애액!"

생각처럼 영령의 주먹이 그의 콧잔등에 꽂혀 있었다. 그리고 콧잔등이 뭉개진 탓인가? 격렬하게 나가떨어지는 그의 비명 소리는 사람의 것이라기보다는 멱 따는 염소 소리에 가까웠다.

하지만 안타깝게도 그게 끝이 아니었다.

"내가 분명히 얘기했지? 귀찮으니까 한꺼번에 덤비라고."

영령은 나가떨어진 염소수염의 가슴 위로 올라타더니만 전광석화와 같은 손놀림으로 그의 얼굴을 집중적으로 두들겨 팼다.

"근데 왜 말은 안 들어, 이 자식아! 그랬으면 얻어터지는 너는 덜 터져서 좋고, 때리는 나는 덜 피곤해서 좋았을 게 아냐? 그래, 안 그래?"

퍽! 뻐뻐뻐뻐뻑!

"음매! 매액! 매애액!"

사람의 콧잔등이 뭉개지면 누구나 저와 같은 소리를 내는 것일까? 아무리 생각해도 그것은 정상적인 인간의 것이 아닌 염소의 비명이었다.

안 때린 이마 골라 때리고, 때린 이마 또 때리는 현란한 타격술은 구경하는 중인들을 감탄시켰고, 얻어터지는 염소수염에게는 견딜 수 없는 고통과 함께 전율스런 공포를 느끼게 만들었다.

'그, 그만! 그만 때려, 이 새끼야!'

하지만 그 역시 들창코처럼 밖으로 절규를 토하지 못했다. 이미 그의 입은 영령의 주먹에 의해 뭉개져 버렸기 때문이다.

"됐다. 이제 그만 해라."

철우의 음성이 그녀의 고막을 파고들자 그제야 영령은 염소수염의 몸에서 일어났다. 염소수염은 이미 게거품을 물었고, 눈은 정신이 나간 듯 초점이 흐려져 있었다. 웬만한 사람 같았으면 그 정도로 끝냈겠지만 영령은 절대 웬만한 사람이 아니었다.

"모두 잘난 이것 때문이야! 이런 놈들은 이게 아예 없어야 돼!"

뻐억!

영령은 여전히 씩씩거리며 마지막으로 염소수염의 사타구니를 걷어찼다. 그러자 기절한 줄 알았던 염소수염의 입에서 다시 한 번 처량한 염소의 비명 소리가 터져 나왔다.

"음매애액!"

중인들은 염소수염의 구슬픈 비명 소리를 들으며 입을 쩍 벌렸다. 형주 땅 안에서만큼은 저승사자보다도 더 악명이 높았던 형주삼귀가 너무도 간단하게 박살나는 모습이 쉽게 믿어지질 않았다.

　'젠장! 우리가 그동안 이 자식들의 악명에 너무 쫄았던 게 아닐까? 별거 아니잖아?'

　'그러게. 겨우 요 정도라니…… 충분히 붙어볼 만했는데 괜히 겁먹었어.'

　중인들은 가녀린 외모의 사내(?)가 너무도 쉽게 제압하자 그동안 참아왔던 게 억울한 듯 구시렁거렸다. 영령이 강하다는 생각은 전혀 하지 못한 채.

　"저… 고마워요, 대협님."

　옷에 묻은 먼지를 툭툭 털고 있는 영령의 앞에 누군가가 다가왔다. 백의 궁장 여인이었다.

　그녀는 영령을 향해 환하게 미소를 짓고 있었다.

　　　　*　　　　*　　　　*

　명월루(明月樓).

　형주에서 가장 고급스런 주루였다. 영령과 철우가 이곳에 온 것은 반드시 고마움을 사례하고 싶다는 궁장 여인의 간청 때문이었다.

　처음부터 기루를 택한 것은 아니다. 궁장 여인은 다관에서 차 대접이라도 하고 싶다고 한 것을 꼭 신세를 갚고 싶다면 차라리 술을 사라는 영령의 얘기에 이곳까지 오게 된 것이었다.

　"호호, 정말 거머리처럼 달라붙는 그자들을 어떻게 물러나게 해야 할지 몰라서 당혹스러웠는데 너무 고마워요. 대협님은 저를 구해주신 은인이에요."

궁장 여인은 주루로 장소를 옮긴 후에도 연신 고맙다는 인사를 했다. 영령은 무덤덤하게 술을 마셨다.

"사주는 술이니 맘껏 마시기는 하는데, 은인이니 뭐니 하는 너무 부담스러운 얘기는 이제 그만 하셨으면 좋겠소. 추접스런 놈들을 보면 가만히 있질 못하는 게 내 체질이니까."

"불의를 보면 참지 못하는 게 체질이시라고요?"

궁장 여인의 눈이 또다시 동그랗게 확대되었다. 영령의 입에서 무슨 얘기든 흘러나오기만 하면 그녀는 호들갑스럽게 반색을 표했다.

"정말 대협님 같은 분들만 계시다면 저희 같은 젊은 여자들이 강호를 맘껏 돌아다닐 수 있을 텐데……."

궁장 여인은 비어 있는 영령의 잔에 공손하게 술을 따라주며 말을 이었다.

"저… 대협님 존함이 뭔지 알 수 있을까요?"

"……?"

영령은 뜨악한 표정을 지었다. 쑥스러운 미소를 지으며 자신의 이름을 가르쳐 달라는 여인의 모습에 아무리 변죽이 좋은 영령이라 할지라도 당황하지 않을 수 없었다. 영령이 잠시 머뭇거리자 그녀는 자신의 이름부터 밝혔다.

"소녀의 이름은 화란이에요, 주화란(朱和蘭). 나이는 스물둘이죠. 집은 원래 금릉이고… 하남성 정주에 있는 오라버니 저택에 가는 길이죠."

"음, 나는 영령(領領)이오, 사도영령."

영령은 잠시 머리를 굴리고는 거느릴 영(領) 자 두 개로 자신의 이름을 바꿨다. 영령(瑛玲)이라는 이름은 누가 보더라도 여자의 이름인지라 기껏 남장을 한 처지에 굳이 본명을 밝힐 이유는 없었기 때문이다.

"영령이라……? 호호, 역시 대협님의 외모처럼 늠름하고 멋진 이름이네요."

'당연하지. 기왕이면 다홍치마라고, 어차피 가짜 이름인데 이왕이면 괜찮은 걸로 골랐으니까.'

"근데 나이는 어떻게 되시나요? 그리고 사시는 곳은 어디신지……?"

주화란의 질문이 계속 이어지자 영령은 눈을 끔뻑거렸다.

'내참, 포두 집안의 딸인가? 뭘 자꾸 이렇게 꼬치꼬치 묻는 거야? 사람 기분 더럽게.'

영령은 불쾌한 감정을 더 이상 숨기지 못하고 뭔가 한마디를 내뱉으려는 순간 철우의 음성이 먼저 새어 나왔다.

"이보시오, 낭자. 이제 그만 합시다."

"……?"

주화란은 이해할 수 없다는 표정으로 철우를 처다보았다. 주루에 들어선 이후 그녀의 시선이 처음으로 철우를 향하는 순간이었다.

"그만 하라뇨? 뭘 말이죠?"

"보아하니… 영령에게 호감을 갖고 계신 것 같은데, 안타깝게도 이 친구는 여자에게 전혀 관심이 없소."

"……!"

주화란은 움찔거렸다. 철우는 술을 한잔 들이키고는 이내 다시 말을 이어나갔다.

"낭자는 선박에서부터 영령을 계속 힐끗거리며 매우 관심을 보이더구려. 그리고 객점에서 소란이 있을 땐 당신이 데리고 있는 시녀의 솜씨로도 충분히 건달들을 처리할 수 있었음에도 불구하고 아무런 저항도 하지 않았소. 영령이 나서주기를 기대했기 때문에……."

철우의 말에 주화란은 당혹감을 금치 못했다. 결코 표시 내지 않았다고 생각했거늘, 그럼에도 불구하고 철우가 자신의 속마음을 너무도 확실하게 알고 있자 그녀의 양 볼은 어느새 도화처럼 붉게 타오르고 말았다.

그때까지 입을 굳게 다물고 있던 시녀 냉모가 처음으로 음성을 발했다.

"나에게 무공이 있다는 것을 어떻게 아셨소?"

음성은 굵고 나직했다. 일개 시녀라고는 도저히 느낄 수 없는 무겁고 위엄이 서린 그런 음성이었다. 철우는 탁자 위에 놓여져 있는 그녀의 손을 응시했다.

"그대의 손은 부드럽고 깨끗하지만 손톱의 색이 평범한 사람들의 것과는 확실한 차이가 있소."

"……."

"그것은 분명 상당 수준의 지공(指功)을 연마했기 때문일 테고, 그중에서도 인지와 중지의 손톱 색깔이 유난히 하얗게 탈색되어 있다는 것은 쇄심지(碎深指)가 당신의 비기(秘技) 같은데……."

철우의 말에 냉모는 희미한 미소를 지었다. 미소는 보일 듯 말 듯 너무도 희미했고, 순간적으로 스쳐 갔다.

"강호가 워낙 넓고, 기인이사들이 장강의 모래알처럼 많다더니만 대단한 안목이오. 단지 손만을 보고 나의 내력을 모두 다 파악하다니……."

그녀의 말에 영령이 눈을 휘둥그렇게 떴다.

'뭐? 쇄심지?'

그랬다. 쇄심지는 아무리 배포가 센 영령이라 할지라도 놀랄 수밖에 없는 가공할 무공이었다.

일단 발출하면 기척도 알 수 없는 사이에 상대의 목덜미나 미간을 꿰뚫고 마는 천하무쌍의 지공이며, 어떠한 호신강기로도 막을 수 없고, 절정에 이르면 목표물에 백색 광채만 남는다는 신화적인 무공이 바로 그것이었기 때문이다.

철우의 말대로 그의 앞에 있는 시녀가 쇄심지를 구사할 수 있는 절정의 고수라면, 굳이 자신의 힘을 빌리지 않아도 그깟 삼류 건달쯤은 손가락 하나로 간단히 해결할 수 있었을 것이다.

뭔가? 곤경을 당하면서도 자신이 나설 때까지 아무런 행동을 하지 않은 까닭은? 그리고 이와 같은 절정고수를 일개 시녀로 대동하고 다니는 여인의 정체는 또 뭐란 말인가?

냉모는 철우를 뚫어지게 응시했다. 그녀의 눈매는 마치 죽립을 뚫고 들어오기라도 할 것 같은 기세였다.

"실내에서도 계속 죽립을 벗지 못할 땐 그만한 사정이 있을 터, 내가 만약 당신의 정체가 뭐냐고 묻는다면 당연히 대답하지 않겠군요."

"그보다 내가 먼저 물어봅시다."

그녀의 말을 자른 것은 영령이었다.

"대체 뭐요, 당신네들의 정체는? 만약 당신네들이 먼저 정체를 밝힌다면 내가 대답해 드리겠소."

영령의 말에 냉모는 잠시 굳은 표정을 지었다. 그리고는 곧 주화란을 응시했다. 냉모와 달리 그녀는 망설임없이 고개를 끄덕여 주었다.

"좋소. 얘기하리다. 여기 계신 아가씨는 금릉의 왕부에 계신 만중왕 전하의 단 하나뿐인 금지옥엽이신 묘월군주(妙月郡主)님이시고, 난 군주님의 호위를 전담하고 있는 시녀인 냉모라고 하오."

"뭐? 묘월군주?"

영령은 그만 입을 크게 벌리며 화들짝 놀라고 말았다.

묘월군주 주화란.

그녀는 대륙의 실력자이자 야망가인 만중왕 주무혁이 가장 아끼는 외동딸이었지만, 그녀의 이름이 세상에 더욱 알려진 것은 금릉제일미로 불릴 정도로 아름다운 미모 때문이었다. 뿐만 아니라 그녀는 성격도 밝고 건강했으며, 조신하기보다는 외향적이었다.

하여 만중왕은 대민 시찰을 나갈 때면 늘 그녀를 데리고 다녔는데, 그녀는 친절하고 상냥한 모습으로 백성들에게 많은 사랑을 받았다. 세상 어느 누구보다도 고귀한 신분이건만 결코 거만하지 않은 그 모습에 그녀를 며느리로 삼고 싶은 많은 사람들이 있었고, 만중왕도 자신이 마음에 드는 촉망받는 수재를 사위로 삼으려 여러 번 혼담을 주도하기도 했다. 하지만 결혼만큼은 자신이 좋아하는 사람과 하고 싶다며 수많은 혼담을 거절했고, 눈에 넣어도 아프지 않을 금지옥엽이 아직까지 처녀라는 게 오늘날 만중왕에게 유일한 걱정거리였다.

아무튼 만중왕의 자랑이자 고민 덩어리인 주화란은 오랜만에 바람이나 쐬어야겠다며 태공군왕(太空郡王) 주백청(朱栢淸)에게 나섰고, 우연히 철우와 영령을 만나게 된 것이었다.

"흠… 만중왕의 하나뿐인 금지옥엽이 다른 호위 무사도 없이 당신과 단둘이 그 먼 길을 나설 정도라면, 당신의 무공이 어느 정도인지는 굳이 말을 안 해도 충분히 짐작할 수 있겠구려."

철우의 질문에 주화란이 대신 밝게 미소를 지으며 대답했다.

"호호, 그럼요. 냉모는 우리 왕부에서도 세 손가락 안에 드는 엄청난 고수죠. 우리 아빠 말씀에 의할 것 같으면, 십오 년 전 사고만 아니었으면 지금쯤 아미파(峨嵋派)에서 장문인을 했을 거라고."

"아가씨!"

갑자기 냉모가 차갑게 소리쳤다. 그러자 생글거리며 입을 열던 주화란은 뜨악한 표정을 지으며 말을 그치고 말았다. 냉모가 자신의 시녀가 된 지 십 년 가까운 세월 동안 처음으로 보는 차가운 모습이었다.

"왜… 왜 그래? 내가… 무슨 말실수라도 한 건가?"

"죄송합니다. 하지만 모르는 사람들에게 굳이 그런 얘기까지는 하지 않으셨으면 합니다."

음성은 나직하고 정중했지만 항거할 수 없는 깊은 위엄이 있었다.

"알았어. 그러지 뭐."

아무리 상대가 나이가 많고, 무공이 있는 고수라 할지라도 그들의 사이는 엄연한 주종 관계였다. 하지만 주화란은 결코 불쾌하지 않은 표정으로 고개를 끄덕였다. 소문처럼 그녀의 심성은 밝고 맑은 것 같았다.

냉모의 시선이 영령에게로 옮겨졌다.

"우리에 대한 얘기는 이 정도면 충분하다고 생각하오만……."

"그러니까 이제는 우리들에 대한 소개를 하라는 얘기신데… 좋소. 약속을 했으니 당연히 말해드리리다. 우선 이것 한 잔부터 마시고."

영령은 앞에 놓여진 술잔을 시원하게 벌컥 들이켰다. 그리고 말을 이어나가기 시작했다.

"여기 옆에 계신 분과 난 얼마 전까지 산속에서 함께 무공 연마를 하던 사형과 사제지간이었소. 꽤 오랜 세월 동안 무공을 연마했고, 그러면서 온갖 고생을 죽어라고 한 만큼 이제는 강호에 나가도 어느 누구에게 꿀릴 게 없다는 생각을 하게 되어 제대로 무명(武名)을 한번 떨쳐보고 싶다는 생각으로 하산을 하였소."

"그게 전부요?"

냉모가 의혹의 눈초리를 보내자 영령은 고개를 갸웃거렸다.

"아니, 뭔가 빠진 게 하나 있는 것 같은데… 그게 뭐였더라?"

그녀는 잠시 심각하게 생각을 하고 나서야 생각이 났다는 듯 자신의 이마를 탁, 하고 쳤다.

"아참, 내가 그것을 까먹었군. 이제부터 세상의 많은 무림 고수들과 비무를 벌여 나갈 예정이오. 그래서 어느 정도 무명이 알려지면 무창성에 문파 하나를 세울 것이오. 사도세가! 기억해 두시길 바라오. 그곳의 초대 가주는 바로 이 몸이 될 테니까! 움화하하하!"

영령은 득의만면한 표정으로 앙천광소를 토했다. 그녀가 거창하게 자신들을 소개했음에도 불구하고 냉모는 여전히 미덥지가 않았다. 하지만 굳이 더 이상 캐물으려 들지 않았다. 자신들이 밝히기 곤란한 부분이 있는 것처럼 말하지 않은 게 있다면 이들에게도 밝힐 수 없는 게 있을 거라고 생각했다.

"어머, 그럼 성이 사도라는 복성(複姓)이셨군요? 그런 거군요? 대협님의 정확한 이름은 사도영령이었군요?"

냉모와 달리 주화란은 마치 대단한 사실이라도 발견한 것처럼 호들갑을 떨었다.

"하하! 그렇소. 사도영령이 바로 본인의 이름이오. 기억해 두셨다가 일 년 후에 한번 찾아오시오. 그때쯤이면 사도세가가 설립되어 있는 것은 물론 아마도 무창에서 가장 잘 나가는 문파가 되어 있을 테니까."

"호호, 물론이죠. 대협님의 존함과 앞으로 설립하시겠다는 무림 문파의 이름, 그리고 당신의 얼굴까지 모두 잊는 일 없이 꼭 기억할 거예요. 영원히."

"당신? 영원히?"

영령은 자신의 농담 같은 얘기를 너무도 진지하게 받아들이는 주화란의 모습에 의아한 표정을 지었다. 하지만 주화란은 여전히 심각했다. 그리고 영령을 뚫어지게 바라보며 꿈결 같은 음성으로 다시 한 번 대답했다.

"예, 영원히……."

第十七章

낙양(洛陽)으로……

낙양(洛陽).

낙양은 서안(西安)과 함께 중국 이대고도의 하나이다. 기원전 천백 팔 년에 주공(周公)이 이곳에 도읍을 정한 이후 동주(東周), 동한(東漢), 조위(曹魏), 서진(西晉), 북위(北魏), 수(隨), 당(唐), 후량(後梁), 후당(後唐) 등 구대왕조가 도읍을 정했다. 후한에서 당나라 때까지의 정치 중심지가 서안이었다면, 후한 말기의 낙양을 무대로 한 '삼국지'를 비롯하여 이백, 두보, 백거이 등 유명한 문인들의 왕성한 활동도 이곳에서 이루어질 정도로 이곳은 문화 예술의 중심지였다.

용문객점(龍門客店).

낙양의 유명한 명소 중의 하나인 용문석굴의 앞에 위치한 노상 객점이었다. 북위가 대동에서 낙양으로 천도한 다음부터 석굴을 만들기 시작하여 동진, 서위, 북제, 북주, 수, 당에 이르는 4세기에 걸쳐 완성했다는 엄청난 용문석굴은 낙양에 온 관광객들이 꼭 찾는 명소였고, 용문객점은 그들의 빈 위장을 채워주기 최적의 장소에 위치한 명당 객점이었다. 하여 그곳은 노상임에도 늘 많은 손님들로 분주했다.

"그것을 물어본다고 해놓고 내가 왜 깜빡했지?"

한쪽 식탁에 죽립인과 함께 앉아 있는 흑의 무복의 사내가 자신의 머리를 긁적거렸다. 사내의 모습을 한 영령이었다.

그녀는 주화란과 헤어지고 나서야 냉모라는 엄청난 시녀가 함께 있었음에도 불구하고 굳이 자신이 나설 때까지 어째서 건달들을 혼내주지 않았는지 질문을 해놓고 답을 얻지 못한 게 생각이 났다.

"거참, 생각하면 할수록 정말 이해할 수 없는 물건들이네?"

소면을 먹으며 떨떠름한 표정을 짓고 있는 영령을 보며 철우는 씁쓸한 미소를 지었다.

"그걸 모르겠느냐?"

"뭔 뚱딴집니까?"

"정말 왜 그랬는지 아직도 짐작을 못하느냐는 얘기다."

"내참, 그것들이 얘기를 안 해줬는데 내가 무슨 재주로 그것을 알겠습니까? 내가 족집게 도사라면 모르겠지만……."

투덜거리던 영령은 문득 눈을 끔뻑 뜨며 철우를 응시했다.

"혹시… 그러는 철우 형은 왜 그것들이 그랬는지 알고 있기라도 한 겁니까? 말씀하시는 투가 마치 그 이유를 알고 계신 것 같은데……."

철우는 어처구니가 없었다. 누구나 알 수 있는 상황을 정작 당사자인 영령은 전혀 짐작조차 하지 못했다. 그것은 생각보다 훨씬 순진한 게 이유였고, 더욱 큰 이유는 자신은 남장을 했을 뿐이지 근본은 여자라는 생각이 머리에 깊이 박혀 있기 때문이었다.

"묘월군주가 마지막으로 했던 말을 생각해 봐. 너에게 어떤 얘기를 했는지……."

"내 이름과 사도세가를 기억했다가 나중에 무창으로 찾아오겠다고 했잖아요."

"아울러 네 얼굴을 영원히 기억하겠다고 했다."

"그랬죠. 그래야 나중에 찾아오기 쉬울 테니까."

"쯧쯧, 신설한다는 문파 이름만 알아도 나중에 충분히 찾아올 수 있는 일을 굳이 네 얼굴까지 영원히 기억하겠다고 했는지 아직도 전혀 눈치를 못 채겠단 말이냐?"

"내참, 모르니까 답답하다는 것 아닙니까? 내가 사내였다면 혹시 그 아가씨가 반할 수도 있겠지만… 헉!"

답답한 표정으로 투덜거리던 영령의 입에서 헛바람 소리 같은 신음이 터져 나왔다. 그와 동시에 그녀는 황급히 자신의 관자놀이에 양손을 대었다. 까칠한 구레나룻의 촉감이 느껴졌다. 너무도 기가 막힌지 영령의 얼굴이 하얗게 떴다.

"서, 설마……?"

"설마는 무슨 얼어 죽을 설마냐? 이미 물은 엎어졌고, 순진한 처자의 가슴에는 봄바람이 불었으니 이제는 책임지는 일만 남았을 뿐이다."

"뭐, 뭐라고요?"

입을 쩍 벌리며 크게 당황하는 영령의 모습에 철우는 터져 나오려는 웃음을 억지로 참아야만 했다.

"저승에 계신 사도 천주가 무척 좋아하실 게야. 곧 착하고 순진한 며느리를 보시게 됐으니 말이야. 물론 나도 사실 약간은 흐뭇하지만……."

"우째 이런 일이……!"

극도로 당황하던 영령은 급기야 그곳이 객점이라는 사실도 잊은 채 자신의 머리칼을 쥐어뜯으며 절규하듯 비명을 질렀다.

"으아아아! 말도 안 돼! 이건 꿈이야! 꿈이라고―!"

*   *   *

모처럼의 나들이였다.

아니, 능진걸이 항주로 부임한 이후 처음 있는 일이었다. 늘 가족과 되도록 많은 시간을 함께하고 싶은 것이 능진걸이 마음이었으나 그간의 사정이 도저히 여의치를 못했다. 생각보다 어렵고 힘든 백성들이 너무도 많았고, 그들의 자립과 자활을 돕다 보니 늘 부족한 게 시간이었다.

잠자는 시간까지 줄여가며 항주의 성민들을 위해 헌신하던 그가 가족 나들이를 결심하고 실행하기까지는 상당히 단호한 결심이 필요했고, 그럴 수밖에 없도록 만든 이유는 바로 오늘이 의천의 생일이기 때문이었다.

오랜만에 하는 나들이라서 그런지 의천을 사이에 놓고 손을 꼭 잡고 걷고 있는 능진걸과 부용의 얼굴은 한없이 밝았다.

부용이 문득 능진걸을 응시했다.

"세상에서 가장 곱고도 아름다운 곳이라는 항주에 와놓고도 일 년 반 만의 나들이군요. 그것도 한겨울에……."

그녀는 미소를 지으며 장난처럼 가볍게 입을 삐쭉거렸으나, 그것은 다분히 섭섭하다는 의미였다. 남편을 이해하고 한없이 존경하는 부용이었지만 결국 그녀도 어쩔 수 없는 여인이었다.

"하하, 당신도 알다시피 나랏일이라는 게 어디 끝이 있어야지요. 늘 이해해 주는 당신에게 고마워하면서도 미안한 마음이었소. 대신 오늘은 의천이 생일이기도 하니 우리 함께 즐겁고 재밌는 시간을 보내도록 합시다."

"피잇, 그래서 더욱 섭섭해요. 제 생일날은 산불 때문에 새벽이 되어서야 들어오셔 놓고……."

부용이 입술을 내밀며 불만스런 모습을 보이자 능진걸이 눈을 크게 떴다.

"허어, 이런? 설마 지금 의천이에게 질투를 하는 있는 거요?"

"그럼요. 비교가 되는데 어떻게 제 속이 편하겠어요? 저도 여자라고요. 아시겠어요?"

"허허, 당신이 여자였던가?"

"그게 무슨 말씀이죠? 제가 여자가 아니면 남자인 줄 아셨단 말인가요?"

"아니, 그게 아니라 난 당신을 나의 아내로만 생각했거든."

"부인도 결국은 여자라고요."

살짝 가시가 섞인 부용의 음성을 계속 농담처럼 받던 능진걸의 얼굴이 문득 진지하게 변했다.

"아니, 아내와 여자는 다르지."

"뭐가 다르죠?"

"아내란 세상 어떤 여자보다도 서열상으로 우선이오. 건강해야 하고, 오래 살아야 하고, 빨리 늙지 말아야 하고, 행복해야 하고, 자식을 낳아주고, 내 속옷을 빨아주고, 내 여자로 있어주면서 봉사할 약속을 한 사람이니까."

"……."

"이런 일은 없겠지만 설령 아무리 젊고 아름다운 여자들이 한꺼번에 나에게 추파를 던질지라도 난 아내가 아닌 그 어떤 여자와도 함께 나들이를 가자는 약속 따위는 절대 하지 않을 게요. 그들은 의무를 느껴야 할 만큼 나에게 소중한 사람이 결코 아니니까."

"……."

"그러니까 아내라는 서열 일위 대신 서열에도 없는 여인 자리로 본인을 추락시키지 마시오. 아셨소?"

능진걸의 얘기에 부용은 어떤 반론도 꺼낼 수가 없었다.

'치잇, 괜히 삐진 척했다가 이게 뭐야? 본전도 못 찾고.'

그럼에도 불구하고 그녀는 다시 한 번 능진걸에게 깊은 신뢰와 존경을 느꼈다. 말처럼 능진걸은 양귀비가 환생을 하여 그의 눈앞에서 온갖 유혹과 추파를 보낼지라도 눈 하나 까딱하지 않을 그런 사람이었기 때문이다.

"겨울치고는 날씨 참 좋네요."

그녀는 다시 한 번 하늘을 보며 분위기를 돌렸다. 그리고 뭔가 갑자기 생각난 것처럼 눈을 크게 뜨고 능진걸을 쳐다보았다.

"그나저나 지금 우리의 행선지가 어디죠?"

어디로 갈지도 모르고 무작정 나선 나들이. 그리고 손을 잡고 꽤 오랜 시간이 걸린 후에야 겨우 생각이 난 행선지. 부용은 너무도 오랜만의 가족 나들이였던 탓에 그 자체만으로도 너무 좋은 나머지 경황이 없었던 것이다.

악묘(岳廟).

금(金)나라와 맞서 싸운 송(宋)나라의 영웅 악비(岳飛)의 묘(墓)가 있는 곳. 북방 민족의 침입에 분개한 악비는 나이 스물에 군문(軍門)에 들어갔고, 급기야 장군까지 되었다. 그는 농민군을 모아 전장에 나가 승리를 거뒀고, 그 기세를 몰아 계속 북진하려 했으나 그를 시기하는 간신들의 모함에 의하여 투옥, 투살된다. 그러나 그로부터 이십일 년 후 남송의 고조에 의해 사면이 되고, 이곳 항주에 묘가 세워졌다. 악비는 비록 모략에 의해 투살되고 말았지만, 후대의 사람들에게 외부 세력의 침략자들에 대항했던 진정한 영웅으로 추앙받게 되었다.

능진걸은 준비한 음식물을 제단에 올려 제사를 지낸 후 잔디에 앉아 의천에게 나라를 지키기 위해 자신의 몸을 던진 악비의 전설적인 무용담과 자신의 신념을 지키기 위해 치열하게 살다 간 그의 기상이 얼마나 용기있고 아름다운 것인지 얘기해 주었다. 그의 오늘 나들이는 이와 같은 교육적인 목적도 동시에 갖고 있었으니, 일 년 반 만의 가족 나들이에서도 능진걸은 역시 그다운 모습을 보여주고 있었다.

"예, 저도 열심히 공부하고 심신을 단련하여 꼭 악비 장군과 같은 그런 훌륭한 사람이 되겠어요."

능진걸의 얘기가 끝나기가 무섭게 의천은 한층 격앙된 얼굴로 힘차게 대답했다. 능진걸은 흐뭇한 미소를 지었다.

"암, 그래야지. 사내란 자고로 꿈이 있어야지. 그래야만 어떤 역경과 장애 앞에서도 무릎 꿇는 일은 없을 테니까. 그리고 멈추지 않고 전진할 수 있도록 영혼을 지켜주는 힘의 원천이 바로 그와 같은 포부란다."

그는 의천을 꼭 안으며 뺨을 비볐다. 세상에 자식을 사랑하지 않는 부모는 없다. 하지만 대다수의 아비들이 자식에게 애정 표현을 하는 부분에 대해서 소극적인 반면에 능진걸은 자주 안아주고, 쓰다듬고, 뺨을 비비는 등 상당히 적극적이었다. 그리고 그는 아무리 어린 자식이라 할지라도 의천의 얘기를 항시 존중했고, 늘 아들의 생각을 믿고 지지해 주었다.

부용은 두 사내(?)가 앉은 자세로 포옹한 모습을 흐뭇한 표정으로 바라보았다.

'언젠가 의천이가 이런 말을 하더군요. 아버지는 모든 면이 전부 존경스럽다고. 악비 장군이 아무리 모든 사람들에게 추앙받는 영웅이라지만 의천이와 저에게 있어서만큼 최고의 영웅은 바로 당신이에요.'

그녀는 행복했다. 그리고 고마웠다.

존경스런 남편과 사랑스런 아들, 그리고 이들을 자신에게 보내준 하늘이 고마웠고, 이들과 함께할 수 있는 세상의 모든 것들이 전부 아름다웠다.

"여보……."

문득 부용은 뭐가 생각난 듯한 얼굴로 입을 열었다.

"지난번에 관아로 엄청난 돈과 물자를 보내줬다는 그 사람이 누군지 알아내셨나요?"

능진걸은 고개를 저었다.

"그자가 어찌나 철저하게 부탁을 했는지 몇 번 표사들을 추궁해 봤으나 소용이 없었소. 그리고 직접 상황을 알아보라고 악양으로 사람을 보내도 봤지만 마찬가지였고, 그 사람 덕분에 수많은 성민들이 이번 겨울을 그 어느 때보다도 따뜻하게 보내게 됐는데… 정작 난 아직도 감사의 인사조차도 못하고 있으니 이거야 원."

"당신을 믿고 보낸 사람이니 아마 언젠가 한 번쯤 당신 앞에 나타날 거예요."

"그랬으면 좋으련만……. 근데 당신이 어쩐 일이오? 내게 바깥일에 대해서 물어보다니? 당신은 작년 담 대인 저택에서 일어난 대참사 이후 세상이 너무 두렵다며 앞으로는 바깥일에 철저히 무신경하겠다 했고, 또 그렇게 해왔잖소?"

"고마워서요."

"……?"

"당신을 고민에서 벗어나게 해주고, 그래서 우리 가족이 오늘처럼 즐거운 마음으로 나들이할 수 있도록 만든 장본인이니까요."

그녀는 허공을 보았다. 솜털 같은 구름이 둥실 떠 있는 하늘이 시야에 들어왔다. 부용은 하늘을 향해 미소 지었다.

"저는 앞으로도 철저하게 우리 가족만 생각하며 살 거예요. 그리고 당신과 의천이에게 득이 되는 사람만 약간의 관심을 가질 거예요. 거기까지가 저의 한계니까요."

*   *   *

금룡표국(金龍鏢局).

천년고도인 낙양은 물론 하남성에서도 가장 큰 대형 표국.

예전에는 낙양도 다른 곳과 마찬가지로 십여 개의 표국이 난립했으나, 지금은 오로지 특유의 처세로서 경쟁 표국들을 집어삼킨 국주 노적산과 금룡표국만이 존재할 뿐이었다.

화려하고 드넓은 실내.

온갖 장식이 눈을 현란하게 만드는 그런 곳이었다. 그 화려한 내실의 한복판에서 백발의 노인이 젊은 여인의 시중을 받고 있었다.

노인의 체격은 장대했고, 걸쳐 입은 금포는 절로 부귀로움을 느끼게 했다. 주사 빛 안색과 그의 각진 얼굴에서 느긋하고 배포 큰 위엄의 면모가 엿보였다. 그리고 굵고 깔깔하게 뻗친 눈썹은 왠지 괴팍하고 거만할 것만 같은 느낌을 주는 노인.

그는 바로 낙양제일의 부호이자 표국을 독점하고 있는 금룡대야(金龍大爺) 노적산이었다.

쪼로록.

하얀 다기 위로 맑은 녹색의 차가 채워지고 있었다.

은침백호(銀針白毫)였다. 고원이나 고산 지대에서만 자라는 차 종류로 예로부터 황제만 마실 수 있을 만큼 진귀한 것이었고, 불로장생의 효능이 있는 것으로도 유명한 최고의 명차였다.

노적산은 잠시 향을 음미하는가 싶더니 천천히 차를 들이켰다.

"로라(露羅)야."

노적산은 찻잔을 내려놓으며 여인을 바라보았다.

스물다섯쯤 되었을까? 그녀는 뜻밖에도 금발에 푸른 눈을 가진 이국(異國)의 여인이었다. 실내에서도 순백의 모피를 전신에 두르고 있는 그녀의 용모는 가히 충격적이라고 할 만큼 아름답기 그지없었고, 그러한 미모 때문에 수만 리 타향 땅인 이곳까지 팔려온 것이었다. 돈 많은 늙은이의 노리개가 되기 위하여.

그러나 서역인 특유의 낙천적인 성격 때문인지 그녀는 살며시 웃고 있었다. 우수에 젖은 듯하면서도 황홀한 미소였다.

노적산의 나이 예순둘.

하지만 영웅 호색이라고, 그는 아직도 밤마다 여자를 바꿀 정도로 절륜한 정력을 지니고 있었다. 하여 그에겐 서른세 명이나 되는 애첩이 있었는데, 근자에 들어 그가 부쩍 곁에 두는 여인은 바로 벽안금발의 여인인 로라였다.

그의 여성 편력은 젊은 시절부터 너무도 화려했다. 몽고와 돌궐, 여진의 여인과 같은 북방의 여인들에서부터 남만과 대월국(大越國:월남), 심지어는 먼 바다 건너 동영(東瀛:일본) 여인에 이르기까지 그는 천하의 수많은 여인들을 두루 섭렵하고, 그중 마음에 드는 여인을 애첩으로 삼았다. 그랬던 노적산이 얼마 전부턴 다른 애첩에겐 눈길도 주지 않고 오로지 로라만을 가까이 두고 있었다.

"로라야, 네가 어째서 노부에게 각별한지 아느냐?"

노적산은 미소를 지으며 물었다. 로라는 말은 서툴지만 웬만한 말쯤은 충분히 알아들을 수 있었다. 그녀가 고개를 젓자 노적산은 그녀가 걸친 모피를 천천히 젖혔다.

그러자 놀랍게도 그녀는 모피 외엔 몸에 두른 것이 전혀 없었다. 중원 여인과는 비교조차 할 수 없을 정도로 엄청나게 발달된 두 개의 육봉(肉峰)과 손만 대면 그대로 녹아들 듯한 투명하고도 흰 살결이 눈앞에 활짝 펼쳐진 것이다.

노적산은 손을 뻗어 그녀의 풍만한 가슴을 잡았다. 손 하나로는 도저히 감당할 수 없는 거대한 가슴이 그의 손 안에서 뭉클거렸다.

"흐흐, 바로 이것이지. 놀랍도록 풍만한 가슴과 희디흰 살결. 이제까지 내가 겪은 그 어떤 계집도 이런 느낌을 주지 못한 것을 주고 있으니 어찌 너를 어여삐 여기지 않을 수 있겠느냐?"

노적산은 흐뭇한 미소를 지으며 그녀의 가슴에 얼굴을 묻었다.

"저… 총관님께서 오셨습니다."

그 순간 밖으로부터 늙은 시녀의 음성이 들렸다. 그러자 노적산은 인상을 찌푸리며 소리쳤다.

"천향각에서 기다리고 있으라고 전해라!"

"아, 알겠습니다."

더 이상 늙은 시녀의 음성은 들리지 않았다. 그리고 달아오르기 시작한 흥이 잠시 멈칫거리던 노적산은 벽안금발의 미녀를 눕히며 본격적으로 몸을 태우기 시작했다.

도저히 예순둘이라는 나이가 믿어지지 않을 정도로 뜨겁고 거칠게.

*   *   *

겨울 낮은 짧다.

술시(戌時)가 되자 벌써 해가 서산으로 넘어가더니 어느새 컴컴해지기 시작했다.

사내, 마의 장삼에 반듯한 이목구비가 인상적인 삼십대 중반의 사내가 깍지 낀 양손을 베개 삼아 허름한 객점 방 안에 누워 있었다. 철우였다.

눈을 뜨고 허공에 걸린 유등을 바라보고 있었으나 유등이 시야에 들어오지 않을 정도로 지금 그의 머리 속은 한없이 복잡했다.

"부용이가 얘기하더군, 자네를 깊이 사랑하고 있다고. 자네도 내 딸과 같은 마음인가?"

"그렇습니다."

"둘이 그토록 사랑하고 있다니 어쩔 수 없겠군. 알았네. 이번 표행을 마치고 돌아오는 대로 혼례를 추진할 테니, 부디 조심해서 다녀오길 바라겠네."

떠나기 전 노적산은 철우를 불러 자신의 입으로 그렇게 얘기했다. 철우는 그날 밤잠을 설칠 정도로 가슴이 격동 쳤고, 표행에서도 일을 끝내고 돌아갈 그날을 그리며 늘 행복에 젖었다.

그랬는데, 자신을 지옥으로 떨어뜨리고 인생이 꼬이도록 만든 장본 인이 다른 사람도 아닌 바로 노적산이었다니…….

떠나기 전에 일부러 철우를 불러 격려했던 그의 모습.

그리고 사고 후 일 년 만에 돌아왔을 때 조금만 일찍 돌아오지 왜 이 제야 나타났냐며 너무도 아쉬워하는 노적산의 모습이 아직도 생생한 데, 그랬던 그를 어찌 의심할 수 있겠는가?

배신감은 너무 컸다.

아무리 자신이 한때 목숨보다도 더 소중하게 생각했던 여인의 아비 라 할지라도 그토록 완벽하게 자신을 기만한 노적산을 도저히 용서할 수가 없었다.

하지만 문제는 그를 응징하는 방법이었다.

금룡표국의 표사들은 소림사와 석가보를 비롯한 무림 명파 출신들 로 모두가 강호의 일급 무사들이다. 뿐만 아니라 대표두를 비롯한 수 석 표사들은 웬만한 거대 문파의 장로들과 비교해도 결코 떨어지지 않 는 엄청난 무공의 소유자들이다.

노적산을 응징하기 위해 그와 같은 절정고수들이 포진해 있는 금룡표국으로 쳐들어간다는 것은 자살 행위나 다름없는 일일 것이다.

물론 철우는 예전과 비교할 수 없을 정도로 훨씬 고강해졌다. 항주에서 그랬던 것처럼 목숨을 던져 한번 붙어본다면 굳이 못할 것도 없겠지만, 그때와 달리 지금의 그는 자신의 생명을 함부로 던질 입장이 아니었다.

죽기 전에 반드시 치러야만 할 채무가 있었다.

사도세가의 설립!

아무리 자신의 의지와 상관없이 맺어진 약속이었지만 상대는 자신의 목숨을 던져 가면서까지 그것을 부탁했다. 사마혼의 그와 같은 희생이 아니었다면 철우는 음모를 꾸민 장본인이 누군지조차 모르는 상태로 이 땅을 떠났을 것이다. 반세골에 대한 복수도 당연히 하지 못했을 것이고.

"휴우!"

쉽게 마땅한 방법이 떠오르지가 않자 철우는 답답한 듯 길게 한숨을 내쉬었다.

그때였다.

"오라버니!"

밖으로부터 인기척이 들렸다. 영령의 음성이었다.

"들어가도 괜찮겠어요?"

"물론이다."

철우는 대답하며 몸을 일으켰다. 그리고 그는 문을 열고 들어선 영령을 보며 입을 열었다.

"왜 쉬지 않고?"

"그냥… 심란해서 오라버니와 함께 술이라도 한잔했으면 해서요."

철우는 빙긋 미소를 지었다.

"훗! 묘화군주 때문이냐?"

"윽!"

영령은 순간적으로 크게 움찔했다. 그리곤 이내 도끼눈을 하며 발악하듯 목청을 높였다.

"오라버니, 누구 미쳐서 죽는 꼴 보고 싶어요! 생각조차 하기 싫으니까 그 얘긴 그만 하자고요! 제발—!"

객점은 투숙객들의 방이 있는 이층과 요기를 때울 수 있는 일층의 구조로 되어 있었다. 외형은 이층이었지만 이층의 방은 모두 합쳐 네 개뿐이었고, 일층의 식탁은 여섯 개밖에 안 될 정도로 매우 작은 객점이었다.

"여기 죽엽청과 오리구이 좀 갖다 주십쇼!"

영령은 탁자에 앉자마자 주인을 향해 주문했다. 그때까지 회계대에 앉아서 꾸벅꾸벅 졸고 있던 주인은 정신이 돌아온 듯 눈을 끔뻑거렸다. 객점 주인은 미간에 큼직하게 솟아오른 사마귀가 인상적인 사십대 사내였다.

"아함! 잠시만 기다리십쇼!"

"근데 왜 이렇게 썰렁하죠? 손님이라곤 우리밖에 없네?"

영령은 주변을 둘러보며 의아한 표정을 지었다. 시간은 이제 겨우 해시(亥時)건만 손님이라고는 그들뿐이었다.

"설마, 혹시 여기 음식 맛이 없어서 이렇게 손님이 없는 건 아니겠죠?"

"그럴 리가요? 오후가 되면 갑자기 바람과 함께 날이 추워져서 그런

모양입니다. 모두 방구석에 처박혀 있는지 거리에 사람이 없어요. 하하!'

주인은 직접 요리를 하기 위해 주방으로 들어갔다. 워낙 작은 객점이다 보니 자신이 직접 주문받아 요리를 하고, 계산까지 하는 모양이었다.

'주방장도 없다니, 어째 진짜 맛이 없을 것 같군.'

영령은 문득 간단한 만두나 시킬 것을 괜히 요리를 시켰다며 후회했다.

이윽고 술과 함께 오리구이가 나왔다.

"이런, 죄송합니다. 많이 기다리셨죠? 원래 주방은 마누라가 맡아서하는데, 요즘 몸살 때문에 제가 어쩔 수 없이 주방 일까지 하느라고…….''

"근데 왜 이렇게 노란내가 나죠?"

영령은 탁자 위에 놓여진 오리구이를 보며 인상을 찌푸렸다. 하지만주인은 대수롭지 않다는 듯 껄껄거렸다.

"하하, 원래 오리구이는 노란내가 나는 게 정통입니다. 요리 못하는집에선 맛으로 승부할 자신이 없기 때문에 대신 냄새나 없애려고 온갖향료를 뿌리는 거죠."

'끙! 인간아, 어째서 손님이 없는지 이젠 확실히 알겠다.'

그의 말도 안 되는 괴변에 할 말을 잃은 듯 영령은 고개를 푹 떨구고말았다. 하지만 주인은 여전히 말이 많았다.

"근데 이분은 실내에서도 계속 죽립을 쓰고 계시네? 웬만하면 죽립을 벗고 음식을 드시죠. 드실 때 많이 불편할 텐데…….''

이번에는 죽립을 쓰고 있는 철우를 쳐다보며 참견을 했다. 그러자 영령은 더 이상 참지 못하겠다는 듯 그를 떠밀었다.

"잘 먹을 테니 이제 그만 가셔서 일이나 보시죠?"

"하하, 떠밀지 않아도 가려고 할 참이었습니다. 드시는 동안 제가 혹시 또 졸지 모르니까 다 드시면 깨워주십쇼."

"알겠수다. 꼭 그렇게 할 테니 걱정 말고 푹 주무십쇼."

"그럼 부탁드립니다."

주인은 그들을 향해 꾸벅 인사를 하고는 회계대로 돌아갔다. 숨을 미처 세 번도 내쉬기 전에 졸기 시작하더니 이번에는 코까지 골았다.

"요리는 개떡같이 하면서 잠 하나는 기가 막히게 잘 자는군."

영령은 못마땅한 듯 신경질적으로 술잔을 들이켰다.

"정말 맛이 형편없군."

철우는 오리의 날개를 뜯어 잠시 맛을 보고는 고개를 저었다.

"오라버니도 척 보면 몰라요? 이렇게 노란내가 풀풀 나는데 맛이 날 리가 있겠어요?"

"그러게. 하지만 돌이켜 보니 굳이 이곳뿐이 아니라 그 어느 객점의 요리도 모두가 별로였다는 생각이 드는구나."

"왜요? 악양 파릉객점의 음식 맛은 좋았잖아요? 확실히 오대째 이어온 전통이 느껴질 정도로."

"그곳 요리가 좋긴 했지만 내가 맛 본 최고의 음식은 아니었어."

"파릉객점보다 잘하는 곳이 어딘데요? 그리고 어떤 요리였는데요?"

영령은 눈을 반짝이며 물었다.

"작년 어느 이름 모를 동굴에서 내가 기절해 있을 때마다 옆에 놓고 간 음식."

"……!"

"정말 그것처럼 맛있는 음식은 아마 없을 거야. 매 끼니 정성스럽게 차려진 그 음식을 먹으면서 난 그곳을 빠져나가면 가장 먼저 음식을 만든 장본인을 만나고 싶다고 생각했으니까."

"오, 오라버니?"

영령은 얼굴이 붉게 물들 정도로 크게 당황했다. 그녀의 음식 솜씨는 어디서 따로 배운 것 없이 자신이 먹었던 요리를 눈썰미로 대충 흉내나 낸 정도였다. 그래서 내세울 게 전혀 없었는데, 뜻밖에도 철우가 세상에서 가장 맛있게 먹은 음식이 다름 아닌 그녀의 요리였다니…….

"마, 말도 안 돼요. 요리를 정식으로 배운 적이 없는 내가 무, 무슨 음식 솜씨가 좋다고…….."

영령은 쑥스러운 듯 더듬거렸다.

"그건 그때 오라버니가 워낙 고생을 하던 시절이었고… 주변에 먹을 거라곤 오로지 제가 차려주는 식사뿐이었기 때문에 그렇게 느꼈을 거예요."

"아냐. 너에게는 타고난 손맛이 있어. 그러니 나중에 결혼하면 신랑이 무척 좋아할 게야. 사내에게 있어 요리 잘하는 아내만큼 예쁜 여자는 없다고 하니까."

"싫어요. 명문 세가의 주인이 될 내가 왜 요리를 해요? 당연히 아랫사람을 시켜야지."

영령은 가당치 않다는 듯 손을 저었다. 그리고는 다시 철우를 바라보며 그 어느 때보다도 진지한 얼굴로 입을 열었다.

"하지만 오라버니에게만큼은 특별히 음식을 만들어드릴게요. 그러니 제가 결혼하거나 오라버니가 결혼해도 우리 서로 자주 왕래해야만 돼요? 아셨죠?"

"물론이지."

철우는 미소 지으며 대답했다.

"자, 그럼 우리 건배해요! 앞으로도 영원히 우리 오누이의 우애가 변치 않는다는 의미에서!"

"하하, 알았다!"

대나무로 만든 두 개의 술잔이 기분 좋게 허공에서 부딪쳤다.

영령은 기분 좋게 술잔을 들이키고는 이내 굳은 표정으로 철우를 응시했다.

"앞으로 어떻게 하실 건가요?"

"뭘 말이냐?"

"금릉표국 국주말예요. 아무리 생각해도 순순히 잘못을 인정하고 뉘우칠 그런 위인은 아닌 것 같은데……."

"글쎄……."

"오라버니가 항주에서 그랬던 것처럼 그냥 정면으로 돌파해 버리죠. 이번엔 저도 한 팔 거들 테니까."

"넌 빠져. 너와는 상관없는 일이다."

"뭐라구요? 지금 뭐라고 하셨어요?"

갑자기 영령이 눈을 똑바로 뜨며 차갑게 입을 열었다. 그녀의 음성이 어찌나 얼음처럼 차가웠던지 회계대에서 편하게 코를 골며 졸고 있던 주인까지 움찔하며 잠에서 깨고 말았다.

"상관이 없다니? 오라버니와 내가 어디 남이던가요? 방금 전까지 오누이의 우애가 영원히 변치 말자고 해놓고서 어떻게 나한테 그런 말을 할 수가 있죠?"

'뭐? 오라버니?'

주인은 눈을 크게 끔뻑거렸다.

'저 자식은 분명 사내거늘 어떻게 오라버니라는 거지? 이제 보니 저 것들은… 동성애……?'

주인은 영령이 여자일 거라고는 꿈에도 생각할 수 없었다. 아무리 여자가 남장을 하더라도 그 한계가 있었다. 수염이나, 눈썹, 목젖, 구레 나룻 같은 것들이 그랬는데, 지금 흥분한 상태로 소리치고 있는 젊은 사내는 아무리 봐도 사내가 확실했다. 사내가 아니고서야 구레나룻이 저토록 멋지게 날 수가 있단 말인가? 해서 그는 두 사람의 관계를 동성 연애로 확신해 버렸던 것이다.

"오라버니는 분명 금룡표국 국주를 응징하는 그 일이 위험하기 때문 에 제게 빠지라고 했지만, 전 그렇기 때문에라도 더 더욱 오라버니와 행동을 함께할 거예요. 그 무슨 일이 있어도!"

말과 함께 그녀는 자리를 박차고 이층으로 올라가 버렸다.

"……."

하지만 철우는 무거운 표정으로 돌처럼 그 자리에 남아 있었다.

영령이 화를 내는 것을 모르는 바는 아니지만 그렇다고 위험한 그 일에 그녀를 끼어들게 하고 싶진 않았다. 그녀는 자신이 친오라비가 아니기 때문에 그런 말을 했다고 섭섭해했으나, 철우는 친여동생이라 할지라도 자신의 선택은 마찬가지였을 거라고 생각하며 쓸쓸히 술잔을 기울였다.

'뭐? 금룡표국 국주를 응징하겠다고?'

주인은 영령과 철우를 동성연애자로 느꼈을 때보다도 더욱 입을 크 게 쩍 벌리며 놀라고 있었다.

"그래, 그녀에게 보석은 잘 전해줬나?"

노적산은 흑포 장삼에 흑색 두건을 질끈 동여맨 사십대 후반의 사내를 향해 술을 권하며 물었다.

총관 권암(權岩).

언젠가 능진걸에게 가서 청탁을 하려다가 씁쓸히 돌아선 노적산의 오른팔이자 표국의 총관이 바로 그였다.

노적산은 정주에 금룡표국의 지부를 설립하기 위해 사위인 능진걸과 황실에서 함께 일을 했던 동료인 신임 정주성주를 포섭하고자 했던 뜻이 어긋났음에도 결코 뜻을 굽히지 않았다. 그 정도로 정주는 크고 매력있는 시장이었기 때문이다.

하여 노적산은 정주성주 방근원과 선을 닿기 위해서 온갖 방법을 강구했고, 은밀히 뇌물도 먹여봤으나 그 역시 여의치가 못했다.

정주성주 방근원은 황실 관리 시절의 동료였던 능진걸과 비슷하면서도 많은 차이가 있는 인물이었다. 능진걸은 부정과 편법을 절대 용납하지 않는 원칙주의자였기 때문에 그에겐 뇌물 따위가 통할 수 없는 인물이었다.

반면에 방근원은 원칙주의자인 것은 분명하지만 청렴무능한 인물이었다. 청렴무능이란, 뇌물을 받아먹고는 싶은데 혹시라도 걸릴까 봐 두려워서 먹지 못하는 그런 관리를 일컫는 말이었다. 결국 무능해서 청렴할 수밖에 없는.

하지만 강직해서 뇌물을 먹지 않든 걸릴까 봐 두려워서 받아먹지 못하든 결과적으로 뇌물이 통하지 않는 것은 마찬가지였다. 그래서 노적산은 그것이 미치도록 답답하던 판이었는데, 고진감래라고 마침내 자신이 원하는 정보를 하나 입수했다.

방진원은 소심해서 뇌물이 통하진 않지만 그의 아내는 공짜라면 양잿물도 받아먹을 그런 여자였다. 하여 금룡표국의 정주 진출의 열쇠는 바로 그녀라 생각하고 집중적으로 그녀에게 뇌물을 먹이고 있었던 것이다.

"물론입니다. 보석을 보자마자 입에 거품을 물 정도로 기뻐했습니다."

"그럼 당연히 환장하겠지. 칠채명보주가 어디 보통 보석인가? 지방 관리의 녹봉으로는 평생 구경조차 할 수 없는 보물 중의 보물이라고."

칠채명보주(七彩名寶珠).

각기 다른 일곱 가지 색을 내는 묘안석이 뭉쳐서 탄생시킨 보석으로, 황금 오백 냥에 주고도 구할 수 없을 만큼 진귀한 보물이었다.

권암은 노적산의 명을 받고 그런 엄청난 보물을 정주성주의 부인에게 은밀하게 전해줬던 것이다.

"그것이 우리 쪽에서 나간 보석이라는 것을 증명해 줄 만한 사람들은 당연히 만들어놨겠지?"

"물론입니다."

"수고했다. 성주 놈이야 비록 받지 않았지만, 제 마누라가 그렇게 많이 받아먹었으니 어쩌겠나? 그놈도 이제는 금룡표국의 진출을 허락할 수밖에."

노적산은 흐뭇한 표정으로 술을 들이켰다. 곧 정주까지 자신의 손바닥 안에 들어올 것이라고 생각하니 그동안 겪었던 마음고생은 눈 녹듯 사라졌다.

"사위 녀석이 조금만 도와줬어도 이렇게까지 힘들지는 않았을 텐데……."

아무리 자신이 뜻대로 일이 풀려 나가고 있을지라도 능진걸을 생각하면 당연히 섭섭하고 괘씸했다.

"사위도 곧 자식인데 어떻게 그놈은 장인이 부탁할 때마다 자기를 끌어들이지 말라며 오히려 당당하게 거절할 수가 있지? 내가 온갖 주변의 일을 비정하리만치 매몰차게 정리하면서 힘들게 얻은 사위가 그렇게 꽉 막히고 박정한 놈이었다니……."

사위를 잘 보기 위해서 수많은 매파에게 딸의 혼담을 부탁했고, 그 딸이 사랑하는 사내까지 해치워 버린 노적삼의 열성을 생각한다면 노적산의 분노는 당연한 일이었다.

"나의 신뢰를 깨버린 배은망덕한 자식."

"하지만 부용 아씨는 지금 누구보다도 행복하게 잘살고 계십니다."

"그건 당연한 일 아닌가? 굳이 그놈이 아니더라도 부용이는 세상 모든 사내가 좋아할 만한 여러 조건을 갖춘 완벽한 아이다. 예쁘고 착하고 교양까지 갖춘 우리 부용이를 세상의 어느 사내자식이 싫어하겠나? 그리고 여자는 남편이 사랑을 주면 행복해지는 법이 아닌가? 우리 부용이가 행복한 것은 당연한 것이지, 결코 그 자식이 잘해줘서 그런 게 아냐. 알겠나?"

사위에 대한 증오가 깊은 탓인지 노적산은 자신의 딸을 아끼고 사랑하고 있다는 그런 얘기조차도 귀에 거슬렸다. 지금이라도 물릴 수만 있다면 그렇게 하고 싶은 게 그의 심정이었다.

그때였다.

"총관님, 보고드릴 일이 생겼습니다."

밖으로부터 사내의 음성이 들렸다. 권암은 의아한 표정을 지었다.

"이 늦은 시간에 보고라니? 무슨 일이냐?"

그는 이내 자리에서 일어나 문을 열었다. 두 명의 사내가 서 있었다. 그중 한 명은 제삼조의 수석 표사를 맡고 있는 음곡성(陰曲星)이었다.

"대체 뭔가?"

권암이 추궁하듯 다그치자 음곡성은 옆에 서 있는 사내를 향해 어서 얘기하라는 식으로 눈짓을 보냈다.

"저, 저는 음 수사와는 사돈 간으로서… 현재 동문로에서 작은 객점을 하고 있는… 공… 공손달(公孫達)이라고 합니다. 오늘… 저의 객점에서 투숙하고 있는 손님 중에서……."

긴장한 듯 심하게 더듬으면서 말을 꺼내고 있는 사내.

미간에 볼록 튀어나온 사마귀가 있는 사십대 초반의 그 사내, 그는 바로 잠 많은 객점 주인이었다.

『반역강호』 3권에서…